ANNE STERN

DIE FRAUEN VOM KARLSPLATZ

AUGUSTE

ROMAN

ROWOHLT TASCHENBUCH VERLAG

Das Buch erschien zunächst 2018 «Independently Published».

Neuausgabe
Veröffentlicht im Rowohlt Taschenbuch Verlag, Hamburg, Mai 2022

Redaktion der überarbeiteten Fassung: Katharina Rottenbacher
Redaktion: Ursula Hahnenberg
Karte Peter Palm, Berlin
Covergestaltung any.way, Barbara Hanke/Cordula Schmidt,
nach einem Entwurf von Mediabureau Di Stefano
Coverabbildung Dasha Pears/Trevillion Images; iStock
U4: Pixabay
Satz aus der Sirba Regular
bei Pinkuin Satz und Datentechnik, Berlin
Druck und Bindung CPI books GmbH, Leck, Germany
ISBN 978-3-499-00423-0

Die Rowohlt Verlage haben sich zu einer nachhaltigen Buchproduktion verpflichtet. Gemeinsam mit unseren Partnern und Lieferanten setzen wir uns für eine klimaneutrale Buchproduktion ein, die den Erwerb von Klimazertifikaten zur Kompensation des CO_2-Ausstoßes einschließt.
www.klimaneutralerverlag.de

MIX
Papier aus verantwortungsvollen Quellen
FSC
www.fsc.org
FSC® C083411

Gr. Lichterfelde
(um 1892)
Steglitz
Königin-Luise-Str.
UFTEILUNGSGEBIET
DER KÖNIGLICHEN
DOMÄNE DAHLEM
Grunewald-
str.
Düppelstr.
BHF. STEGLITZ
Steglitzer
Gutshaus
Schlossstr.
Schützenstr.
Birkbuschstr.
Die Bäke
Fabeckstr.
Dahlem
Willdenowstr.
Werderstr.
Kreiskrankenhaus
Berlin-Potsdamer Chaussee
Gardeschützen-
kaserne
Dahlemer Str.
Dorotheenstr.
Friedhof
Lichterfelde
Chausseestr.
BHF. GR. LICHTERFELDE
Augusta-
platz
ur Pfaueninsel
Sternstr.
Potsdamer Str.
Friedrichstr.
Karls-
platz
ohannes-Gemeinde
Friedrich-
platz
Ringstr.
Drakestr.
Gutshaus
Lichterfelde
Parkstr.
Pavillon-
Restaurant
Krahmersche
Schule
Booth-
str.
Bellevuestr.
Mühlenstr.
Chausseestr.
Bäkestr.
Berliner Str.
ach Zehlendorf
Zehlendorfer Str.
Teltowkanal
Bahnhofstr.
Karlstr.
Kommandantenstr.
Carstennstr.
Hauptkadetten-
anstalt
Wilhelmstr.
Rathaus
Hafen
Bismarckstr.
Teltower Str.
N
O
S
Bäkebett
Meter
500

Und so ging es denn im Fluge den beiden anderen Schlitten nach, immer dicht an dem Wasserlaufe hin, an dessen anderem Ufer dunkle Waldmassen aufragten. (...) Effi schrak zusammen. Bis dahin waren Luft und Licht um sie her gewesen, aber jetzt war es damit vorbei, und die dunklen Kronen wölbten sich über ihr. Ein Zittern überkam sie, und sie schob die Finger fest ineinander, um sich einen Halt zu geben.

Theodor Fontane: *Effi Briest*, 1895

Prolog

Winter 1899

Das Haus am Karlsplatz seufzte im kalten Abendwind. Bei jedem Windstoß knackten und ächzten die Holzdielen wie alte Knochen. Die Fensterläden waren geschlossen, als hielte die Villa die Lider gesenkt und schliefe. Doch an einem Fenster hing das Holz lose in der Angel und schaukelte sanft hin und her. Es sah aus, als blinzelte das Haus, um heimlich in den Garten hinauszuschauen, wo eine dichte Schneedecke die Erde und die Büsche an der Mauer bedeckte. Der kahle Apfelbaum zitterte im Wind, ein Nachtvogel flog über die schmiedeeiserne Pforte und krächzte. Drinnen herrschte Dunkelheit. Nur ein einzelnes Fenster, oben im Erker, war erleuchtet.

Eine Frau saß am Nähtisch. Mit sicherer Hand führte sie die Nadel durch den weichen Stoff. Schon immer hatte sie die Gleichmäßigkeit dieser Tätigkeit geliebt, das Auf und Ab des Fadens, das sichtbare Werden der Handarbeit. Auch jetzt fand sie Trost darin. Die Baumwolle schmiegte sich in ihre Handfläche. So lange hatte sie niemanden berührt. Die Gedanken an früher lasteten auf ihr. Schwer wogen Bitterkeit und Schuld.

Vor dem Erkerfenster fielen weiße Flocken, es schneite seit Tagen. Kein Kinderlachen tönte von unten zu ihr herauf, kein Körper hatte einen Abdruck, einen Engel, auf der makellosen Schneedecke hinterlassen. Der Garten lag starr da, eingefroren wie die Frau in die Endlosigkeit des Winters, des Lebens, das vor ihr lag und doch schon vorbei war.

Ein Schauder lief ihr über den Rücken. Doch dann schüttelte sie den Kopf. Sie durfte nicht zurückblicken, die Vergangenheit war wie eine Schlingpflanze, die sie festhielt und würgte.

Rasch beugte sie sich wieder über ihre Näharbeit. Sie hielt den Stoff mit beiden Händen hoch. Es war ein weißes Kinderkleid, mit einem Spitzenkragen und einem raschelnden Unterrock. Stich für Stich hatte die Frau mit blauem Seidengarn einen Buchstaben in den Saum gestickt. Wieder, ein letztes Mal, stach sie zu und führte den Faden sicher und leicht. Dann betrachtete sie ihr Werk im Licht der Glühlampe. Auf dem hellen Stoff schimmerte ein leuchtend blaues, geschwungenes *H*.

1.

Juli 1892

Die Fischbeinstäbchen des Korsetts drückten Auguste in die Rippen, als sie sich nach dem Ball bückte, der ins Gras gefallen war. Sie richtete sich schnell wieder auf und atmete vorsichtig ein. Sacht strich sie mit den Händen über ihren flachen Bauch. Kein anderes Mädchen habe eine solch schmale Taille wie ihre schöne Tochter, hatte ihre Mutter heute Morgen beim Frühstück gesagt und anerkennend genickt. Auguste war bei dem Stolz in den Augen ihrer Mutter warm geworden. Und doch – wenn man nur Luft bekäme, dachte sie und schwenkte den grünen Seidenrock gedankenverloren hin und her. Weit fiel der glänzende Stoff über ihre Füße und schleifte über den Rasen.

Ihr Blick wanderte zum Haus hinüber. Orangerote Backsteine, verzierte Giebel, spitze Erkerfensterchen und eine weitläufige Terrasse. Es war eine schöne Villa, erst im letzten Jahr erbaut. Nur der Garten war noch nicht fertig angelegt und wirkte trostlos.

Sie wohnten erst seit einigen Wochen hier am Karlsplatz. *Im Nimmerland*, hatte Augustes neunjähriger Bruder Georg wütend gesagt, als ihre Eltern ihnen den Entschluss mitgeteilt hatten, aus der großen Wohnung in Charlottenburg nach Groß-Lichterfelde zu ziehen. Die Stadt Charlottenburg war neben Berlin eine der größten Gemeinden in Brandenburg und dementsprechend überfüllt. Die Schulklassen platzten wegen der vielen Zuzügler aus allen Nähten. Die Menschen traten sich auf der Straße gegenseitig auf die Füße. Und dann hatte ihr Vater, ein preußischer Offizier, das Angebot erhalten, in die neu gegründete Villenkolonie des Dörfchens und ehemaligen Ritterguts Lichterfelde zu ziehen.

Anders als sein Sohn war Heinrich Baumgarten begeistert. «Von wegen Nimmerland», hatte er gerufen und Georg spielerisch mit dem Finger gedroht, «dort ist die weltberühmte Kadettenanstalt, in der ich ausgebildet wurde. Wer ein echter Lichterfelder ist, vor dem zittern die Heere der Welt. Wir sind Elitesoldaten. Und du wirst auch bald in der Zehlendorfer Straße Kadett und später Offizier. Wir Baumgarten-Männer, wir sind aus dem richtigen Holz geschnitzt, um dem Kaiser zu dienen.»

Georg hatte weiter vor sich hin gegrummelt, aber sich nicht getraut, dem Vater zu widersprechen. Das schmale Knabenkörperchen ihres Bruders in einer Uniform und mit einem Gewehr konnte Auguste sich nicht vorstellen. Ihr kleiner Bruder, der Angst vor Spinnen hatte und oft kränklich war, ein Elitesoldat des Kaisers? Sie bezweifelte das, und ihr wurde weh ums Herz. Immer wollte sie Georg beschützen. Doch irgendwann würde das nicht mehr möglich sein.

Der Vater hatte weiter von ihrem neuen Zuhause geschwärmt. Sogar eine Straßenbahn fahre dort, berichtete er. «Werner von Siemens hat sie bauen lassen, seine elektrische Eisenbahn, die zum Bahnhof Groß-Lichterfelde fährt. Und seit einem Jahr kann man von dort sogar mit der Preußischen Eisenbahn bis nach Magdeburg fahren. Stellt euch vor, wenn man die Waggons mit nassen Fingerspitzen berührt, bekommt man einen elektrischen Schlag, sagen die Leute.»

Das beeindruckte Georg. Er hatte zwar nichts für das Militär übrig, begeisterte sich aber wie alle Knaben für Eisenbahnen. Auguste war weniger interessiert gewesen. Warum sollte sie nach Magdeburg fahren, wenn Berlin zum Greifen nah war? In Berlin gab es das Schloss, die Oper und den Kaiser. Die Pracht lag dort ausgebreitet vor den Augen der Besucher wie süßer Kuchen in einer Vitrine, die Lichter flammten am Abend in den Laternen auf und ließen die Schatten wie die Puppen im Theater tanzen.

Sie hatte den Kaiser schon einmal gesehen, bei einem Ausflug nach Berlin vor wenigen Jahren. Die Familie hatte am Straßenrand der großen Allee Unter den Linden gestanden und der Parade zugesehen, der Vater war mitgeritten und hatte in der Uniform mit dem langen

Rock und dem Rosshaarbusch, der leuchtend rot über die silberne Pickelhaube fiel, stattlich ausgesehen.

Doch gegen den Kaiser wirkte er blass. Der ritt auf einem stolzen Rappen vorüber, an der Brust schwere Orden und Ehrenbänder und im Gesicht den weithin sichtbaren Schnauzbart, für den er in der ganzen Welt bekannt war, wie ihre Mutter ihr zugeflüstert hatte. Alle jubelten dem jungen Herrscher zu. Kaiser Wilhelm II. war seit kurzer Zeit Regent, nachdem im Dreikaiserjahr 1888 erst sein Großvater und danach sein Vater gestorben waren und der damals Neunundzwanzigjährige den Thron geerbt hatte.

Die Kaiserin folgte in einer offenen Kutsche durch die Allee, Auguste erhaschte nur einen kurzen Blick auf die silberne Robe und das rotbraune Haar, das kunstvoll hochgesteckt und mit Perlen geschmückt war. Sie bildete sich etwas darauf ein, dass sie den gleichen Namen trug wie diese mächtige Frau. Auguste Viktoria. Das war Zufall, denn am Tag ihrer eigenen Geburt war der Kaiser noch unverheiratet gewesen. Erst fünf Jahre später vermählte er sich mit der Großnichte der englischen Königin, Queen Victoria, deren Enkel er war. Trotzdem hatte Auguste immer das Gefühl, dass sie etwas Besonderes war, weil sie den Namen der Kaiserin trug.

Sie hatte diesen Tag sehr genossen. Die Sonne schien auf die Menschenmenge, die Leute schwenkten bunte Fähnchen und jubelten im Chor, Fanfaren ertönten und die kaiserliche Kapelle spielte Musik, die einem in die Beine fuhr. Welch Glanz und Herrlichkeit in dieser großen Stadt, in der das Leben nur so durch die weiten Alleen und teuren Einkaufsstraßen rauschte.

In Lichterfelde dagegen ... Auguste seufzte und kehrte aus den Träumereien zurück in die Gegenwart, den kleinen Ball in der Hand. Hier stand die Zeit still. Die Villenkolonie wuchs langsam, und es gab nur wenige andere Kinder. Oder junge Frauen, korrigierte sich Auguste im Stillen, denn sie war kein Kind mehr. Allzu bald würde sie heiratsfähig sein und einen eigenen Haushalt gründen. Ihre Eltern hatten bereits die Fühler im Bekanntenkreis ausgestreckt und suchten nach geeigneten Kandidaten. Ihr erschien das alles unwirklich und ein wenig albern. Was sollte sie mit einem Ehemann, die sie doch am liebsten mit ihrem kleinen Bruder die Zeit vertrödelte, oben im Turmzimmer saß und zeichnete oder ihre geliebten Bücher verschlang? Doch es stand ihr nicht zu, eine Meinung zu haben, das verstand sie wohl und war nicht traurig deswegen. Die Mutter und der Vater wussten schon, was für sie das Beste war.

«Dummer August», erklang die feixende Stimme des Bruders aus dem Gebüsch. So nannte Georg sie seit frühen Kindertagen. Jetzt sprang er hervor und schlug ihr den Ball aus den Fingern. Der Ball rollte über den Rasen bis zur vorderen Mauer. «Was stehst du da und träumst? Du verlierst.»

Auguste streckte die Hände nach dem kleinen Bruder aus, um ihn in die Seite zu boxen, doch er entwand sich ihr und warf ungestüm eine Handvoll Erde auf sie. Auguste kreischte auf und klopfte sich die braunen Klumpen von der grünen Seide. «Pass doch auf, du frecher Schorsch, du machst mich ganz schmutzig.»

Georg pfiff vergnügt eine kleine schiefe Melodie und sang dann aus vollem Halse:

«Ringel, Ringel, Rosen,
die Knaben tragen Hosen,
die Mädchen tragen Spitzenröck –»

«Da fallen sie alle in den Dreck», beendete Auguste das Lied und kicherte fröhlich. Ihrem Bruder konnte sie nicht lange böse sein. Er war zart für sein Alter und weinte viel leichter, als es für einen Buben schicklich war. Sie fürchtete, dass er es schwer haben würde auf der neuen Schule, dem Schiller-Gymnasium in der Königsberger Straße, das er in wenigen Tagen besuchen sollte und wo ihm alle Kinder fremd waren. Solange er Freude daran hatte, sie zu piesacken, sollte es ihr recht sein. Minna würde das Kleid schon wieder sauber bekommen, das Hausmädchen war eine Zauberin auf diesem Gebiet. Auguste wuschelte Georg durch die wilden Locken und raffte den Rock, um die Stufen zur Terrasse zu erklimmen. Dann verschwand sie im Haus.

2.

Nervenklinik der Charité zu Berlin
Erste Aufzeichnung (Mai 1893)

Ich habe eine neue Behandlung begonnen, an einem weiblichen Subjekt, sechzehn Jahre alt und unverheiratet. Die Patientin, im Nachfolgenden der Diskretion halber Marie A. genannt, berichtet von nächtlichen Träumen, die regelmäßig wiederkehren und vor denen sie sich recht fürchtet. Mit mir hat sie kein Wort gesprochen, doch ihren Eltern erzählte sie davon. Das Mädchen leidet ferner unter immer wieder auftretenden Krämpfen, wahnwitzigen Vorstellungen und Entfremdungsgefühlen von der Welt. Nach den Mitteilungen der Mutter muss ich mir die Vorstellung machen, sie sei sehr klug, klüger, als es einem Weib gut zu Gesicht steht. Sie rechnet flink, hat vielerlei Literatur gelesen und schiebt komplizierte Gedanken in ihrem Kopfe hin und her.

Das Mädchen wuchs behütet auf und verbrachte, so die Schilderung der Eltern, einen großen Teil ihrer kindlichen Zeit allein mit Büchern. Eine erste körperliche Untersuchung ergab keinen Hinweis auf ein physisches Leiden.

Ich testete auf Tabes und Geschlechtskrankheiten, ohne zu einem positiven Ergebnis zu kommen. Die Symptome sind vielfältig, und es bedarf großer Sorgfalt meinerseits, nicht vorschnell zu einem Urteile zu kommen, ehe ich das Ganze und nicht nur die Summe aller Teile (wie leider viele Kollegen geneigt sind zu tun) eingehend betrachtet habe. Erkrankungen des Geistes nehmen einen ähnlich charakteristischen Verlauf wie körperliche Leiden. Ziel der modernen Neurologie muss es sein, diesen Verlauf durch genaue Beobachtungen zu verfolgen und daraus Schlüsse für eine mögliche Heilung zu ziehen.

Barbarische Gewalt gegen den Körper darf nicht wie in der Pariser Salpêtrière ein Mittel sein, die Patientin zu behandeln, vielmehr setzen wir Psychiater in Berlin auf die Güte des Wortes, um mithilfe psychischer Mittel die destruktiven Folgen der Krankheit zu bekämpfen. Marie ist ein geeignetes Individuum zur Erprobung dieser sanften, im Innern wirkenden Disziplinartechniken. Während es bei chronischen Fällen von Verrücktheit und Blödheit an Hoffnung mangelt, sie jemals zu heilen, sind akute Erscheinungen wie jene der Marie dankbar für jeden Wissenschaftler.

Ich werde nun den Zustand von Marie beschreiben, wie ich sie vorfand. Die Eltern brachten sie (gegen ihren Willen, das Leugnen der eigenen Krankheit ist ein häufiges erstes Symptom) zu mir und befanden sich selbst in einer gehörigen Konstitution der Verzweiflung. Die Tochter, berichteten sie mir, habe als Kind unter unvorhersehbaren

Krämpfen gelitten. Ich fragte, ob diese Ereignisse durch immer gleiche Umstände hervorgerufen worden seien wie etwa helles Licht, Erregungszustände etc. Die Eltern verneinten, schilderten das plötzliche Auftreten der Spasmen ohne vorherige Warnung. Ferner sei Marie heutzutage des Öfteren in großer Verwirrung, stammele vor sich hin und sei ein ums andere Mal äußerst renitent gewesen. Sie weigere sich, Hausarbeiten zu erledigen, ihre Handarbeit aufzunehmen, ja verneine alles, was als Beweis für einen natürlichen Geschlechtscharakter fungieren könne. Tobsuchtsanfälle krönten in jüngster Zeit ihr unliebsames Verhalten daheim. Nach einem solchen hätten sie sich nicht anders zu helfen gewusst, als ihre Tochter in die Klinik zu verbringen.

Marie ist von apartem Aussehen, mit weichen Locken, denen der Anschein einer Wildheit innewohnt, und von schlankem Wuchs. Ich ließ sie sedieren und vorübergehend auf ein Einzelzimmer bringen, wo sie die Nacht tief schlafend zubrachte, wie mir Bericht erstattet wurde. Nun muss ich ihr Vertrauen gewinnen, um meine Diagnose durch ihre eigenen Aussagen zu unterfüttern. Die Eltern sind in ihr Haus zurückgekehrt und haben Marie in der neurologisch-psychiatrischen Abteilung der Charité meiner Obhut überlassen.

3.

August 1892

Die Krahmersche Höhere Mädchenschule in der Berliner Straße in Lichterfelde wirkte zwischen den vereinzelten Wohnhäusern und weiten Gärten wuchtig und einschüchternd. Hohe Fenster mit weißen Längs- und Querstreben sahen wie Augen auf die Besucher herab. Den Eingang bildete ein halbrundes Portal mit drei schmucklosen weißen Säulen. Eine halbhohe Steinwand und eine dicht gewachsene Hecke schützten das Grundstück vor den neugierigen Blicken der Passanten. Aber das Sonnenlicht tanzte fröhlich auf den eisernen Beschlägen auf dem Dach der Schule.

Es würde Augustes letztes Schuljahr sein. Bald wurde sie sechzehn und damit endete der Unterricht für Mädchen in Preußen, während die Jungen das Gymnasium besuchten und die Hochschulreife erlangten. Als Tochter eines Offiziers ging man üblicherweise nach der Untersekunda von der Schule ab und heiratete. Der einzige Weg für eine junge Frau ihres Standes in die Berufstätigkeit wäre das Lehrerinnenseminar gewesen. Doch Auguste wäre es nie in den Sinn gekommen, ein solches zu besuchen. Frauen wurden nur Lehrerinnen, wenn sie keine andere Möglichkeit hatten. Die Lehrerinnen, die Auguste bisher gekannt hatte, waren alte Jungfern mit Gramesfalten und unmodischen Kleidern.

Mit einem mulmigen Gefühl im Magen stand sie neben ihrer Mutter und blickte das Mauerwerk empor. Sie kannte keine Menschenseele in diesem Gebäude. Plötzlich hatte sie den Wunsch, sich umzudrehen und wieder in den Landauer mit den zwei Schimmeln zu steigen, mit dem sie hergefahren waren. Bald wäre sie ohnehin zu alt für den Schulbesuch. Warum sollte sie sich für wenige Monate an eine neue Klasse gewöhnen? Ihre Mutter sah ihr die Ängstlichkeit wohl an, denn sie griff nach Augustes Arm und drückte ihn fest. «Komm, Kind, lass uns hineingehen.»

«Sollen wir nicht lieber wieder nach Hause fahren?», fragte Auguste leise.

Ihre Mutter runzelte die Stirn und antwortete entschieden: «Das kommt nicht infrage. Bildung ist auch für ein Mädchen wichtig, wenigstens bis zur Hochzeit. Du willst doch deinem zukünftigen Bräutigam eine gute Gesprächspartnerin sein? Vater und ich zahlen viel Geld, damit du die Krahmersche besuchen kannst. Es ist eine hervorragende Schule.»

«Du bist doch auch nicht zur höheren Schule gegangen», flüsterte Auguste. Sofort taten die Worte ihr leid. Sie wurde rot.

Die Mutter sog scharf die Luft ein. «Und ich bereue es jeden Tag, dass ich diese Möglichkeit nicht hatte. Du sollst es besser haben als ich. Jetzt sei nicht undankbar und komm mit.»

Ohne auf eine Antwort zu warten, raffte Käthe Baumgarten entschlossen die Röcke und schritt durch das Tor dem Eingang zu. Auguste folgte widerstrebend. Es half nichts. Ihre Mutter wirkte zwar nach außen sanft wie ein Kätzchen, hatte aber einen eisernen Willen, von dem sie nichts und niemand abbringen konnte. Diese Erfahrung hatte Auguste mehr als einmal machen dürfen, und sie verspürte nicht den Wunsch, dagegen aufzubegehren. Also folgte sie dem kerzengeraden Rücken ihrer Mutter ins Haus.

Bald standen die beiden Frauen vor der Tür der Schulleiterin. Käthe Baumgarten klopfte energisch an und trat ein, ohne auf eine Antwort von drinnen zu warten. Eine hochgewachsene Frau erhob sich hinter einem Schreibtisch und kam ihnen entgegen. Sie trug einen strengen Knoten am Hinterkopf und lächelte nicht. Trotzdem fasste Auguste sofort Zutrauen zu ihr. Hinter einem goldenen Zwicker sahen kluge dunkle Augen hervor, der Druck ihrer schmalen Hand war fest und kühl.

«Sie sind also Auguste. Willkommen an meiner Schule. Ich bin Adelheid Krahmer, die Schulrektorin. Wie ich hörte, haben Sie zuvor ein anderes Institut besucht?»

«Ja, aber jetzt wohnen wir hier in Lichterfelde, und der tägliche Weg dorthin ist zu weit.»

Um die Mundwinkel der Schulleiterin spielte jetzt doch der Schatten eines Lächelns. «Nun, ich hoffe, dass Ihnen unsere Einrichtung bald nicht nur wegen des kurzen Schulwegs gefällt.»

Käthe Baumgarten stieß ihre Tochter tadelnd in die Rippen, und Auguste senkte beschämt den Kopf. Ihr erster Satz und dann gleich eine solche Unhöflichkeit! Ihre Mutter beeilte sich, den Fauxpas auszubügeln: «Wir sind ganz und gar nicht nur deswegen hier, Fräulein Krahmer. Der gute Ruf Ihrer Schule hallt in ganz Berlin nach.»

«Nun, das freut mich natürlich. Worin besteht denn dieser Ruf?»

Nun wand sich auch Käthe, denn die Frage wusste sie nicht zu beantworten. Sie hatte wohl Fräulein Krahmer nur schmeicheln wollen. Auguste nahm belustigt wahr, dass ihre stolze Mutter in Anwesenheit dieser Frau wie ein Schulmädchen wirkte. Adelheid Krahmer umgab eine Aura, die ihrem Gegenüber Respekt einflößte, ohne Angst zu verbreiten. In Auguste erwachte eine leise Vorfreude auf ihre Zeit hier.

Die Schulleiterin ließ Käthe ein wenig zappeln und beantwortete die Frage dann selbst: «Sie werden sehen, Auguste, dass es hier in der Krahmerei ein wenig unkonventionell zugeht. Anders als viele Schulleiter bin ich nicht der Meinung, dass junge Frauen nur zu gefälligen Gattinnen ausgebildet werden sollten. Vielmehr möchte ich ihnen etwas auf den Lebensweg mitgeben. Sie dürfen ihre Talente entdecken und über sich selbst herausfinden, was ihnen Freude bereitet.» Sie hielt kurz inne. «Was bereitet Ihnen Freude, Auguste?»

Obwohl Auguste auf diese Frage nicht vorbereitet war, fiel es ihr erstaunlich leicht, darauf eine Antwort zu finden. «Ich liebe es zu zeichnen. Und ich lese gern, am liebsten draußen im Garten, wenn die Sonne auf die Buchseiten scheint und man so schön träumen kann.»

Ängstlich schloss sie den Mund. Hatte sie etwas Dummes gesagt? Ihre Mutter sah sie überrascht an, als entdecke sie etwas an ihrer Tochter, das ihr neu war. Aber Adelheid Krahmer nickte, als verstehe sie, was Auguste gemeint hatte. «Dann werden Sie sich hier wohlfühlen. Die Lehrer legen viel Wert auf die schönen Künste. Und wenn es ein warmer Tag ist wie heute, findet der Unterricht draußen statt, so wird also oft die Sonne auf Ihren Scheitel fallen, während Sie lernen.»

Überrascht starrte Auguste die Frau an. Das hatte sie noch nie gehört. An der alten Schule hatten die Schülerinnen dicht an dicht in halbdunklen Räumen gesessen und im Chor Regeln aus den Benimmbüchern aufgesagt, die den höheren Töchtern beibringen sollten, wie sie sich als *geschickte und züchtige Hausfrauen* zu verhalten hatten. Ihr Blick wanderte an der Schulleiterin vorbei zum Fenster, durch das man in den Schulgarten sehen konnte. Tatsächlich saßen dort an die zwanzig Mädchen auf kleinen Hockern, in der Hand Griffel und Blöcke, und waren darin vertieft, Zeichnungen der Dahlien, die entlang der Mauer blühten, anzufertigen. Alle trugen ähnliche Kleidung, die für die Schülerinnen der Krahmerei vorgeschrieben war. Lange braune oder schwarze Röcke, eine hochgeknöpfte Jacke, die sich eng um die Hüften schmiegte, eine Schürze und eine cremefarbene Schleife um den Hals. Auch Auguste war für ihren ersten Tag so gekleidet. Wieder einmal schien ihr das Korsett besonders eng, doch wenn sie die anderen Mädchen dort unten betrachtete, musste sie zugeben, dass einige sogar noch schmaler geschnürte Taillen hatten.

Auguste trat näher ans Fenster, während ihre Mutter mit Adelheid Krahmer einige Formalien besprach. Sie beobachtete weiter die Künstlerinnen im Garten. Plötzlich hob eines der Mädchen den Kopf und sah direkt zu ihr hinauf. Als sich ihre Blicke trafen, stahl sich ein Lächeln in ihr Gesicht. Sie hatte dunkle Locken, die sie wohl nur halbherzig versucht hatte, in einem Haarknoten am Hinterkopf zu bändigen. Vorne waren einige Strähnen vorwitzig herausgesprungen und umspielten ihr liebliches Gesicht. Ihre hellen Augen standen in eigentümlichem Kontrast dazu. Jetzt hob sie eine Hand und winkte Auguste zu. Verlegen hob auch Auguste die Hand, zog sich dann aber schnell ins Zimmer zurück, als habe sie etwas Unschickliches getan.

Ihre Mutter und die Schulleiterin hatten nichts von der kurzen Begegnung gemerkt. Sie reichten sich die Hände, und Käthe sagte zu ihrer Tochter: «Mach uns keine Schande, Auguste.»

Auguste und Käthe ließen sich von der Schulleiterin hinausbegleiten.

«Es ist gerade Unterricht, und alle Lehrer sind beschäftigt», sagte Adelheid Krahmer. «Aber wissen Sie, was? Ich zeige Ihnen persönlich Ihre Klasse. Dann können Sie heute eine Unterrichtsstunde zur Probe besuchen und ab morgen dann an allen Stunden teilnehmen.»

Käthe beugte sich vor und küsste Auguste auf die Stirn. Dann rauschte sie die Treppen hinunter. Der Spitzensaum ihres Kleides raschelte über die Steinstufen.

Schüchtern blieb Auguste stehen und faltete die Hände hinter dem Rücken. Wie sollte sie allein mit der Schulleiterin im Gespräch bestehen? Doch Adelheid Krahmer machte es ihr leicht. Sie fasste sie am Ellenbogen und begann, sie den Gang hinunterzuführen. Dabei erzählte sie, wie sie die Schule gegründet hatte und dass sie vor einigen Jahren in dieses größere Gebäude umgezogen waren, weil sie mehr Platz brauchten. «Man rennt uns hier die Türen ein», sagte sie nicht ohne Stolz in der Stimme. «Plötzlich wollen alle, die es sich leisten können, ihre Töchter bei uns zur Schule schicken. Als hätte ich nicht schon vor zwanzig Jahren gesagt, dass Bildung auch einem Mädchen gut zu Gesicht steht.»

Mit diesen Worten öffnete sie eine der schweren Holztüren. Dahinter befand sich ein Klassenraum mit vielen Pulten, ähnlich dem, den Auguste aus ihrer alten Schule kannte. Hier jedoch fiel durch die hohen Fenster

Licht auf das dunkle Holz der Bänke. Auf dem Lehrertisch an der Stirnseite unter einer großen Tafel stand ein Krug mit frischen Hortensien, die einen zarten Duft verströmten.

Die Schulleiterin deutete auf ein Pult ganz vorn. «Da können Sie sich hinsetzen, dort ist frei. Niemand sitzt gern in der Nähe der Lehrer, das war schon immer so.»

Ihr Lächeln war schwer zu deuten. Auguste nickte und setzte sich. Adelheid Krahmer fuhr fort: «Es ist gleich Pause. Dann kommt Ihre Klasse wieder in den Raum. Die Schülerinnen sind gerade alle mit Herrn Giesebrecht beim floralen Zeichnen im Garten. Der Geschichtslehrer, Herr Brellkamp, wird Sie dann den anderen Mädchen vorstellen. Brauchen Sie noch etwas?»

Auguste schüttelte den Kopf und flüsterte: «Danke schön.»

Die Schulleiterin nickte ihr zu und wandte sich zum Gehen. Dann besann sie sich noch einmal und drehte sich um. «Ich hoffe, Sie werden sich bei uns wohlfühlen. Ich rate Ihnen, alles Wissen aufzusaugen, das wir Ihnen beibringen können, denn Wissen ist das Schönste, was das Leben zu bieten hat, und Klugheit die größte Zierde einer Frau.»

Mit dieser seltsamen Behauptung ging sie zum Katheder, rückte eine Blüte zurecht und verließ den Klassenraum. Auguste blieb allein zurück.

Sie glitt hinter das ihr zugewiesene Pult und ließ ihre Ledertasche von der Schulter gleiten. Sie holte Papier und ein Tintenfass hervor, setzte sich kerzengerade hin und lauschte auf die Glocke, die anzeigen würde, dass der Unterricht endete und die nächste Stunde begann.

Endlich ertönte sie, und im ganzen Haus erhob sich ein Raunen, ein Trippeln und Stühlescharren. Schon schwoll das Summen an, die Tür zum Klassenzimmer flog auf, und eine Schar dunkel gekleideter Mädchen in Augustes Alter strömte herein. Neugierige Blicke streiften sie, doch alle schwatzten weiter, als wäre sie gar nicht da. Nur eine rothaarige Bohnenstange mit fleckigen Sommersprossen auf Stirn und Nase blieb vor Auguste stehen und musterte sie unverhohlen. Dann sagte sie mürrisch: «Das ist mein Platz.»

Auguste sprang erschrocken auf. «Verzeihung, das wusste ich nicht.»

«Du hast nicht gefragt», erwiderte die Rothaarige. «Den Fehler solltest du nicht zweimal machen.»

Auguste wollte sich erneut entschuldigen, als das fremde Mädchen von einer anderen jungen Frau beiseitegeschoben wurde. Nun blickte Auguste in freundliche Augen, ein helles Grau wie das Meer am frühen Morgen. Es war das Mädchen aus dem Schulgarten.

«Spiel dich nicht so auf, Berta», sagte sie leichthin zur Unruhestifterin. «Du sitzt ganz hinten, weil du Angst vor Lehrer Brellkamp hast. Das wissen alle. Also lass die Neue in Ruhe.»

Berta schnaubte, offenbar empört. Auguste bemerkte jedoch bei einem Blick in die Runde, dass ihr niemand beispringen würde. So begnügte Berta sich damit, ihre Widersacherin anzuzischen: «Wer hat dich denn gefragt, Fräulein Oberschlau?» Dann verzog sie sich schmollend nach hinten und setzte sich an ihren Platz.

Das helläugige Mädchen blieb bei Auguste stehen und grinste. «Die wären wir los. Im Übrigen ist Lehrer Brellkamp wirklich zum Fürchten. Und sein Mundgeruch haut einen in der ersten Bank förmlich um. Neben mir ist noch ein Platz frei. Möchtest du vielleicht dort sitzen?»

Auguste nickte erleichtert. «Ja, danke. Nichts lieber als das.»

Sie griff flink nach ihren Sachen und folgte der Fremden durch den Klassenraum zu einer der Bänke, die am Fenster standen. Die Sonne malte gelbe Kringel auf das Pult, und Auguste ging es plötzlich viel besser. Sie zupfte das Mädchen vorsichtig am Ärmel und flüsterte: «Ich heiße Auguste. Und du?»

Die andere lachte auf. «Wie die Kaiserin persönlich. Sehr angenehm, Eure Durchlaucht.» Sie strahlte Auguste gut gelaunt an. «Ich bin Charlotte. Ebenfalls ein königlicher Name, wenn auch schon etwas angestaubt. Bitte, nenn mich Lotte.»

Auguste nickte und wollte noch etwas sagen, als die Tür erneut aufging und ein älterer Herr mit grauen Haaren hereinhinkte. Sofort verstummten alle Gespräche, als hätte jemand eine Glasglocke über eine Kerzenflamme gestülpt. Die Mädchen huschten zu ihren Plätzen und setzten sich. Der Lehrer schritt zum Katheder. Er zog sein linkes Bein nach.

«Kriegsinvalide», flüsterte Lotte Auguste fast unhörbar zu, dennoch richteten sich die Augen des Lehrers sofort auf sie, und sie senkte rasch den Blick. Von vorne sagte er mit grollender Stimme: «Ja, Fräulein Printz, ganz recht. Mein Bein habe ich in Königgrätz für unser Land gegeben. Für Sie alle», er ließ die Hand über die versammelten Mädchen schweifen, «habe ich gekämpft. Und wir haben die Österreicher vernichtend geschlagen, nur deshalb gibt es heute ein Deutsches Reich. Nur deshalb ist der Kaiser heute ein Hohenzoller. Also stören Sie meinen Unterricht nicht mit törichten Bemerkungen, sondern verhalten Sie sich mir gegenüber gefälligst mit dem gebotenen Respekt.»

Lotte nickte beflissen. Doch Auguste erahnte das Funkeln unter ihren gesenkten Lidern. Sie selbst war zu Tode erschrocken über den grimmigen Ton, den Lehrer Brellkamp angeschlagen hatte. Jetzt bohrten sich seine Augen mit den buschigen Augenbrauen in ihr Gesicht. Kurz schien er nachzudenken, dann fiel ihm offenbar ein, wer sie war. «Meine Damen, begrüßen wir einen Neuzugang. Das», er wedelte in ihre Richtung, als verscheuche er ein Insekt, «ist Fräulein Baumgarten. Sie wird bis zum Ende des Schuljahres mit Ihnen gemeinsam am Unterricht teilnehmen.»

Die anderen Schülerinnen sahen zu ihr herüber, die meisten mit mildem Desinteresse. Auguste nickte schüchtern in die Runde und sah dann zum Lehrer nach vorne. Er studierte ein Dokument vor sich und schraubte sein Tintenfass auf. Den Federkiel gezückt, fragte er: «Welchen Beruf übt Ihr Herr Vater aus, Fräulein? Die Angabe fehlt in meinen Unterlagen.»

«Er ist Offizier», erwiderte Auguste und bemerkte die Anerkennung, die sich im zerfurchten Gesicht des Lehrers ausbreitete.

«Schön, schön», murmelte er, während die Feder kratzte, «das ist doch mal was. Nicht noch mehr solche Emporkömmlinge, solche Hehler und Fabrikanten.»

Auguste war einen Moment lang verwirrt. Was meinte der Lehrer? Dann hörte sie ein winziges Schnauben zu ihrer Linken, wo Lotte unter dem Pult die Hände zu Fäusten ballte. Plötzlich verstand sie. «Ist dein Vater der Warenhausdirektor Printz?», wisperte sie aufgeregt, und Lotte nickte grimmig. Auguste konnte ihre Begeisterung kaum zurückhalten. Jeder in Berlin und Umgebung kannte das große Manufaktur- und Warenhaus Printz in der Breiten Straße unweit des Stadtschlosses. Auguste war dort schon mehrfach mit ihrer Mutter gewesen, um Stoffe und Borten für ihre Kleider zu kaufen, auch seidene Miederwaren und eine Samtjacke für Georg hatten sie dort erworben. Jedes Mal war Auguste der Mund offen stehen geblieben angesichts der Herrlichkeiten, die dort in den Auslagen zu bestaunen waren. All die Lichter blinkten mit den Augen der Kundinnen um die Wette. Von außen wirkte das Kaufhaus mit seiner strahlend weißen Fassade auf Auguste ebenso herrschaftlich wie das Schloss. Und nun saß sie neben der Tochter des Besitzers? Sie war tief beeindruckt.

Lehrer Brellkamp hatte inzwischen eine große Landkarte an die Tafel gehängt und eine der Schülerinnen, ein rundliches Mädchen mit blondem Zopf, nach vorn gebeten, damit sie die Grenzen des Deutschen Reiches erläuterte. Auguste war nicht sonderlich interessiert und studierte lieber aus den Augenwinkeln Lottes elegantes schwarzes Kleid unter der Schulschürze, von dem sie ja nun wusste, dass es aus dem mondänen Kaufhaus ihres Vaters stammte. Als die Glocke läutete, bemerkte sie, dass sie wenig vom Unterricht aufgenommen hatte. Doch schließlich war heute ihr erster Tag, bald würde sie hineinfinden, dachte sie.

Da sie erst spät dazugekommen war, war dies schon die letzte Unterrichtsstunde des Tages gewesen. Alle Mädchen standen auf und räumten Papier und Tintenfässer in die Pulte. Dann strömten sie kichernd und schwatzend hinaus ins Sonnenlicht. Ein hübsches Mädchen mit hellbraunen Locken winkte Lotte zu und zog ihre Freundin, die eher gewöhnlich aussah, mit sich hinaus.

«Ottilie Beier», sagte Lotte, «unsere Klassenschönste. Und ihre Busenfreundin Rosa.»

Auguste sah ihnen nach. Schön, ja, aber auch ein wenig traurig hatte Ottilie ausgesehen, fand sie. Sie wollte den beiden folgen, wandte sich dann jedoch zu Lotte um.

Die war jetzt, unbemerkt vom Lehrer, nach vorne getreten und studierte aufmerksam die Karte, fuhr sogar mit dem Finger eine Linie nach, die einen Fluss darstellte.

Auguste stellte sich dazu. Lottes Wangen waren gerötet, sie leckte eifrig die Lippen. «Was siehst du dir da an?», wollte Auguste wissen.

«Die Welt», antwortete Lotte abwesend und hielt den Blick weiter fasziniert auf die Karte gerichtet.

Auguste versuchte zu verstehen, was Lotte dort so fesselte. Für Geografie hatte sie sich noch nie sonderlich interessiert, Landkarten waren einfach ein paar braune und schwarze Flächen und krumme Linien, an die sie noch nie einen Gedanken verschwendet hatte. Endlich löste Lotte den Blick von der Karte und lächelte Auguste an. «Sieh mal», sie deutete auf einen winzigen Punkt, «das ist Berlin. In diesen kleinen schwarzen Kreis passen wir alle, das Schloss, der Kaiser und Auguste Viktoria, Groß-Lichterfelde, dieser alte Kasten hier, Fräulein Krahmer und Lehrer Brellkamp. Dabei ist das doch alles schon so groß. Aber auf diesem Fleckchen hier wirkt es winzig. Und davon gibt es Tausende Flecken überall auf der Welt. Das sind alles große Städte mit anderen Fräuleins und Lehrern und Schlössern. Dann gibt es noch riesige Urwälder und Ozeane und fremde Völker. Und auch unsere ganze Welt ist nur ein Körnchen im Universum. Wird dir da nicht auch schwindlig?»

Doch, Auguste nickte, das war wirklich schwindelerregend. Sie hatte noch nicht allzu oft darüber nachgedacht, wie viele Welten außerhalb ihrer eigenen kleinen lagen. Erstaunt sah sie Lotte an. Mit wenigen Worten hatte sie es geschafft, dass auch Auguste nun die Landkarte viel bedeutsamer erschien.

Gerade wollte sie sich näher zur Karte beugen, als sie die knurrende Stimme des Lehrers hinter sich hörte. «Meine Damen, bitte verlassen Sie das Klassenzimmer. Der Unterricht ist beendet.»

Widerstrebend lösten sich die Mädchen von der Karte. Gemeinsam gingen sie aus dem Raum und die Treppen des Schulhauses hinunter, auf denen das Rufen und Lachen der anderen Mädchen längst verhallt waren. Vor der Tür blieben sie stehen und sahen sich an. Durch die Hecke erkannte Auguste das Schimmern der weißen Pferde. Herr Wolgast, der Kutscher, erwartete sie. Auf einmal fühlte sich Auguste wie eine Volksschülerin, die noch nicht allein von der Schule nach Hause gehen konnte. Ab morgen, nahm sie sich vor, würde sie zu Fuß kommen, wenn ihre Eltern dies erlaubten.

Dann nahm sie allen Mut zusammen. «Besuch mich doch mal am Karlsplatz», schlug sie Lotte vor. «Wir wohnen in einer roten Steinvilla mit einem Türmchen. Ganz oben ist mein Zimmer. Man kann von dort bis zur Bahn sehen.»

Ängstlich schloss sie den Mund. Weshalb glaubte sie, der Mitschülerin ihr Zuhause anpreisen zu müssen? Und weshalb sollte Lotte sich für ihren Fensterblick interessieren? Konnte sie doch jederzeit im Kaufhaus ihres

Vaters bis ins oberste Stockwerk laufen und wie ein Vogel ganz Berlin von oben betrachten.

Doch Lotte schien sich zu freuen, ihr Lächeln vertiefte sich. In Augustes Bauch schlich die Wärme leise heran und brannte bis hoch in die Brust.

«Ich komme gern», sagte Lotte und nickte heftig, als wolle sie ihre Worte bekräftigen. «Wir wohnen ganz in der Nähe.»

Auguste klatschte in die Hände. «Fein. Morgen nach dem Unterricht?»

Lotte nickte bejahend, sodass ihr die Locken um die Stirn flogen, und lief dann elegant wie eine Gazelle zum Schultor hinaus. Auguste folgte ihr mit wild klopfendem Herzen. Ihr war, als schwebten ihre Füße in den schwarzen Schnürstiefeln einen Zentimeter über dem Boden.

4.

Oktober 1892

Die Blätter der alten Kastanie in der Karlstraße hatten die Farbe gewechselt. Die rotbraunen Früchte fielen in ihren dicken Schalen herunter und landeten leise knallend auf dem Kopfsteinpflaster. Dann sprang der grüne Mantel auf, und heraus kollerte die glänzende Kastanie. Auch die Linden am Karlsplatz trugen ein buntes Kleid. Ihre kleinen Blätter flatterten leuchtend gelb wie festliche Wimpel über den Platz.

Ein kühler Wind hatte sich erhoben und ließ die Röcke der beiden Mädchen rascheln, die im Garten auf den Terrassenstufen saßen. Ein blonder und ein dunkler Schopf. So dicht steckten sie die Köpfe zusammen, dass eine Laus mühelos von einem zum anderen Mädchen hätte hüpfen können. Doch Läuse, das war etwas für die Arbeiterkinder aus den Berliner Mietskasernen, nicht für Auguste und Lotte vom Karlsplatz. So behauptete es zumindest Augustes Mutter. Käthe Baumgarten bereitete ihrer Tochter jeden Samstagabend ein Bad, und bevor sie das Badezimmer verließ, schärfte sie Auguste ein, auch ja den Kopf gründlich mit Seife zu waschen, ehe sie die Haare mit klarem Wasser aus der blauen Emaillekanne ausspülte. Danach ließ Auguste die Haare trocknen und bürstete sie anschließend mit hundert Strichen, bis sie sich wie ein knisternder Heiligenschein um ihr Gesicht legten. Lottes dichter Haarschopf ließ sich wahrscheinlich schwerer bändigen, doch ihr immer etwas unordentlicher Dutt duftete nach Veilchen, wenn sie sich bewegte.

Auguste saß Arm in Arm mit der Freundin im Garten und sog diesen Duft genüsslich ein. Wie erwachsen Lotte wirkte! Und doch hatte sie eine kindliche Verspieltheit nicht abgelegt und konnte herrlich albern sein. Am meisten bewunderte Auguste die Fantasie der Freundin. Wenn Lotte Geschichten erzählte, schien es Auguste, dass sie sich auf den Schwingen eines großen Vogels erhoben und weit über den Karlsplatz, Lichterfelde, ja ganz Berlin hinausflogen, über ferne Lande, die sie nie zuvor gesehen hatte. Nur widerwillig kehrte sie am Ende der Erzählung wieder an ihren Platz in der wirklichen Welt zurück, der ihr auf einmal unbedeutend und eng schien.

Sie beugte sich über die Zeichnung, die auf einem Brett auf ihren Knien lag. Das Papier flatterte sanft im kühlen Wind. Das taten sie gern – Lotte erzählte, und Auguste ließ die Zeichenstifte über das Blatt gleiten, sodass dort die Bilder entstanden, die Lotte mit Worten heraufbeschwor. In der Schule fanden die Zeichenstunden, wann immer das Wetter es zuließ, im Freien statt, und Auguste hatte rasch Gefallen daran gefunden und tauschte nun auch zu Hause oft den Sekretär drinnen gegen ein Zeichenbrett auf ihrem Schoß, während sie mit Lotte auf der Terrasse saß.

«Erzähl mir die Geschichte vom *Kleinen Muck* noch einmal», bettelte sie, und Lotte ließ sich gerne überreden. Auguste liebte alle Erzählungen, die an exotischen Orten spielten, und die Abenteuer des *Kleinen Muck*, dessen Geschichte wie eine kleine Schachtel in einer großen steckte, war besonders farbenfroh, lustig und traurig zugleich. Ein junger Kaufmann erzählte sie den anderen Teilnehmern seiner Karawane, um ihnen die Zeit zu vertreiben. Schon dieses Bild war aufregend, fand Auguste und zeichnete, wie die Reisenden im fernen Orient neben ihren Wagen und Kamelen saßen, mit Turbanen auf dem Kopf gegen die sengende Sonne, und Muley, dem Kaufmann, atemlos lauschten. Für Auguste war Lotte eine Art Muley oder noch eher eine Scheherazade, schön und wortgewandt, deren Kopf mit Figuren, Fabelwesen und Märchengestalten bevölkert war.

Schon zweimal hatte Frau Baumgarten das Hausmädchen auf die Terrasse geschickt, damit es sich vergewisserte, dass die Mädchen die Wolldecken über die Knie gelegt hatten. Diese verrückten Hühner wollten in der kühlen Jahreszeit unbedingt draußen sitzen, hatte sie zu Minna gesagt, dabei aber gelächelt. Georg fand sie beide wohl auch reichlich albern, jedenfalls blieb er demonstrativ drinnen bei seiner Lateinübersetzung am Tisch sitzen und drehte ihnen, sobald er ihren Blick auffing, durch die Terrassentür eine lange Nase. Jetzt kam Minna noch einmal heraus und brachte ein Tablett, auf dem zwei große Tassen mit heißer Schokolade dampften.

Lottes Augen leuchteten. Sie liebte Süßigkeiten und nahm es nicht so genau mit der Wespentaille, ließ ihrem Bauch im oft nachlässig gebundenen Korsett ein wenig Freiheit. Für Auguste war das unvorstellbar. Seit sie zwölf war, schnürte Minna sie jeden Morgen so fest, bis sie fast ohnmächtig wurde. Heimlich bewunderte sie Lotte für ihre Sorglosigkeit. Auch Lottes Eltern achteten sicher streng auf ein makelloses Äußeres. Doch manchmal kam es Auguste vor, als sei die Freundin eine Art Naturgewalt. Wie an einer wild wachsenden Pflanze konnte man ein wenig daran herumschneiden, doch ganz beherrschen ließen sich ihre ausschlagenden Triebe nicht. Immer ringelte sich eine vorwitzige Locke aus der Frisur, zeigte der seidene Rock einen kleinen Fettfleck, fast unsichtbar, doch als stummer Zeuge der Eigenwilligkeit seiner Trägerin.

«Was wäre dir lieber», fragte Lotte, nachdem sie die Tasse abgesetzt hatte, «Zauberpantoffeln oder der Spazierstock, mit dem man Schätze findet?» Sie hatte einen Bart von der Schokolade zurückbehalten und sah aus wie der Kaiser.

Auguste musste lachen. Sie schob das Zeichenbrett zur Seite und griff nun auch nach ihrer Kakaotasse. «Die

Pantoffeln natürlich», antwortete sie, ohne nachzudenken. «Überallhin reisen zu können, immer schnell wie der Wind zu sein, das wäre doch wundervoll.» Sie blickte wieder auf das Bild, das sie gemalt hatte, ihre Lieblingsfigur trug darauf goldene Pantoffeln und flog über die Dächer Arabiens dahin.

Lotte nickte geistesabwesend. Dann sagte sie: «Ich bevorzuge den Stock, der reich macht. Wenn ich einen Schatz finden würde, eigenes Geld hätte, dann könnte ich einen Privatlehrer bezahlen und weiter Unterricht nehmen.»

«Wozu das denn?», wunderte sich Auguste und rührte in ihrer Tasse, um die dicke Schokolade von unten hervorzuholen und sich dann den Löffel genüsslich in den Mund zu schieben. «Mädchen dürfen doch sowieso nicht studieren?»

«Das wird sich bald ändern», rief Lotte aus und schien auf einmal aufgeregt. Sie sprang auf und stieß dabei ihre Tasse um, die über die Steinstufen rollte, doch wie durch ein Wunder nicht zerbrach. Sie schien es gar nicht zu bemerken. «In der Schweiz geht das schon! Und auch in Preußen kämpfen viele Frauen dafür, dass die Universität für sie geöffnet wird. Vor ein paar Jahren wurde sogar eine Petition eingereicht, die Frauenvereine haben mit den Abgeordneten des Reichstags gesprochen und Forderungen gestellt. Ewig können sie uns nicht von den Universitäten fernhalten.»

Auguste starrte die Freundin mit offenem Mund an.

Davon hatte sie ja noch nie etwas gehört. «Aber Lotte», fragte sie verwirrt, «was möchtest du denn studieren?»

«Medizin natürlich», antwortete Lotte, als sei es das Selbstverständlichste auf der Welt. «Ich werde Ärztin.»

Auguste schüttelte verständnislos den Kopf. Das Gesicht der Freundin glühte, und aus irgendeinem Grund fühlte sie sich unwohl bei deren ungestümer Begeisterung. Eben noch hatten sie Arm in Arm gesessen wie siamesische Zwillinge. Wo kam die Fremdheit plötzlich her? Es schien Auguste, als tue sich in der Erde ein Abgrund auf, der klaftertief war. Ärztin? Was war das für ein Unfug? Jeder wusste doch, dass Frauen nicht berufstätig waren, jedenfalls nicht solche wie sie und Lotte. In den Fabriken, sicher, da arbeiteten Frauen aus der Unterschicht, und es gab Dienstmädchen wie Minna und Köchinnen wie ihre Frau Huth, die mürrische Herrscherin des Küchenreichs am Karlsplatz. Doch ein Mädchen aus guter Familie? Das war zu albern! Auguste spürte, wie sie ein wenig böse auf Lotte wurde. «Was du dir einbildest», zischte sie. «In einem halben Jahr gehen wir bei der Krahmerschen ab, und dann wirst du heiraten, genau wie ich. Wir werden Kinder haben und ein hübsches Haus und schöne Kleider tragen.»

«Lieber bringe ich mich um», sagte Lotte ruhig.

Auguste fuhr zusammen. «So etwas darfst du nicht sagen», rief sie und sprang ebenfalls auf. Sie packte Lotte am Handgelenk. «Was ist denn so schlimm daran?»

Lotte riss sich los. Sie war blass geworden, die zarte Röte des Eifers, die auf ihren Schlüsselbeinen und Wangen geschimmert hatte, war verschwunden. Leise sagte sie: «Alles daran ist schlimm. Die Sklavin irgendeines Mannes willst du werden? Immer in diesem engen Korsett auf einem Canapé sitzen und belanglose Gespräche führen? Ich würde mich zu Tode langweilen.» Sie senkte die Stimme noch weiter, ihr Tonfall wurde düster: «Und weißt du, was dein zukünftiger Ehemann mit dir im Schlafzimmer macht, ob du willst oder nicht? Dann kriegst du einen dicken Bauch und ein schreiendes Baby.» Sie deutete auf das Bild vom Kleinen Muck, das zu Augustes Füßen auf den Steinen lag. «Und was ist mit deinem Zeichentalent, glaubst du, es gibt dann noch Zeit dafür? Es ist wie im Gefängnis. Das ist kein Leben, Auguste. Jedenfalls nicht für mich.»

Auguste waren Tränen in die Augen getreten, sie wusste nicht recht, weshalb. Wie grob Lotte auf einmal mit ihr sprach. War das wirklich ihre lustige Freundin, die da so ernst daherredete und ihre Zukunft in düsteren Farben ausmalte? Verstohlen wischte sie sich die Augen.

Lotte sah sie an und plötzlich wurde ihr Gesicht wieder weich. Sie umarmte Auguste. «Sei nicht böse auf mich», flüsterte sie heiser und streichelte ihr beruhigend den Rücken. «Es war nicht so gemeint. Ich habe einfach Angst. Du nicht?»

Auguste nickte, obwohl sie bisher selten über ihre Zukunft nachgedacht hatte. Angst? Es erging ihnen doch allen gleich. Alle Mädchen, die sie kannte, vermählten sich im heiratsfähigen Alter von siebzehn, achtzehn Jahren mit einem Ehemann, bekamen Kinder, lebten das Leben, das ihnen als Frau vorherbestimmt war. Was nützte es, sich vor dem Unvermeidlichen zu fürchten?

Die Mädchen setzten sich wieder, doch der Zauber des Beisammenseins war verflogen. Sie schwiegen lange. Der Wind nahm zu, er brauste durch die Bäume, mahnend und unheilvoll kam er Auguste vor. Sie fröstelte trotz der Wolldecke. Lotte starrte wortlos vor sich hin, und Auguste wünschte, sie könnte das Eis, das plötzlich zwischen ihnen entstanden war, zum Schmelzen bringen.

Endlich fragte sie zaghaft: «Warum möchtest du denn ausgerechnet Ärztin werden?»

Lotte atmete tief ein und sah sie an. Ihr Gesichtsausdruck wurde wieder freundlich, Begeisterung leuchtete in ihren Augen auf. «Stell dir vor, wie mächtig man als Ärztin ist. Herrin über Leben und Tod. Man kann so vielen Menschen helfen. Man lernt alles über den Körper. Ich finde das ungeheuer aufregend. Es ist einer der ältesten Berufe überhaupt.»

«Aber ich kenne nur männliche Ärzte.»

«Ja, weil Frauen jahrhundertelang von der Medizin ferngehalten wurden. Aber es gab in der Geschichte immer wieder berühmte Heilerinnen und Ärztinnen, die es dennoch geschafft haben. Warum sollte ich es dann nicht auch versuchen?»

In Auguste stieg Bewunderung für die Freundin auf.

Es war mutig, wie sie sich gegen alle Konventionen stellen wollte. Plötzlich schien es ihr nicht mehr völlig undenkbar, dass Lotte Ärztin würde. Doch sogleich drängte sich ihr die nächste Frage auf: «Und deine Eltern?»

Vor Lottes Gesicht schien ein Vorhang zu fallen. Sie stöhnte leise. «Die werden es nie erlauben. Ich bin ihre einzige Tochter. Vater braucht einen Schwiegersohn, der die Geschäfte übernimmt, wenn er alt ist. Sie haben schon einen Kandidaten im Auge. Er war am Sonntag bei uns, um mir seine Aufwartung zu machen.»

«Wer ist es?», fragte Auguste eifrig.

«Er heißt Eduard und ist der Sohn eines Geschäftsfreundes meines Vaters. Er ist ganz begeistert von der Aussicht, einmal das Warenhaus zu führen. Von mir eher weniger, fürchte ich.»

Wie konnte er nicht von Lotte begeistert sein?, fragte sich Auguste im Stillen und unterdrückte eine kleine Wut auf den unbekannten Mann. Sie betrachtete verstohlen die weiche Haut und die schimmernden Haare der Freundin. Wie reizend sie aussah. Und wie klug sie war, dachte sie und erinnerte sich an die Willkommensworte der Schulleiterin, als sie das erste Mal die Krahmersche betreten hatte. *Die größte Zierde einer Frau.* Hatte Fräulein Krahmer damit Klugheit wie die von Lotte gemeint? Aber was sollte eine Frau mit Intelligenz anfangen? War es nicht grausam, wenn man Mädchen wie Lotte erst mit Wissen vollstopfte wie Weihnachtsgänse und sie dann zwang, von der Schule abzugehen und zu heiraten? Es war das erste Mal, dass dieser Widerspruch Auguste seltsam vorkam.

Sie wandte sich an Lotte: «Ich glaube, du hast recht. Du solltest es versuchen, wenn es das ist, was du wirklich willst.»

Lotte nickte heftig. «Mehr als alles andere.» Dann fragte sie ruhiger: «Und du? Was willst du wirklich?»

Auguste dachte lange nach. Sie wusste es nicht. Doch sie schämte sich, es vor der Freundin zuzugeben. Sie befürchtete, Lotte würde sie für oberflächlich halten, weil sie nie über ihre Zukunft nachgrübelte. Fieberhaft überlegte sie, welche Antwort tiefsinnig wäre. Sollte sie behaupten, sie wolle eine berühmte Künstlerin werden, mit Ausstellungen in Paris und London? Oder Schriftstellerin? Doch stattdessen hörte sie sich sagen: «Ich möchte am liebsten immer neben dir sitzen und mit dir reden, so wie jetzt. Alles andere ist unwichtig.» Kaum hatte sie die Worte ausgesprochen, spürte sie, dass es die Wahrheit war. Furchtsam blinzelte sie unter ihren Lidern zur Seite, um in Lottes Gesicht nach Spott zu forschen. Doch darin stand ein Lächeln.

Die Freundin rutschte näher zu ihr herüber und schlang den Arm um sie. Sie lachte leise. «Denk nicht, dass ich dich jemals wieder fortlasse, Auguste Baumgarten.» So saßen sie und lauschten den Windböen in den Zweigen der Kastanie und dem Knallen der Früchte auf dem Kopfsteinpflaster. Ab und zu linste Auguste zu ihrem Bild hinunter. Sie habe ein Talent, hatte Lotte gesagt. Es war ihr nie in den Sinn gekommen, dass ihre Freude am Zeichnen etwas Besonderes war, doch auf einmal schien es ihr bedeutsam, was die Freundin gesagt hatte.

Erst als Minna zu ihnen hinausrief, dass sie erwartet würden, das Abendessen stehe längst auf dem Tisch, sprangen sie auf und liefen die Terrassenstufen hinauf ins Haus. Auguste hatte das Gefühl, als wären sie bei etwas Verbotenem ertappt worden.

5.

November 1892

Während die Griffel der anderen Mädchen über das Papier kratzten, sah sich Auguste vorsichtig im Klassenraum um. Sie besuchte seit zwei Monaten die Krahmersche und hatte sich längst eingewöhnt. Der Unterricht machte Spaß, bis auf die Stunden bei Brellkamp, vor dem sie sich immer noch ein wenig fürchtete. Doch die anderen Lehrer und Lehrerinnen – in der Krahmerschen unterrichteten auch Frauen, und ihr Unterricht war meistens besonders gut – gefielen ihr. Nie behauptete jemand, dieses oder jenes sei unnützes Wissen für ein Mädchen, stets wurde betont, dass eine Frau ebenso gebildet sein konnte wie ein Mann. Manchmal fragte sich Auguste, was ihre Eltern denken würden, wenn sie hier Mäuschen spielen dürften? Wären sie besorgt, dass die Schule ihrer Tochter Flöhe ins Ohr setzte? Denn mochte Lotte auch darüber schimpfen, dass die Universitäten keine Frauen zuließen, dass Bildung nach wie vor jungen Männern vorbehalten war – hier, unter den gestrengen

Augen von Fräulein Krahmer, taten beinahe alle so, als sei solches Denken Schnee von gestern.

Und die Mitschülerinnen? Bis auf Berta, die sie nach wie vor schnitt, als habe Auguste ihr etwas angetan, waren alle Mädchen freundlich. Mit der ein oder anderen hatte sich so etwas wie eine Freundschaft ergeben, auch wenn davon nichts an die enge Verbindung mit Lotte herankam.

Da war die dünne Anna, deren Vater ironischerweise eine Konditorei besaß und die in der Pause immer freigiebig ihr Kuchenpaket öffnete, damit ihre Klassenkameradinnen ordentlich zulangten. Dann Hildegard, genannt Hildchen, deren zarte Nase sich stets ein wenig kräuselte, als röche sie etwas Unangenehmes, die aber sanft und hilfsbereit war. Und schließlich Ottilie, Tochter eines Tabakfabrikanten, die stets nach der neuesten Mode gekleidet war und deren Frisur aussah, als legte ihr jeden Morgen ein Coiffeur die Locken. Auguste, der sie schon am ersten Tag aufgefallen war, fand sie wunderschön und beobachtete sie gerne verstohlen im Unterricht. Sah zu, wie Ottilie mit eleganten Bewegungen ihr Tintenfass aufschraubte, als wäre es ein Tiegel mit kostbarer Creme. Genoss den Schimmer ihres hellbraunen Haars, in dem kleine Perlen steckten, und den sanften Bogen ihres Nackens, wenn sie sich über ihre Bücher beugte. Ottilie saß vor ihnen, gemeinsam mit ihrer Sitznachbarin Rosa Fink, die von so unscheinbarem Aussehen war, dass der Kontrast zwischen den beiden fast schmerzhaft war.

Heute jedoch saß Rosa allein am Pult. Der Platz neben ihr war leer, und Auguste schien es, als fehlte ein warmes Leuchten, das sonst den Klassenraum erhellte.

Sie stieß Lotte an, die so energisch immer neue Wörter auf das Papier kritzelte, als versuchte sie, einen Schnelligkeitswettbewerb im Schreiben zu gewinnen.

Die Freundin fuhr zusammen. Dann sah sie auf Augustes leeres Papier und erbleichte.

«Warum schreibst du nicht?», flüsterte sie heiser. «Von dem Aufsatz hängt deine Literaturnote ab, das weißt du doch. Brauchst du Hilfe?»

«Nein», hauchte Auguste zurück und schielte aus den Augenwinkeln zu Fräulein Süßmilch hinüber, die vorne am Katheder saß und aufmunternd lächelte, als sie Augustes Blick auffing. «Nicht jede kann schneller schreiben als atmen, so wie du, Lotte.»

Lotte kicherte unterdrückt und biss sich in die Faust, damit die Lehrerin nicht aufmerksam wurde. Dann nickte sie Auguste auffordernd zu. «Worauf wartest du dann? Schreib endlich. Du bist doch so begeistert von *Grete Minde*!»

Lotte hatte recht, dachte Auguste. Sie hatten in den vergangenen Wochen im Unterricht bei Fräulein Süßmilch einen Roman von Theodor Fontane gelesen, der Auguste sehr aufgewühlt hatte. Die Lehrerin hatte mit ihnen im Unterricht über das Schicksal des jungen Mädchens Grete, von dem der Roman handelte, diskutiert – ein echter, lebhafter Austausch, wie er in der Krahmerei üblich war, ja sogar gefördert wurde. Und Auguste hatte nächtelang wach gelegen und über die ungeheuerliche Tat von Grete nachgegrübelt, mit der diese die Ungerechtigkeit sühnte, die man an ihr begangen hatte. Daher hätte sie zu der Aufsatzfrage – *Ist Gretes Brandstiftung zu rechtfertigen?* – einiges schreiben können, doch sie war abgelenkt.

Sie deutete nach vorn auf den leeren Platz. «Wo ist Ottilie?», fragte sie leise.

Auch Lottes Augen wanderten zum Pult vor ihnen. Sie zuckte mit den Schultern. «Gestern war sie noch da.»

Das stimmte. Sie hatten im Handarbeitsunterricht beisammengesessen. Sie lernten zu quilten und fertigten leuchtend bunte Überdecken mit fröhlichen Motiven an, die Auguste ausnehmend gut gefielen. Auguste, Lotte und Ottilie hatten, während ihre Finger über den Quiltrahmen flogen, ein wenig geplaudert. Doch jetzt fiel Auguste ein, dass Ottilie eigentlich mehr geschwiegen hatte als erzählt, während Lotte wie ein Wasserfall geplappert hatte.

Ein unruhiges Gefühl erfasste Auguste. Sie lehnte sich nach vorne und pikste Rosa mit dem Ende ihres Federkiels in den Rücken. Die schrak von ihrem Aufsatz hoch und drehte sich um. Dabei rutschte ihr Heft vom Pult und klatschte laut auf das Linoleum. In ihrem Rücken hörte Auguste ein Räuspern. Fräulein Süßmilch hatte die unerwünschten Aktivitäten in ihrem Klassenraum bemerkt. Sie stand auf und kam herüber.

«Fräulein Baumgarten, was geht hier vor?»

Auguste war rot geworden. Sie stammelte: «Verzeihen Sie bitte. Ich wollte nur –»

«Ein wenig Inspiration von Fräulein Fink vor Ihnen einholen?»

«Nein, gar nicht, ich –» Auguste fehlten die Worte. Endlich riss sie sich zusammen. «Mir ist aufgefallen, dass Ottilie fehlt. Ich habe sie gestern noch gesprochen, und da schien sie nicht krank zu sein. Daher wollte ich mich erkundigen, wo sie ist.»

Die Lehrerin wirkte plötzlich unsicher, das Lächeln, das Auguste eben noch an ihr gesehen hatte, war verschwunden. Alle Augen waren auf sie gerichtet, keins der Mädchen schrieb mehr. Selbst Lotte hatte sich von ihrer wahrscheinlich kämpferischen Argumentation für Gretes Motive losgerissen und sah sie erwartungsvoll an. Fräulein Süßmilch wirkte auf einmal wie auf der Hut. Ihr Körper versteifte sich, und ihr Gesichtsausdruck war nun verschlossen.

«Fräulein Beier ist heute unpässlich. Bitte arbeiten Sie weiter, meine Damen.» Mit energischen Schritten kehrte sie nach vorn zum Katheder zurück, wie um zu demonstrieren, dass von ihr keine näheren Informationen zu erwarten seien. Sie nahm oben Platz und fand ihr Lächeln wieder, nickte den Mädchen auffordernd zu, bis eine nach der anderen wieder zu schreiben begann.

Auguste wechselte einen heimlichen Blick mit Lotte. War sie bis eben nur interessiert gewesen, wo Ottilie steckte, schrillten in ihr nun alle Alarmglocken. Die kurze Antwort der Lehrerin hatte das Gegenteil dessen bewirkt, was sie beabsichtigt hatte. Anstatt ihre Neugier im Keim zu ersticken, hatte sie sie noch mehr entfacht. *Unpässlich*? Wäre Ottilie einfach krank, hätte sie doch sagen können, sie habe Husten oder Kopfschmerzen. Doch die ausweichende Reaktion zeigte, dass sie den Schülerinnen etwas verheimlichte, fand Auguste. Was konnte das nur sein?

Fieberhaft beugte sie sich über ihren Aufsatz und schrieb mit fliegenden Fingern das Nötigste nieder. Auch Lotte neben ihr wirkte nicht mehr so konzentriert wie zuvor.

Als die Glocke läutete, sammelte Anna, die Klassensprecherin war, die Hefte ein und legte sie Fräulein Süßmilch aufs Lehrerpult. Auguste stand hastig auf und räumte ihre Sachen zusammen.

Rosa drehte sich zu ihnen um. Als sie die fragenden Gesichter der Freundinnen sah, legte sie einen Finger auf die Lippen. «Pst», machte sie. «Kommt mit nach draußen, ich erzähle euch, was ich weiß. Es ist aber nicht viel.»

Sie gingen durch den stiller werdenden Korridor der Schule. Es roch nach Bohnerwachs, nach Staub und altem Papier. Die meisten Schülerinnen hatten das Gebäude verlassen. Am Ende des Flurs befand sich eine kleine Bibliothek, in der die Mädchen Stillarbeit verrichteten, wenn sie freie Zeit hatten. Lotte überholte die beiden anderen und drückte die Klinke der Tür herunter. Dann steckte sie ihre Nase in den kleinen Raum. Offenbar war er leer, denn sie stieß die Tür weit auf und trat ein. Ottilie und Auguste folgten ihr, hinter ihnen fiel die Tür wieder ins Schloss.

Auguste mochte den kleinen Leseraum. An den Wänden wuchsen Bücherregale wie Kletterpflanzen bis zur Decke. Darauf stapelten sich Bücher und Zeitschriften, viele Seiten waren vergilbt und schon lange nicht mehr in den Händen einer Leserin gewesen. Das Licht war dämmrig, bis Lotte eine Tischlampe einschaltete. Sie warf einen grünen Schein auf die Arbeitsplatte des Schreibtischs, der in der Mitte des Raums stand.

«Ist das dem Hausmeister recht, dass wir noch hier sind?», wandte Auguste ängstlich ein. «Er sperrt doch bestimmt die Schule zu.»

Lotte winkte ungeduldig ab. «Ich komme oft nach Schulschluss hier herein, um zu lesen. Man kann aus dem Fenster steigen, wenn schon abgeschlossen ist, es ist nicht hoch, und man landet weich in einem Busch.»

Ungläubig starrte Auguste sie an. Kletterte die Freundin tatsächlich regelmäßig aus dem Schulfenster? In diesem Rock? Es schien unglaublich. Doch sie kannte Lotte inzwischen gut genug, um zu wissen, dass sie die Wahrheit sagte. Sie zuckte mit den Schultern und ließ sich auf einem der Holzstühle mit lederner Sitzfläche nieder. Es knarzte leise. Auch die anderen sanken auf Stühle.

«Erzähl schon», forderte Lotte Rosa auf.

Diese zwirbelte nervös eine Haarsträhne zwischen den Fingern und steckte sie sich dann in den Mundwinkel, um daran zu saugen. «Eigentlich weiß ich nichts Genaues», sagte sie leise und sah zwischen Lotte und Auguste hin und her. «Vor ein paar Wochen hat sich Ottilie mir anvertraut. Ich darf eigentlich nichts sagen. Aber ich habe Angst. Was, wenn ihr etwas passiert ist?»

«Sag doch endlich, was sie dir erzählt hat», bat Lotte ungeduldig.

«Also gut. Ottilie hat – einen Mann kennengelernt.»

«Einen Mann?», sagten Lotte und Auguste wie aus einem Munde. Sie sahen sich an und mussten einfach lachen.

Rosa fuhr fort. Sie hatte nicht in das Gelächter mit eingestimmt, sondern wirkte weiter besorgt. «Ja. Einen verheirateten Mann. Sie war mit ihren Eltern in den Königlichen Schauspielen im Berliner Ballett. Er saß in derselben Loge. Mit seiner Ehefrau, denkt euch doch nur! Nach der Aufführung fragte er Ottilie in einem unbeobachteten Moment nach ihrem Namen. Sie sagte ihm, dass sie hier zur Schule gehe. Eine Woche später wartete er auf sie an der nächsten Straßenecke. Sie gingen spazieren. Ihre Eltern dachten, sie ginge mit mir nach Hause.» Rosa war außer Atem. Sie schien furchtbar aufgeregt.

Lotte hatte die Stirn in Falten gelegt. «Deshalb war sie in letzter Zeit so seltsam», sagte sie ruhig, als stellte sie eine Diagnose wie ein Arzt. «Ich hätte es mir denken können.»

Auguste spürte, wie ihre Hände ganz leicht zitterten. Ob aus Furcht oder vor Aufregung, wusste sie nicht. Allein mit einem Mann durch Lichterfelde zu spazieren, ohne dass die Eltern es billigten – dazu gehörte Courage. Oder Leichtsinn.

Lotte stellte die Frage, die sie beide hatten: «Und dann?»

Rosas Lippen bebten. «Wenn ich das wüsste! Ottilie wurde ganz seltsam. Sie hat kaum noch mit mir geredet. In den ersten Wochen nach ihrer Begegnung wirkte sie so glücklich. Wenn ich versuchte, ihr ins Gewissen zu reden, tat sie meine Bedenken ab. Sie sagte, ich wüsste nicht, wovon ich spreche, weil ich nie mit einem Mann zusammen gewesen sei.» Sie brach ab und wurde rot.

Lotte fasste sie am Arm. «Was meinte sie damit, zusammen gewesen?» Wieder sprach sie die Frage aus, die laut in Augustes Gehirn dröhnte. Rosa wand sich hin und her, als schäme sie sich an Stelle der abwesenden Freundin. «Ihr wisst, was ich meine. Sie taten Dinge – die ihre Eltern verurteilen und die Kirche verdammt.»

«Sie hat sich ihm hingegeben?», fragte Lotte heiser. «Wie? Wo?»

Rosa schüttelte abwehrend den Kopf. In ihren Augen glitzerten jetzt Tränen. «Ich weiß es nicht. Sie hat es mir nicht verraten. Nur immer wieder gesagt, dass sie niemals zuvor etwas Derartiges gespürt habe. Dass sie jetzt erst wüsste, was Leben sei. Und Liebe.»

«Und wie ging es weiter?», fragte Auguste leise. Sie

spürte eine Traurigkeit und eine seltsame Erregung zugleich. Rosa schluckte und sagte: «Dann wurde sie so eigenartig. Ihr Lachen war auf einmal verschwunden. Sie war bleich und müde. Sie hörte auf, seinen Namen zu nennen.»

«Er hat sie sitzen gelassen!», rief Lotte empört. «Das muss es sein. Deswegen ist sie nicht zum Unterricht gekommen. Sie trauert. Rosa, du musst zu ihr!»

«Ich wage es nicht. Sie wollte sich mir nicht anvertrauen. Und wenn ihre Eltern erfahren, dass Ottilie sie angelogen hat, bin ich auch schuld. Ich habe ihr Deckung für ihre Treffen gegeben.»

Lotte schüttelte den Kopf. «Das zählt alles nicht als Ausrede. Wir müssen zu Ottilie und sehen, ob es ihr gut geht. Wir kommen mit. Oder, Auguste?»

Auguste fühlte sich nicht wohl bei dem Gedanken, Ottilie zu Hause zu überfallen. Doch die Neugier besiegte ihre Bedenken. «In Ordnung», stimmte sie zu. «Aber wenn ihre Eltern etwas gegen unseren Besuch haben, verschwinden wir.»

Alle drei verließen die Bibliothek. Die Schule lag still in ihrem verstaubten Schlummer des frühen Abends, doch das Schultor war noch geöffnet. Wahrscheinlich saß Fräulein Krahmer über die Abrechnungen gebeugt in ihrem Direktorinnenzimmer. Oben brannte das Licht in einem einzelnen Fenster.

Die Mädchen liefen flink die dunkle Straße entlang. Auguste begann, sich zu sorgen, dass man sie zu Hause vermissen würde. Doch wenn ihre Mutter fragen würde, konnte sie einfach behaupten, sie hätte einer kranken Mitschülerin noch die Schularbeiten vorbeigebracht. Das war nicht einmal ganz gelogen, dachte sie, doch das schlechte Gewissen stach sie in der Magengrube.

Als sie vor dem Anwesen der Familie Beier standen, schien selbst die mutige Lotte ein Stück kleiner zu werden. Das Haus wirkte mit seinen vielen weißen Türmchen und zierlichen Erkern wie ein Gebilde aus Zuckerwerk. Hier wohnten wohlhabende Leute, das sah man auf den ersten Blick.

Rosa kannte sich am besten aus und lief, die beiden anderen Mädchen in ihrem Kielwasser, über den gekiesten Weg zum Haus. Sie zog an einem Griff aus Messing, der geformt war wie eine Löwenpranke. Drinnen schellte sanft eine Glocke, als wolle sie die Bewohner nicht aufschrecken, sondern ihnen die Ankunft der Gäste möglichst schonend beibringen.

Kurze Zeit später öffnete ein Dienstmädchen mit blütenweißer Spitzenschürze und Häubchen die Tür. Mit ihren glatten weißblonden Haaren und rosigen Wangen wirkte die junge Frau blitzsauber und frisch. Als sie jedoch Rosa und die beiden anderen Mädchen erblickte, wurde sie blass. Sie trat leise eine Stufe herunter, blickte wachsam über die Schulter und sagte halblaut: «Fräulein Fink. Sie sollten nicht hier sein. Die Herrschaften sind nicht gut auf Sie zu sprechen. Hier herrscht dicke Luft. Besser, Sie verschwinden wieder.»

Rosa nickte eingeschüchtert und wollte sich schon wieder umdrehen. Doch Lotte hielt sie am Arm fest. «Komm schon, sei kein solcher Hasenfuß. Willst du nicht wissen, wie es Ottilie geht?»

«Doch, aber –», Rosa wand sich hin und her. «Du hörst doch, was Olga sagt. Wir sind hier nicht erwünscht.»

Aus dem Inneren des Hauses drang eine herrische Frauenstimme. «Olga, wer ist draußen? Wie oft soll ich dir noch sagen, lass Gäste nicht bei offener Tür warten. Es zieht. Meine Migräne!»

Olga rief mit bemerkenswert gelassener Stimme zurück: «Gnädige Frau, es waren nur Kinder, die einen Klingelstreich gespielt haben.»

«Dann verjag diese Bälger und komm endlich wieder herein. Bring mir meinen Tee mit Zitrone!»

«Gewiss», rief Olga. Hastig flüsterte sie den Mädchen zu: «Heute ist mein freier Abend. In fünfzehn Minuten bin ich draußen. Wartet auf mich an der Straßenecke.»

Bevor jemand etwas erwidern konnte, hatte sie die Tür zugeschlagen. Verdutzt sahen die drei Freundinnen zu, dass sie fortkamen. Sie liefen auf leisen Sohlen die Straße hinunter und blieben an der Ecke stehen. Es wurde immer später, und Auguste begann, sich nun wirklich vor den Fragen ihrer Eltern zu fürchten. So lange war sie noch nie fortgewesen, ohne Bescheid zu sagen. In Rosas Kopf schienen sich ähnliche Sorgen abzuspielen.

«Meine Eltern werden sich fragen, wo ich bleibe», sagte sie mit gerunzelten Brauen.

«Wie wäre es, wenn wir zu Hause sagen, wir hätten noch in der Bibliothek miteinander gelernt?», schlug Auguste vor, der es lieber war, eine Ausrede parat zu haben, wenn ihre Mutter später nachfragte. Rosa nickte, ebenfalls erleichtert, wie es Auguste schien.

Nur Lotte wirkte gelassen, dabei war ihr Vater wahrscheinlich der strengste von allen. Immer wieder fragte sich Auguste, woher die Freundin ihre innere Stärke hernahm, ihre Furchtlosigkeit. Stets war bei Lotte alles auf den Augenblick gerichtet oder auf ein Ziel, das in der Zukunft lag. Die Folgen ihres Tuns dagegen schienen ihr selten Kopfzerbrechen zu bereiten. Ihr Streben nach Wissen, nach der Wahrheit, überwog immer die Pflicht. Auguste beneidete sie ein wenig um ihre Überlegenheit und schämte sich für ihre ängstliche Zurückhaltung. War sie ein Hasenfuß, wie Lotte vorhin von Rosa behauptet hatte?

Endlich klapperten Absätze auf dem Pflaster durch die Dämmerung. Olga hatte die Schürze abgenommen und das Häubchen gegen eine rote Wollkappe getauscht, die in einem reizenden Kontrast zu ihren hellen Haaren stand. Auch ihr gegenüber empfand Auguste plötzlich so etwas wie Neid. Das Dienstmädchen hatte sicher einen schweren Alltag. Doch wenn sie einen freien Abend genehmigt bekam, gehörte diese Zeit ihr. Sie konnte damit anstellen, was sie wollte, sich kleiden, wie es ihr gefiel. Keine besorgte Mutter wachte mit Argusaugen darüber, ob sie sich züchtig und sittsam verhielt, ob ihr

Korsett anständig geschnürt war und ihre Haare gezähmt waren.

Erwartungsvoll blickten die Mädchen Olga entgegen. Als sie bei ihnen stehen blieb, sagte sie leise: «Wir sollten hier nicht lange herumstehen. Die Nachbarschaft hat feine Spürnasen für einen Skandal.»

Sie wandte sich an Lotte und Auguste. «Ihr seid auch Freundinnen von Ottilie?»

Die beiden nickten. Olga lächelte flüchtig. «Dann habt ihr die Wahrheit verdient. Fräulein Ottilie war immer sehr lieb zu mir, sehr anständig.»

Rosa fragte mit brüchiger Stimme: «War?»

Olga ging nicht darauf ein. «Sie war ganz anders als ihre Mutter, dieser Drachen. Ich wünschte, ich könnte etwas für das Mädchen tun. Ottilie steckt in Schwierigkeiten.»

Auguste, Lotte und Rosa nickten mit bangen Gesichtern. So weit waren sie mit ihren Überlegungen auch schon gekommen.

«Und welcher Art?», fragte Lotte.

Olga sah sie kurz an und antwortete dann: «Die von der schlimmsten Sorte.»

Lotte atmete zischend aus.

Auguste sah sie verständnislos an, und auch Rosa schien nicht zu verstehen, was das Dienstmädchen meinte. «Was hat sie denn?», fragte sie.

Ungeduldig antwortete Lotte, als liege es auf der Hand: «Sie erwartet ein Kind. Habe ich recht, Olga?»

Die nickte nur.

Auguste starrte sie ungläubig an. Das konnte nicht sein! So etwas geschah nur in Romanen, oder es passierte liederlichen Frauen, die ohne Sitte und Anstand lebten. Arme Geschöpfe der Unterschicht. Doch nicht der schönen, gebildeten Ottilie.

Olga schien ihre Gedanken zu lesen. Sie lachte, ein überlegenes Kichern. «Fräulein, Dummheit ist leider nicht nur uns armen Leuten vorbehalten. Auch in Ihren Kreisen kommen Skandale vor. Und der Fall ist für Ihresgleichen viel tiefer als für uns einfache Mädchen. Die Liebe kommt uns allen – ob Reich oder Arm – manchmal dazwischen und dann gute Nacht.»

Auguste starrte sie an. Ihr dämmerte plötzlich, dass Olga vielleicht aus Erfahrung sprach. Es gab viele Dienstmädchen, die nach einer Niederkunft als gefallene Mädchen in Stellung gehen mussten. Für sie war es ein Glück, wenn ein Dienstherr sich ihrer erbarmte und über ihren Fehltritt hinwegsah.

Rosa hatte die Hände vors Gesicht geschlagen. Mit erstickter Stimme fragte sie: «Wo ist sie jetzt?»

«Sie haben sie aufs Land geschickt», sagte Olga düster. «Es gibt Orte für solche Situationen. Die Mädchen bleiben dort, in der Abgeschiedenheit eines Hofes oder eines Klosters, bis sie niederkommen. Die Kinder werden fortgegeben und die Mädchen kehren zurück zu ihren Familien. Im besten Fall kann die Angelegenheit als Bildungsreise getarnt und der Schaden begrenzt werden.»

«Also nehmen sie Ottilie das Kind weg? Sie hat keine Wahl?», empörte Lotte sich.

Der Blick, den Olga ihr schenkte, war schwer zu deuten. Las Auguste Mitleid darin? «Mädchen, welche Wahl? Es gibt keine Wahl für eine Frau mit ungewollter Schwangerschaft.» Sie sah sich um, als Schritte auf dem Pflaster zu hören waren. Ein Mann eilte an dem kleinen Grüppchen vorüber und warf den Frauen einen neugierigen Blick zu. Dann tippte er sich grüßend an den Hut und lief weiter.

Olga sagte leise: «Ich muss fort. Wir erregen hier bald Aufsehen. Ihr solltet nach Hause gehen. Lasst euch Ottiliens Schicksal eine Lehre sein und haltet euch von den falschen Menschen fern.»

Irrte sich Auguste, oder sah das Dienstmädchen sie bei diesen Worten besonders scharf an? Schon wandte sich Olga zum Gehen, doch Lotte hielt sie am Mantel fest. «Warte», bat sie. «Gibt es eine Adresse, an die wir Ottilie eine Nachricht schreiben können?»

Olga zögerte. In ihrem Gesicht las Auguste den Widerstreit ihrer Gefühle. Dann griff sie in die Manteltasche, holte ein Stück Papier und einen Bleistift hervor und kritzelte einige Worte darauf, während sie das Blatt gegen einen Laternenpfahl legte. Sie drückte es Lotte in die Hand. Ohne ein weiteres Wort eilte sie fort. Ihre Schritte verhallten im nebligen Dämmerlicht des Herbstabends.

6.

Nervenklinik der Charité zu Berlin
Zweite Aufzeichnung (Mai 1893)

Die Patientin Marie wird gegen Abend zunehmend unruhig, kann die Hände nicht still halten, zeigt oft ein rhythmisches Zucken der Beine. Die Finger wandern rastlos über die Bettdecke, das Einschlafen fällt ihr schwer. Die Wärterin verabreichte mehrfach Chloral, was denn auch meistens Wirkung zeigt. Doch in nicht wenigen Nächten steht die Schlafende auf, geht umher, sucht etwas, von dem sie am folgenden Morgen niemals sagen kann, was es war. Ich erhöhte die Dosis Chloral, was dazu führte, dass das Schlafwandeln jetzt seltener auftritt, jedoch nicht ganz geheilt ist.

Bei Tage denkt sie sich Geschichten aus, die erstaunlich klaren Inhalts sind und die sie mit lauter Stimme vorträgt, als hätte sie ein Publikum vor sich. Den Auftakt dazu bildet jeweils ein Stichwort aus ihrer Umgebung. Die Wärterin oder eine andere Patientin, ja auch einmal absichtlich ich selbst, werfen ein Wort in den Raum, und Marie spinnt dazu einen Faden, eine Anekdote voller anmutiger Bilder und Motive. Die Geschichten sind hübsch anzuhören, ich habe einige aus dem Gedächtnis aufgezeichnet und versucht, ein Muster zu erfassen. Immer wieder spielt das Fliegen eine Rolle darin, was allerdings nicht singulär bei diesem Fall ist, sondern bei ähnlichen Fällen oft berichtet wird. Es handelt sich hierbei um einen Urwunsch des Menschen und gleichzeitig um eine tiefe Angst, den Boden der Welt zu verlassen und sich im freien Raum wiederzufinden.

Oft wird in Maries Geschichten auch ein Gegenstand seiner eigentlichen Funktion beraubt und dient etwas ganz Widersinnigem, so wie eine Stricknadel, die als Besenstiel für Hexen genutzt wird, die damit zur Walpurgisnacht fliegen, oder eine Pfauenfeder, deren Kreise ausgeschnitten werden und die sodann als Brille Verwendung finden. Es ist, als wären in ihrem Kopf bestimmte Verknüpfungen durcheinandergeraten und die losen Enden der Fäden würden aufs Neue verbunden, jedoch ohne Sinn. Solcherlei Phantasmen verdichten sich zu wahren Teppichen der Erzählkunst, und ich gestehe, dass es eine gewisse Freude ist, ihren Geschichten zu lauschen, die bunt sind und in denen Traurigkeit und Glück nahe beieinanderliegen.

Nachdem Marie nach ihrer Ankunft in der Charité zunächst wenig Nahrung zu sich nahm und zusehends verfiel, hat sich ihr Zustand in diesem Punkt erfreulich stabilisiert. Sie lässt es zu, dass die Wärterin sie füttert, und greift auch selbst zu Brot und Früchten. Ich erlaube mir zu bemerken, dass sie mir gegenüber inzwischen recht aufgeschlossen, ja freundschaftlich ist und freimütig darüber berichtet, wie sie sich fühlt und was ihr durch den Kopf geht. Während meiner kürzlichen Abwesenheit von einer Woche verschlechterte sich, wie mir gesagt wurde, ihr Zustand deutlich, sie weinte vermehrt, fantasierte wieder öfter, schlief schlecht. Sie weigerte sich, ihre Gedanken meiner Vertretung, Dr. G., anzuvertrauen, obschon er ein großes Geschick mit den Patientinnen hat und mehr Erfahrung als ich besitzt. Als ich zurückkehrte, war Marie zunächst verschlossen, ja vorwurfsvoll und launisch, als trage sie es mir nach, dass ich nicht da gewesen war. Doch zusehends besserte sich ihre Laune wieder, besonders, nachdem ich mir mehrere Tage lang zwei oder sogar drei ihrer Geschichten angehört habe. Die fantastischen Reisen darin waren faszinierend anzuhören, und Marie scheint auf diese Weise alles losgeworden zu sein, was sie in meiner Abwesenheit in sich verschlossen hatte. Sie gehört jener dankbaren Klientel des neuen, intelligenten Mittelstands an, dessen Angehörige über ihren eigenen Geisteszustand Auskunft zu geben vermögen, was für die Neurologie von großem Wert ist. Das Lebendige des Hirnprozesses kann in Gesprächen mit jenen Bildungsbürgern anschaulich nachvollzogen werden. Ich wünsche mir sehr, dass sich die Erfolge bei der Behandlung von Marie noch einstellen werden, denn ich erhoffe mir einen enormen Forschungsfortschritt. Eine Besserung ihres Zustands, gar eine Heilung würde mein Ansehen als Neurologe über Preußens Grenzen hinaus deutlich steigern.

Die Vertrautheit zwischen Marie und mir ist wieder hergestellt, und ich beginne, mich auf die Sitzungen mit ihr besonders zu freuen. Ich fühle einen starken Wunsch, ihr zu helfen und ihre Symptome aufzuklären, um ihr Erleichterung zu verschaffen. Das Verantwortungsgefühl ist gleichermaßen erdrückend und köstlich.

7.

November 1892

«Und eins und zwei und eins und zwei», die Klavierlehrerin Fräulein Hammerschmidt zählte wie ein Feldwebel und schlug mit ihrer schmalen Hand den Takt auf den Klavierdeckel, als wollte sie ihrer Schülerin den Rhythmus mit Gewalt einbläuen. Augustes Finger zitterten, als sie wieder und wieder versuchte, den Tasten die Melodie fehlerfrei zu entlocken. Doch es gab eine Stelle in diesem scheußlich schwierigen Stück von Beethoven, an der ihre Hand immer wieder strauchelte und statt dem *F* das *Fis* anschlug, was einen Misston verursachte und in Fräulein Hammerschmidts Miene ein nervöses Zucken auslöste. Sie betrachtete Auguste, als verursachte sie – oder doch ihr dilettantisches Spiel – ihr Ekel.

Auguste schielte zur großen Standuhr, auf deren Zifferblatt die Zeiger festgefroren schienen. Der Minutenzeiger rückte keinen Millimeter voran. Seltsam, dachte sie, der Klavierunterricht dauerte immer mindestens doppelt so lang wie alle anderen Stunden des Tages. Eine

Stunde mit Lotte raste vorbei wie die *Elektrische*, von der der Vater so schwärmte, und war vorüber, ehe man sichs versah.

Sie wollte so gern Fräulein Hammerschmidt und dem garstigen Beethoven entfliehen, um in Ruhe nachdenken zu können.

Gestern hatte ihre Mutter sie in den Salon bestellt. Der Kaffeetisch war mit dem Goldrandservice gedeckt, eine große Kuchenplatte glänzte schwer beladen im Licht der beiden Kandelaber. Als Auguste eingetreten war, hatte sich ein junger Mann erhoben, der mit dem Rücken zur Tür gesessen hatte. Er trug die dunklen Haare gescheitelt und mit viel Pomade glänzend zurückgekämmt. Sein Schnurrbart kam nicht an den des Kaisers heran, war aber ebenfalls stattlich. Auguste fielen besonders seine Augen auf. Sie hatten einen sanften, freundlichen Schimmer und sahen ihr schüchtern entgegen.

Ihre Mutter trat hinter sie und schob sie in Richtung des Unbekannten. «Darf ich vorstellen? Das ist unsere Tochter. Auguste, unser Gast heißt Ludwig von Berg, er ist der Sohn eines Offiziers, mit dem dein Vater zusammen ausgebildet wurde. Sein Vater ist verstorben, Ludwig lebt bei seiner Mutter.» Leiser, doch deutlich für alle hörbar, flüsterte sie dicht am Ohr ihrer Tochter: «Die Familie ist sehr wohlhabend.»

Auguste spürte, wie ihr das Blut in die Wangen stieg. Sie verstand sofort, was es mit diesem Besuch auf sich hatte. Zaghaft reichte sie Ludwig die Hand, die er linkisch an die Lippen zog, sie aber nicht küsste, sondern schnell wieder losließ.

Einen kurzen verlegenen Augenblick standen beide voreinander. Dann trat Heinrich Baumgarten ein und begrüßte den Gast mit einem kräftigen Handschlag.

«Wo ist Georg?», fragte er und sah sich suchend um.

«Im Reitstall», sagte Käthe Baumgarten und wandte sich an den Gast. «Georg soll seine Reitkünste verbessern, das steht einem jungen Mann gut an. Reiten Sie auch?»

Ludwig lächelte höflich. «Nicht so gut, wie ich gern möchte», sagte er, und Auguste dachte, dass er freundlich und ein wenig schüchtern wirkte. Das nahm sie zwar für ihn ein, doch trotzdem fühlte sie sich unbehaglich.

Alle setzten sich, und Minna flatterte herum und goss Kaffee ein. Als sie Augustes Tasse befüllte, stupste sie das junge Mädchen übermütig in die Seite und zwinkerte vielsagend. Auguste senkte die Lider. War sie die Einzige hier im Haus, die nicht begeistert davon war, dass sie einem Ehekandidaten vorgeführt wurde, ohne vorher auch nur gefragt worden zu sein?

Sie wünschte sich weit weg, an ihren Lieblingsplatz mit Lotte, die Laube im Schulgarten, wohin sie sich in den Pausen zurückzogen und schwatzten. Die Zeit reichte nie für all die wichtigen Dinge, die sie sich zu erzählen hatten. Jetzt dagegen blieb sie stumm wie ein Fisch. Worüber um Himmels willen sollte sie mit diesem fremden jungen Mann sprechen?

Glücklicherweise riss ihr Vater die Konversation sofort an sich. «So, Ludwig, erzählen Sie doch von sich. Sie sind angehender Jurist, wie ich hörte?»

Ludwig nickte. Er überwand seine Schüchternheit und antwortete wieder in diesem höflichen Ton: «Ja, ich bin in meinem letzten Studienjahr an der Berliner Universität. In wenigen Monaten lege ich das Examen ab.»

Heinrich nahm einen Schluck Kaffee, doch er war offenbar zu heiß. Er verzog das Gesicht und rief: «Minna!»

Das Dienstmädchen kam erschrocken herbeigeeilt. «Ja, mein Herr?»

«Der Kaffee ist heiß wie die Hölle. Du sollst ihn abkühlen lassen, bevor du ihn servierst, wie oft soll ich das noch sagen?»

«Ich bitte um Verzeihung. Warten Sie, ich bringe Ihnen kaltes Wasser.» Mit fliegender Schürze eilte Minna in die Küche zurück.

Augustes Vater lächelte Ludwig grimmig an. «Weiber! Keine Ahnung von den grundlegenden Gesetzen der Natur. Nicht einmal auf die Temperatur des Kaffees können sie achten.»

Auguste sah zur Mutter hinüber und forschte in deren Gesicht, ob sie durch die Bemerkung ihres Ehemanns gekränkt war. Doch ihre Miene blieb undurchdringlich, wie eine Maske mit einem endlosen höflichen Lächeln. Ludwig lachte unsicher, um dem Vater beizupflichten. Und doch glaubte Auguste, in seinen Augen für einen

Moment ein sanftes Missfallen zu lesen, als teile er Heinrichs Meinung über die Frauen nicht.

«Jedenfalls», fuhr Ludwig fort, «möchte ich einmal meine eigene Kanzlei haben. Berlin wächst, und jeder braucht Rechtsbeistand. Wenn Sie einmal eine juristische Frage haben, wenden Sie sich gerne an mich.»

Heinrich nickte, offensichtlich zufrieden, und sah zwischen Ludwig und seiner Tochter hin und her. Auguste zwang sich zu einem Lächeln und versuchte, allen Liebreiz hineinzulegen, den sie aufbringen konnte. Auch Käthe wandte sich freundlich an Ludwig. «Dann werden Sie eine Frau ernähren und standesgemäß unterhalten können, hoffe ich? Das freut uns zu hören. Nicht wahr, Auguste?»

Es war Auguste unangenehm, wie offensichtlich ihre Mutter den jungen Mann aushorchte und versuchte, seine Absichten auszuloten. Ohne eine Antwort ihrer Tochter abzuwarten, fuhr Käthe fort: «Unsere Auguste ist etwas ganz Besonderes. Sie geht auf die Krahmersche Schule, die eine ausgezeichnete Reputation genießt. Dort ist sie eine der Klassenbesten. Auguste liest viel und zeichnet auch sehr hübsch, habe ich recht, Liebes?»

Auguste wusste nicht, was sie darauf antworten sollte, doch erneut erwartete die Mutter keine Erwiderung von ihr. Ludwig nickte und lächelte abermals, dabei hatte Auguste den Eindruck, dass ihre Begabungen ihn nicht sonderlich interessierten. Überhaupt schien er wenig darauf bedacht, ihren Blick einzufangen oder mit ihr persönlich zu sprechen, sah stattdessen immer eine Winzigkeit an ihr vorbei. Auguste begann, sich ein wenig zu ärgern. Gefiel sie ihm etwa nicht? Seine Aufmerksamkeit galt ausschließlich dem großen Stück Sachertorte, das ihm von Minna auf den Teller gelegt worden war, nachdem sie Heinrich mit einem Wasserglas versorgt hatte.

Als Ludwig wieder aufbrach, hatten er und Auguste kein Wort miteinander gewechselt. Doch sie wusste, dass das kein Grund zur Besorgnis war. Eltern arrangierten Ehen für ihre Töchter. So war es immer schon gewesen. Beim Abschied hatte Ludwig nicht sie, sondern ihre Mutter gefragt, ob er Auguste demnächst einmal für einen Spaziergang abholen dürfe. In seinen Mundwinkeln klebten Kuchenkrümel, was ihn sehr jung aussehen ließ. Käthe hatte mit einem reizenden Lächeln genickt und geantwortet, Auguste wäre entzückt. Dann hatte Ludwig ihr kurz zugenickt und war gegangen.

Käthe hatte sie danach immerhin gefragt, was sie zu dem jungen Mann sagte.

«Er ist sehr ansehnlich und wirkt anständig, Mutter», hatte Auguste leise gesagt und Käthe hatte zufrieden mit dieser Antwort gewirkt. Nun würden die Dinge ihren Gang gehen.

«Himmelherrgott», rief Fräulein Hammerschmidt, als Auguste erneut mit dem Finger auf das *Fis* drückte. Einen Augenblick lang fürchtete Auguste, die Lehrerin werde ihr den Klavierdeckel auf die Hände schlagen. Doch so weit kam es nicht. Fräulein Hammerschmidt stöhnte verzweifelt und verschränkte theatralisch die Arme vor der Brust. Dann fiel ihr Blick auf die Uhr, und sie seufzte erleichtert auf. «Die Stunde ist um, Auguste», sagte sie besänftigt. «Sie sollten wirklich mehr üben. Es ist ein Jammer, ein musikalisches Mädchen wie Sie. Aber so faul. So wenig ehrgeizig. Was treiben Sie nur mit Ihrer kostbaren Zeit?»

Auguste errötete, doch Fräulein Hammerschmidt bemerkte es nicht. Augustes Herz klopfte schmerzhaft in ihrem Brustkorb. Plötzlich schien ihr das Korsett so eng, dass sie kaum Luft bekam.

Sie dachte an gestern Abend, als sie eigentlich hätte Klavier üben sollen. Doch dann hatte Lotte vor der Tür gestanden. Minna hatte sie aus der Kälte hereingeführt und ihrer Mutter einen fragenden Blick zugeworfen. Doch Lotte hatte freundlich gesagt: «Verzeihung, dass ich Auguste vom Üben abhalte. Aber unser Zeichenlehrer ist sehr streng, und ich stelle mich so ungeschickt mit der Perspektive an. Für Auguste wäre das ein Kinderspiel.»

Sie hatte eine Zeichenrolle hervorgeholt, in der die Skizze eines Stilllebens steckte. Die Blätter und Früchte darauf fielen in einem heillosen Durcheinander kreuz und quer über das Papier.

Georg, der am Tisch über seinen Aufgaben brütete, hatte bei diesem Anblick geprustet und sogar Käthe hatte gelacht und gesagt: «Du hast recht, da kannst du ein wenig Hilfe gebrauchen. Auguste, warum nimmst du Charlotte nicht mit in dein Zimmer und ihr setzt euch zusammen an den Sekretär? Das Klavier kann bis morgen warten.»

Überrascht von der Langmut ihrer Mutter hatte Auguste Lotte an der Hand genommen und die Treppe in ihr Zimmer hinaufgeführt. Die Dielen knarrten bei jedem Schritt. Vom Erkerfenster, vor dem der Sekretär stand, hatten die Mädchen einen weiten Blick auf den Karlsplatz, über dem die blaue Dämmerung hing wie ein Zelt. Weit hinten, jenseits der Wiesen und einiger anderer Häuser, sahen sie dunkel das Bahnhofsgebäude.

Auguste zündete die Glühlampe aus geschliffenem Glas an, die an der Decke des Erkers hing und das Zimmer in einen warmen orangefarbenen Schein tauchte. Lotte zog sich einen zweiten Stuhl heran. Doch anstatt die Zeichnung hervorzuholen, nahm sie ein zusammengefaltetes Stück Papier aus ihrer Manteltasche und reichte es Auguste. Die öffnete es neugierig. Es war ein Brief.

Fragend sah Auguste die Freundin an.

Lotte sagte: «Lies! Er ist von Ottilie.»

Rasch überflog Auguste die Sätze. Die Nachricht war sehr kurz, als hätte Ottilie keine Zeit für eine ausführliche Antwort gehabt. *«Liebe Charlotte»*, begann sie. Auguste runzelte bei dieser förmlichen Anrede die Stirn. Seltsam, in der Schule hatte Ottilie Lotte mit der Kurzform ihres Namens gerufen wie alle anderen auch.

Sie las weiter. *Danke für deine fürsorgliche Nachfrage. Mir geht es sehr gut. Meine Eltern und ich haben entschieden, dass mir eine Luftveränderung guttun würde. Ich leide schon länger an einer schwachen Konstitution. Daher lebe ich nun zwischenzeitlich bei Verwandten auf dem Land und erhalte Privatunterricht. Bitte grüße mir die Klassenkameradinnen recht herzlich. Auf bald, Ottilie.*

Ungläubig sah Auguste zu Lotte. «Das klingt nicht nach Ottilie. Warum hat sie das so geschrieben? So steif und förmlich?»

«Ich vermute, dass die Leute, in deren Obhut sie ist, wer auch immer das sein mag, die Post kontrollieren.»

Auguste schwieg und seufzte dann. «Ich würde ihr so gerne helfen. Sie muss schrecklich einsam sein. Da ist niemand, dem sie sich anvertrauen kann. Aber ich glaube, wir können nichts tun.»

Lotte nickte grimmig. «Da siehst du, was Mädchen blüht, die aus der Reihe tanzen. Die mehr wollen als das, was das Schicksal ihnen zugedacht hat.»

Ihre Stimme zitterte plötzlich. Auguste betrachtete das Gesicht der Freundin und sah erschrocken, wie ihre Mundwinkel zuckten. Dann legte Lotte den dunklen Kopf an Augustes Schulter und begann zu weinen.

Erschrocken umarmte Auguste die Freundin. «Was hast du denn?», flüsterte sie und strich mit den Händen über die weichen Locken. Sie fühlten sich an wie frisch gesponnene Seide. Ihr Ärmel an der Schulter wurde nass von Lottes Tränen.

Endlich hob Lotte das verweinte Gesicht und sah Auguste an. Ihre Schultern zuckten. «Sie lassen mich vielleicht nicht weiter zur Schule gehen.»

«Wer? Deine Eltern? Aber weshalb?»

«Sie sagen, bei der Krahmerei würden uns Flausen in den Kopf gesetzt. Adelheid Krahmer sei eine Suffragette, behauptet mein Vater, die uns Mädchen aufhetzt und den Kopf verdreht.»

Auguste hatte das Wort nie zuvor gehört. «Eine was?»

«So nennt man die englischen Feministinnen, die für die Rechte der Frauen kämpfen. Egal, was man ihnen androht, sie geben nicht auf. Sie tun wenigstens wirklich etwas, nicht so wie wir, die brav wie die Lämmchen zur Schule trotten und danach zum Altar.»

Auguste fuhr mit der Hand über Lottes Wange und wischte eine Träne fort. Sie musste schlucken, als sie die weiche Haut berührte. Schnell fragte sie: «Und ist Fräulein Krahmer eine solche Suffragette?»

«Nein, natürlich nicht. Sie möchte uns nur etwas beibringen und denkt nicht wie alle anderen, dass Mädchen zu nichts anderem taugen als Handarbeit und Kinderkriegen. Aber schon das passt meinem Vater nicht. Er hat Angst, dass ich für die Ehe verdorben werde.» Sie lachte bitter auf. Es klang wie ein Schluchzen.

Auguste schüttelte den Kopf. «Wie könnte dich jemand verderben? Du bist doch vollkommen.»

Lotte starrte sie an.

Augustes Herz klopfte plötzlich zum Zerspringen,

es schmerzte in der Kehle. Ehe sie begriff, was geschah, hatte Lotte sie umschlungen und küsste sie. Das tränenfeuchte Gesicht schmiegte sich an Auguste, sie schmeckte Salz auf ihren Lippen. Oder war es der weiche Mund von Lotte? In Augustes Bauch, tief drinnen, erwachte eine Empfindung, von der sie nicht einmal gewusst hatte, dass sie in ihr wohnte. Ein wildes Ziehen und Flattern, als säßen tausend summende Bienen in ihren Eingeweiden. Sie griff nach Lotte, flocht ihre Finger in die Locken der Freundin und sog ihren Duft nach Veilchen und frischer Baumwolle ein, als tränke sie nach einer langen Wanderung klares Wasser aus einer Quelle.

Unten in der Küche zerbrach scheppernd Porzellan. Darauf folgte die wütende Stimme von Frau Huth, die eine Schimpfkanonade gegen die arme Minna ausstieß. Auguste zuckte zusammen. Die beiden Mädchen sahen einander an, als erwachten sie aus einem Traum. Lotte sprang auf und lief zur Tür.

Das warme Summen in Augustes Leib wandelte sich in kalte Asche. Die Angst, dass ihre Freundschaft nun auf ewig zerstört wäre, griff mit klammen Fingern nach ihr. Doch da drehte sich Lotte noch einmal nach ihr um und streckte die Arme aus. Auguste flog hinein. Atemlos klammerten sie sich aneinander fest und spürten die Wärme der anderen durch die vielen Schichten Kleider hindurch.

«Denk nicht, dass ich dich wieder loslasse, Auguste Baumgarten», flüsterte Lotte an ihrem Ohr, und Auguste hätte am liebsten laut gejubelt. Doch auf dem Flur waren Schritte zu hören, die rasch näher kamen. Erneut löste sich Auguste von der Freundin – gerade noch rechtzeitig. Ihre Mutter klopfte und trat ein. Auguste wagte nicht, sie anzusehen, doch Lotte lächelte ihr strahlend mitten ins Gesicht und sagte: «Gnädige Frau, ich wollte gerade gehen. Auguste hat mir sehr geholfen. Die Blätter auf meiner Zeichnung sehen nun aus wie lebensecht.» Mit diesen Worten rauschte sie die Treppe hinunter.

Ihre Mutter warf einen Blick ins Zimmer. Neben dem Sekretär auf dem Boden lag vergessen die Zeichenrolle. Käthe Baumgarten zog die Augenbrauen eine Winzigkeit nach oben. Doch sie schwieg, musterte nur kurz ihre Tochter und sagte dann: «Es ist spät, Auguste. Leg dich bitte schlafen.» Damit verließ sie das Zimmer.

Auguste wurden die Knie weich. Sie sank rücklings auf die damastene Bettdecke. Hellgelb und weiß, wie alles in ihrem Zimmer. Sie versuchte, ruhig zu atmen, knöpfte dann ihr Kleid auf und zog und zerrte an den Korsettbändern, bis diese sich endlich lockerten. Sie riss alles herunter und stand im Hemd da. Dann öffnete sie das Fenster zum Platz, beugte sich hinaus und sog gierig die kühle Nachtluft in die Lungen. Es roch nach feuchter Erde, modrigen Blättern und Rauch.

Im Mundwinkel schmeckte sie noch ein wenig Salz von Lottes Tränen.

Wenn Fräulein Hammerschmidt wüsste, weshalb sie heute so stümperhaft mit Beethoven umsprang, dachte Auguste und musste ein Kichern unterdrücken. Gleichzeitig schnürte es ihr die Kehle zu, wenn sie sich vorstellte, dass irgendjemand je davon erfahren würde, was sie für Lotte empfand. Es war unnatürlich, dachte sie und wartete auf die Scham.

Doch sie kam nicht. Die Erinnerung an den gestrigen Abend ließ eine Saite in ihr singen und jubilieren, die nichts mit der Musik des steifen Klavierspiels gemeinsam hatte, die Fräulein Hammerschmidt als etwas Heiliges anzusehen schien. Und sie gehörte nur ihr und Lotte, dachte Auguste und verschloss die Erinnerung in ihrem Kopf, als sei sie ein kostbares Kleinod und ihr Geist eine Schatulle, die nichts von ihrem Schatz preisgeben würde.

8.

Nervenklinik der Charité zu Berlin
Dritte Aufzeichnung (Juni 1893)

In der Hypnose: Marie erzählte, ihre Angst vor der Dunkelheit rühre von einem Traum her, der sie heimsuche. Darin liege sie in ihrem eigenen Grab, und ein Totengräber schütte von oben herab dicke dunkle Erdbrocken auf ihren regungslosen Leib. Sie wolle in diesem Traum schreien, könne sich jedoch nicht überwinden, den Mund zu öffnen, weil sonst die Würmer aus der Grabstelle hineinkriechen würden. Überhaupt, sagte sie, Insekten und kriechende Tiere seien ihr in jedweder Form zuwider. Ich fragte, ob es damit eine bestimmte Bewandtnis habe. Doch sie schwieg. Ich versuchte, ihr die Angst zu nehmen, und zählte verschiedene Arten von Tieren auf, die schön anzusehen sind, doch sie schüttelte sich fortwährend und stöhnte.

Seit sie mithilfe von Schlafmitteln nachts gut und tief schläft, ist sie am Tage noch aufgeschlossener mir gegenüber und spricht freimütig über ihren Zustand. Dennoch vermag ich mir bisher keinen rechten Reim auf ihre vielfältigen Symptome zu machen. Körperlich ist sie in erfreulicher Verfassung, Krämpfe sind nicht aufgetreten, seit sie bei mir in der Behandlung ist. Offenbar handelt es sich hierbei um seltene Erscheinungen, die nicht regelmäßig Teil des Symptombildes sind. So sind es eben noch die Phasen der Melancholie und der Antriebslosigkeit, die sie heimsuchen und die es zu lindern gilt, damit Marie eines Tages wieder mit Lebensmut und Tatkraft die Aufgaben ihres Geschlechts verrichten kann. Auch das spontane Fabulieren tritt weiter auf, sie erzählt Geschichten, von deren Sinnhaftigkeit nur sie selbst überzeugt ist.

Die Hypnosen scheinen mir bisher unergiebig, denn Nachtschreck kennt jedes Lebewesen, selbst Hunde träumen im Schlaf und erschrecken sich zuweilen vor den irren Bildern, die das Unterbewusstsein zutage fördert. Auffällig sind die Genickstarren, die Marie heimsuchen und die ich durch Massagen zu lindern versuche, was auch öfter gelingt.

Heute früh sagte Marie etwas Seltsames. Darauf angesprochen, ob sie über die Traurigkeit sprechen wolle, die sie überfalle, wenn sie allein sei, sagte sie: «Nein. Was verstehst du von der Traurigkeit der Frauen?» (Die vertraute Anrede schien mir erst unpassend, doch ich gestehe, dass sie mich inzwischen rührt, und ich belasse es dabei.)

Ich widersprach nicht, wartete nur, ob sie sich weiter äußern wollte. Und dann sagte sie: «Das Glück ist ein leichter Windhauch und weht uns manchmal für einen Augenblick an, aber die Melancholie ist unser ständiger Begleiter. Wir werden nie erfahren, was Freiheit ist, und deswegen weinen wir über Nichtigkeiten, aber eigentlich weinen wir über die Undurchdringlichkeit unserer Gitterstäbe.»

Als ich versuchte, weiter in sie zu dringen und sie beim Reden zu halten, schüttelte sie wild den Kopf und versteckte ihre Augen hinter den dichten Locken.

Etwas an ihrer Art, sich mir anzuvertrauen, bewegt mich tiefer, als ich es von anderen Fällen kenne. Das mag daran liegen, dass sie so jung ist und ich ihren Eltern zuliebe eine baldige Heilung sehr herbeiwünsche. Der Vater ist ein rechtschaffener Mann, der seine Tochter sicher liebt und nichts unversucht lassen will, sie zu heilen. Die Mutter wirkte bei unseren wenigen Treffen distanziert, fast kalt gegenüber der Tochter. Sie ist im Übrigen eine Schönheit. Es wäre für mich von großem Interesse, auch mit ihr einige längere Gespräche zu führen, um eine Verknüpfung von Maries Zustand und ihrem Verhältnisse zu begutachten. Doch eins nach dem anderen.

Ich gebe zu, dass ich geneigt bin, die erste Diagnose der Hysterie zu stellen. Das Mädchen ist hochintelligent und trotzdem nicht in der Lage, ihren eigenen Zustand besser als diffus zu beschreiben. Die angeblichen Krämpfe, gar Tobsuchtsanfälle sind in meiner Obhut noch immer nicht aufgetreten. Die Schmerzen im Nacken klassifiziert Marie selbst als «Krähe, die auf meinem Rücken sitzt». Doch die Melancholie bestimmt ihr ganzes Denken und Handeln, obwohl sie dabei meistens die fröhliche Miene, diese «belle indifference», beibehält. Ein typisches Merkmal der hysterischen Frau. Bezaubernd, wie ich bekennen muss. Um meine Diagnose zu untermauern, werde ich Marie weiter unter Observation halten und in Gesprächen der Krankheit auf den Grund zu gehen versuchen. Ich plane eine groß angelegte Testung und verschiedene neurologische Untersuchungen, um eine Verbindung zwischen ihren Leiden und der Gehirnaktivität festzustellen. Doch das Menschliche darf ich dabei nicht vernachlässigen. Vertrauen zwischen Arzt und Patientin ist alles.

9.

Dezember 1892

Dichte Schneeflocken trieben über Lichterfelde, als Auguste und Lotte Hand in Hand aus dem Schulhaus traten und mit wolkigem Atem vor den Gesichtern die Berliner Straße hinunterliefen. Ihre Schritte in den schweren Stiefeln hallten hohl durch die Straßenflucht. Auf einer Brücke überquerten sie das Bäketal, auf dem kleinen Fließ war das Wasser gefroren und der Boden glatt und vereist. In der Luft tanzten die weißen Kristalle wie die Ballerinas in der Oper Unter den Linden, die Auguste so gerne besuchte.

Sie sah sich um und vergewisserte sich, dass niemand sie beobachtete. Dann fasste sie Lotte um die Taille und begann, sich mit ihr zu drehen, als spielten zwölf Geiger zum Walzer auf. Lotte kicherte und wirbelte mit ihr herum, bis beide ganz atemlos waren und nach Luft schnappten. Lotte riss den Mund weit auf wie ein Löwe, legte den Kopf in den Nacken und ließ einige Flocken auf der Zunge schmelzen. Auguste betrachtete die Freundin und spürte, wie das Glück durch ihre Adern pulsierte, als vertriebe es das Blut daraus und flösse an dessen Stelle zu ihrem Herzen.

Gerade wollte sie Lotte einen schnellen Kuss auf die kalte Wange geben, als diese plötzlich nach ihr griff und ihr eine ordentliche Ladung Schnee ins Gesicht warf. Prustend versuchte Auguste, den spielerischen Angriff abzuwehren. Die Mädchen klammerten sich aneinander fest, verloren das Gleichgewicht und fielen als ein Knäuel aus Armen und Beinen auf die glitzernden Steine des Gehwegs. Sie lachten, bis ihnen die Bäuche schmerzten und am anderen Ende der Straße im Zwielicht zwei vermummte Gestalten auftauchten. Ein älteres Ehepaar ging an ihnen vorbei und beäugte die zerzausten, immer noch japsenden Mädchen missbilligend, als würde ihre Freude im Schnee die allgemeine Ordnung ins Wanken bringen.

Lachend blieb Auguste liegen und sah in den Himmel, aus dem die weißen Kristalle fielen wie im Märchen von Frau Holle, die in den Wolken ihre Kissen schüttelte. Sie dachte daran, wie einsam sie gewesen war, bis sie Lotte kennengelernt hatte. Sie hatte von ihrer Einsamkeit nichts gewusst, ihre Zeit gern mit dem kleinen Bruder vertrödelt, dennoch hatte sie schwer gewogen und sie traurig gemacht. Und wie köstlich war es, eine Freundin zu haben, die ihr allein gehörte, dachte Auguste und spürte, wie es wieder in ihren Adern zu kribbeln begann vor Freude. Gleichzeitig empfand sie Mitleid mit Georg, der am Schiller-Gymnasium noch keinen so guten Freund gefunden hatte. Stattdessen war er nach wenigen Wochen mit einer blutenden Nase nach Hause gekommen und hatte nicht sagen wollen, woher die Verletzung kam. Gestoßen habe er sich, murmelte er, doch Auguste ahnte, dass das nicht die Wahrheit war. Da sie ihn aber insbesondere vor dem Vater nicht bloßstellen wollte, hatte sie nicht weiter nachgefragt. Armer Georg! Manchmal war es ein Segen, als Mädchen zur Welt gekommen zu sein, zumindest musste sie sich nicht prügeln, um ihre Ehre zu verteidigen.

Sie stand auf und klopfte sich das kalte Weiß vom groben Wollstoff ihres Mantels. Flink bückte sie sich und hob die Filzkappe auf, die in eine Schneewehe gefallen war. Dann erst blickte sie sich nach Lotte um.

Die Freundin saß starr auf der Straße. Wie festgefroren, dachte Auguste. Sie trat rasch zu ihr und griff nach ihrem Arm. Doch Lotte rührte sich nicht. Dann kippte sie einfach um und fing an, rhythmisch zu zucken. Ihre Augäpfel waren weiß wie der Schnee, auf dem sie lag, Auguste konnte ihre Iris nicht mehr sehen. Zu Tode erschrocken umklammerte sie die Schultern der Freundin und versuchte, sie an sich zu ziehen, doch die ungeheuren Kräfte, die Lotte im Krampf entwickelte, machten es ihr unmöglich. Hilflos musste sie neben Lotte auf der Straße hocken und zusehen. Sie schrie ihren Namen, wieder und wieder. Endlich ebbten die Krämpfe ab, und Lotte wurde ganz still. Alles war lautlos vonstattengegangen, doch in Augustes Ohren dröhnte es. Sie umarmte die Freundin und spürte, wie Lotte am ganzen Körper zitterte. Schließlich gelang es ihr, sich langsam aufzusetzen. Auguste strich ihr über die Wange und weinte. «Lotte, meine Lotte. Was war das? Was hast du?»

Lotte wirkte verwirrt. «Ich weiß nicht. Was ist passiert?»

«Du bist einfach umgefallen und hast ganz schrecklich gezuckt.»

«Wirklich? Als Kind ist mir das schon einmal passiert. Meine Eltern dachten, es sei die Fallsucht. Aber die Ärzte konnten es nicht nachweisen, obwohl sie viele Untersuchungen vornahmen. Und ich hatte es sehr lange nicht mehr.»

Auguste schauderte. «Es sah furchtbar aus», flüsterte sie und wischte sich die Tränen fort. «Als seist du jemand ganz anderes. Tut es weh?»

«Nein, eigentlich nicht. Ich kann mich an keinen Schmerz erinnern, nur an diese Schwere. Es ist, als tauchte ich aus tiefem Wasser wieder empor.» Lottes Zähne schlugen aufeinander.

«Komm», sagte Auguste und zog sie auf die Füße, «du bist ganz durchgefroren. Lass uns ins Warme gehen.»

Sie hakte Lotte unter, führte sie wie eine Kranke bis zur Chausseestraße und zog sie auf dieser weiter nach Norden. An der Ecke Haydnstraße befand sich die Konditorei Lellau, in der Auguste schon oft mit ihrer Mutter Kakao getrunken hatte.

Beim Eintreten bimmelte ein silbernes Glöckchen über der Tür. Die Inhaberin sah bei dem Geräusch kurz herüber. Dabei musste sie den Kopf recken, weil auf der Theke Körbe voller Pralinen und in Goldpapier gewickelte Sahnebonbons standen und sich rot-weiße Zuckerstangen in die Höhe reckten und die Sicht erschwerten. Als sie Auguste erkannte, nickte sie freundlich und kam hinter dem Tresen hervor, um die Bestellung aufzunehmen. Auguste bemerkte ihren besorgten Blick in Lottes kreideweißes Gesicht. Sie sah wirklich zum Fürchten aus. Schnell bestellte Auguste heißen Tee und zwei Stück Gugelhupf. Nach dem ersten Bissen bekam Lotte wieder etwas Farbe. Die Mädchen kauten stumm und schlürften den dampfenden Tee, der mit Kandis gesüßt war.

Endlich flüsterte Lotte: «Wir dürfen meinen Eltern nichts davon erzählen. Sonst lassen sie mich nie mehr allein hinaus. Versprich mir, dass du nichts sagst!»

Auguste nickte heftig. Ihr war der gleiche Gedanke gekommen. Noch ein Geheimnis, das sie verbergen mussten. Aber war das richtig? Was, wenn Lotte ernsthaft krank war?

Lotte schien in Augustes Kopf hineinsehen zu können. Sie sagte mit gesenkter Stimme: «Es ist nichts. Mir war nur ein wenig schwindlig. Und die Ärzte haben mich damals genau untersucht und nichts gefunden. Wenn ich freilich selbst Medizin studieren könnte, dann würde ich vielleicht der Sache auf die Spur kommen.» Ihre Stimme brach ab. Düster rührte sie im Tee herum und ließ einen großen Teil ihres Kuchens stehen.

Auguste dachte, dass es ihr wohl wirklich nicht gut ging, denn sonst war Lotte das größte Naschmaul, das sie kannte.

Vor der Glastür der Konditorei war es dunkel geworden. «Ich muss nach Hause», sagte Lotte und schob ihren Stuhl nach hinten.

«Ich begleite dich», erwiderte Auguste, doch Lotte schüttelte den Kopf. «Ich brauche einen Augenblick allein. Bitte, nicht falsch verstehen, Auguste. Es ist nur – ich fühle mich so seltsam, als wäre ich vorhin auf der Straße aus der Zeit gefallen und fände mich gar nicht mehr im Hier und Jetzt zurecht. Ich muss nachdenken.»

Auguste nickte, obwohl sie nicht verstand, was Lotte meinte. Wenn man sich nicht wohlfühlte, brauchte man dann nicht erst recht eine vertraute Seele an der Seite? Sie versuchte, nicht gekränkt zu sein. Auf der Chausseestraße gingen sie noch ein paar Schritte zusammen, doch an der nächsten Straßenecke hauchte Lotte Auguste einen kargen Kuss auf die Wange und verschwand, eine kleine schwarze Person im Schneetreiben.

Auguste sah ihr nach. Wie schmal Lotte von hinten aussah, als könnte ihr Genick bei einem noch so leichten Stoß zerbrechen. Der weite Rock schwang bei jedem Schritt hin und her und schleifte mit dem schwarzen Spitzensaum im Schnee. Ob sie sich noch einmal umdrehen und Auguste zuwinken würde? Sie versuchte,

Lotte durch bloße Gedankenübertragung dazu zu bringen, damit sie ihr eine Kusshand zuwerfen konnte und alles gut wäre.

Doch nichts dergleichen geschah. Lotte lief auf das Ende der Straße zu und bog ab. Dann verschwand sie in der Dunkelheit, als hätte es sie niemals gegeben. Auguste schluckte. In ihrer Kehle brannten Tränen der Einsamkeit.

10.

Januar 1893

Die Berliner Dorotheenstadt war der reinste Gegensatz zu Groß-Lichterfelde, fand Auguste. Sie stand mit den anderen Mädchen ihrer Klasse und zwei Lehrerinnen auf der prächtigen Allee Unter den Linden und bestaunte das bunte Treiben auf der berühmten Straße.

Sie waren mit der Wannseebahn in die Stadt gekommen, die die Berliner die Bankiersbahn nannten, weil sie an Werktagen die Männer aus den Vororten ins Bankenviertel der Stadt brachte. Am Potsdamer Bahnhof waren sie ausgestiegen und mit der Straßenbahn die Königgrätzer Straße entlang bis zum Pariser Platz gefahren. Es war nicht leicht, mit den langen Röcken den Treppeneinstieg der Pferdebahn zu erklimmen. Doch den Mädchen der Krahmerei wurden viele eilfertige Hände gereicht. Die Blicke der Herren lugten unter den schwarzen Melonen hervor und streiften immer wieder sehnsüchtig ihre schmalen Taillen.

Nur Lotte schwang sich ohne Hilfe mit einem athletischen Satz nach oben. Fräulein Süßmilch, ihre Deutschlehrerin, kräuselte missbilligend die Mundwinkel. Auguste sah es und war einen Augenblick lang stolz auf Lotte. Doch schon war sie wieder abgelenkt von den vielen Attraktionen, die Berlin zu bieten hatte. Auf den sanft verschneiten Straßen drängte sich das Volk. Elegante Damen mit federgeschmückten Hüten und Mänteln aus kostbaren Pelzen flanierten am Arm ihres Kavaliers die Allee entlang. Die Herren trugen gestreifte Hosen, dunkle Mäntel mit Westen und flache Hüte. Einige sah man sogar mit Zylinder die Straßen entlangschreiten, obwohl dies doch ein wenig altmodisch wirkte. Knaben in Matrosenanzügen jagten Tauben über den Platz. Ein kleines Mädchen, angezogen wie eine Dame, stand am Straßenrand und verfolgte die Pferdebahn mit den Augen. Es war höchstens acht Jahre alt, trug jedoch Hut, hochgeschnürte Taille und weite Elefantenärmel nach der neuesten Mode.

Auguste wusste das, denn sie blätterte oft in den Modezeitschriften ihrer Mutter wie *Die Dame* oder *Die Modewelt* und bestaunte auf den glänzenden Seiten die Kreationen aus Paris und Mailand. Auch ihre Mutter hatte sich und ihrer Tochter beim Schneider neue Kleider mit diesen ausladenden Schinkenärmeln anmessen lassen und vielsagend gelächelt. «Du brauchst eine neue Garderobe für dein Leben als erwachsenen Frau», hatte sie zwinkernd zu Auguste gesagt und mit dem Schneider einen bedeutungsschwangeren Blick gewechselt. «Ludwig von Berg wird sich freuen, wenn du dich ein wenig für ihn herausputzt. Er hat bereits wegen eines Spaziergangs angefragt.»

Der Schneider hatte die Augenbrauen hochgezogen und mit seiner schnarrenden Stimme gesagt: «Das Fräulein wird sicher bald Gelegenheit haben, die neuen Kleider zu tragen.» Und mit einem tiefen Diener in Käthes Richtung: «Für den ganz besonderen Anlass, das Kleid aller Kleider, beehren Sie mich doch sicher auch, habe ich recht, werte Frau Baumgarten?»

Natürlich wusste Auguste, was der Mann meinte, und sie spürte, dass sie rot anlief. Doch es schien ihr weit weg und seltsam unwirklich, dass sie vielleicht bald ein Brautkleid tragen sollte.

Am Pariser Platz, über dem mächtig das Brandenburger Tor thronte, plätscherten im Sommer zwei Fontänen. Jetzt aber standen die Brunnen stumm im Winterschlaf. Im Süden erhob sich das Redernsche Palais, auf der anderen Seite das Palais Beauvryé. Auguste kannte die Namen der Gebäude, weil ihr Vater sie und Georg einmal hierhin mitgenommen und ihnen alles erklärt hatte. Schon damals hatte sich Auguste nicht sattsehen können, und heute war sie erneut überwältigt. Alle Welt sprach von der eleganten Kolonie in Lichterfelde. Dabei pulsierte hier in Berlin das Leben, während es daheim in den Vorgärten der Villen alle kostbare Zeit verschlief.

Fräulein Süßmilch und Fräulein Horn, die Lehrerin für Naturgeschichte, scheuchten die Schülerinnen nun in Richtung Schadowstraße, denn dort lag ihr Ausflugsziel. Adelheid Krahmer hatte verfügt, dass alle Mädchen regelmäßig außerhalb der Schule Unterricht erhalten sollten. So hatten sie schon vor einigen Wochen das Schauspielhaus am Gendarmenmarkt besucht und Lessings Tragödie *Emilia Galotti* angesehen.

Auguste hatte ein bisschen geweint vor Rührung. Die süße Emilia starb unter dem Dolch ihres Vaters äußerst dramatisch. Welch trauriges Schicksal die junge Frau erlitt, die vom Prinzen entführt worden war und es vorzog zu sterben, als ihre Unschuld an ihn zu verlieren. Doch Lotte hatte wütend gezischt, als alle anderen applaudierten. Sie hatte vor sich hin gemurmelt, dass die Inszenierung sie wohl alle für dumme Gänschen halte und dass das Theater eher eine Erziehungsanstalt für tugendhafte Mädchen sei als ein Haus der Kunst. Auguste hatte die Tränen hinuntergeschluckt und sich gefühlt, als hätte Lotte sie beschimpft. Die Freundin konnte manchmal schrecklich schroff sein!

Heute stand der Besuch im Brehmschen Aquarium an. Und anders als an jenem Abend im Theater war Lotte bester Laune. Sie hakte Auguste unter und drückte ihr in einem unbeobachteten Moment einen Kuss auf die Wange. Vor ihren hellroten Lippen stand ihr Atem in kleinen weißen Wolken. Die Kälte lag frisch auf ihren Wangen.

Seit dem Abend in Augustes Zimmer war es zu keinen Zärtlichkeiten gekommen, die mehr zu sein schienen als freundschaftliche Gunstbezeugungen. Sie hatten nie wieder darüber gesprochen, was vorgefallen war. Auguste wartete bang auf ein Zeichen der Freundin, dass sie es nicht vergessen hatte. Doch diese verlor kein Wort darüber, ebenso wenig wie über ihren seltsamen Anfall auf der verschneiten Straße. Manchmal schien es Auguste, dass sie alles nur geträumt hatte. Immer wenn sie dachte, es gäbe einen Moment, um das Wort zu ergreifen und Lotte nach ihren Gefühlen zu fragen, kam etwas dazwischen. Oder fand sie nur nicht den Mut?

Schon waren sie am Eingang des Aquariums angelangt. Die Mädchen schnatterten durcheinander und bestaunten mit *Ah* und *Oh* das mächtige Portal. Die Lehrerinnen riefen sie zur Ordnung. «Meine Damen, bitte, nicht so laut. Treten Sie ein, Sie stehen den anderen Besuchern im Weg.»

Endlich waren alle drinnen und bekamen von den Fräuleins den Auftrag, zu zweit mit gemessenen, damenhaften Schritten den Gang entlangzugehen und die ausgestellten Wassertiere zu betrachten. Lotte ergriff Augustes Hand und galoppierte übermütig los. Auguste spürte, wie die Blicke der Lehrerinnen ihnen folgten, doch sie sah sich nicht um, sondern ließ sich von Lotte in das dämmrige Innere des Hauses ziehen.

Ein lang gestreckter Korridor führte an steinernen Grotten vorbei, die im Halbdunkel lagen. Fische zogen langsam und schwebend ihre Bahnen durch klares Wasser. Echsen und Schildkröten beäugten die Mädchen misstrauisch. Auguste musste lachen. Die Fische sahen gar zu lustig aus, als wüssten sie ein Geheimnis und weigerten sich schmollend, den Menschen dort draußen vor dem Glas davon zu erzählen. Sie hatte plötzlich den Wunsch, sich ihr schillerndes Aussehen, ihre sanften Bewegungen zu merken und sie zu Hause zu malen. Da spürte sie, wie sich Lottes Finger schmerzhaft in ihre Hand krallten.

«Was ist mit dir?», fragte sie die Freundin leise.

«Die Tiere sind mir unheimlich», flüsterte Lotte.

Auguste sah sie überrascht an. Die furchtlose Lotte, die immer ihren Dickkopf durchsetzte und niemanden fragte, ob es richtig sei, was sie tat, hatte Angst vor ein paar Amphibien? Tatsächlich. Ihre Wangen waren bleich, auf ihrer Oberlippe lag ein feiner Schweißfilm.

«Dann komm, lass uns weitergehen», sagte Auguste beruhigend und zog die Freundin durch den Gang. Ohne nach links und rechts zu sehen, kamen sie am Ende des langen Korridors an. Nur aus den Augenwinkeln warf Auguste den ein oder anderen Blick in weitere steinerne Grotten, durch die Fische schwammen.

Sie gelangten in ein Treppenhaus und stiegen nach oben. Hier war es lichter und die Atmosphäre weniger düster als im Erdgeschoss. In den Käfigen saßen Vögel und Meerkatzen, sogar ein zierliches Palmenhaus gab es. In den Palmwedeln spielten kleine Äffchen Fangen.

Lottes Züge entspannten sich, und Auguste war erleichtert. Gemeinsam lachten sie über die possierlichen Tiere, die so behände von einem Ast zum nächsten hüpften, als gälten die Gesetze der Schwerkraft für sie nicht. «Hier gab es sogar einmal einen Gorilla», erzählte Auguste und nahm befriedigt das Interesse wahr, das in Lottes Augen aufblitzte. «Mein Vater hat es mir erzählt. Das war kurz nach meiner Geburt. Und deiner natürlich. Ein deutscher Arzt brachte ihn von einer Expedition aus dem Kongo mit, er war ein Baby, und seine Mutter hatte ihn im Stich gelassen. Er wurde Pongo genannt und war eine richtige Attraktion. Ganz Berlin kam ins Aquarium, um ihn zu betrachten.»

«Den hätte ich auch zu gern gesehen», sagte Lotte begeistert. «Denk doch nur, ein echter Gorilla. Sie sollen dem Menschen äußerst ähnlich sein. Es sind sehr kluge Tiere.»

«Ja, das sagte Vater auch. Doch leider lebte er nicht lange.»

Lotte runzelte die Stirn. «Was ist passiert?»

«Man weiß es nicht genau. Wahrscheinlich Schwindsucht. Menschenaffen leiden an ähnlichen Krankheiten wie wir. Papa sagte, Pongo starb ohne Vorwarnung, und sein Körper wurde danach für Forschungszwecke genutzt.»

«Was für ein trauriges Leben. Immer in Gefangenschaft, sogar über den Tod hinaus.» Über Lottes Stirn hingen plötzlich wieder dunkle Wolken. Ihre Finger umschlangen die Käfigstäbe, hinter denen die Meerkatzen ungerührt spielten, als wollte sie sie zerbrechen.

Auguste biss sich auf die Zunge. Sie hatte das Eis

schmelzen lassen wollen, indem sie etwas Interessantes zum Besten gab, stattdessen hatte sie Lottes Melancholie verstärkt.

Hinter ihnen drängten andere Besucher heran, um sich an den Äffchen zu erfreuen. Die Mädchen liefen weiter, beide tief in Gedanken versunken. Sie ließen eine Voliere hinter sich, in der Vögel aller Farben und Größen umherflatterten, und gelangten in ein Gewölbe. Es war eine weitere Grotte. Zu beiden Seiten schwangen sich elegante Arkaden empor bis zur felsigen Decke. Dahinter ringelten sich schillernde Schlangen.

Bevor Auguste verstand, was geschah, hörte sie, wie Lotte schrie. Alle Besucher erstarrten und drehten die Köpfe, um zu sehen, was vor sich ging. Auguste packte die Freundin und zog sie in ihre Arme. Schluchzend wühlte Lotte den dunklen Schopf an ihre Brust und Auguste spürte, wie sie zitterte. Behutsam hielt sie Lotte bei den Schultern und führte sie aus der Schlangengrotte hinaus ans Licht.

Ein kleines Restaurant bot Limonade und andere Erfrischungen an. Auguste zog einen Stuhl heran und drückte Lotte darauf. Wie eine schlaffe Gliederpuppe ließ diese alles mit sich geschehen, stützte die Ellenbogen auf ein rundes Tischchen und verbarg ihr Gesicht in den Händen. Auguste setzte sich auf einen zweiten Stuhl. Zaghaft fragte sie: «Was hast du denn nur, Lotte? Seit wir hier sind, bist du so schreckhaft. So kenne ich dich gar nicht.»

Lotte stöhnte und sah auf. Ihre Augen waren verweint. Ihre Stimme klang ganz klein, als sie sagte: «Ich kenne mich heute selbst nicht, Auguste. Was geht hier vor? Eben, als wir in die Grotte kamen, da sah ich die eine Schlange, diese große Boa, und ich stellte mir vor, wie sie ihren dicken Leib um mich legen und mich zerquetschen würde.» Sie machte eine Pause und schien mit ängstlichem Gesicht darauf zu warten, dass Auguste etwas erwiderte.

Doch Auguste wusste nicht, was sie sagen sollte. Was ging nur in Lottes Kopf vor? Sie blieb stumm, sah die Freundin mit einer Mischung aus Zweifel und Mitleid an. Da, ganz langsam, hoben sich die Mundwinkel in Lottes angespanntem Gesicht. Es zuckte um ihre Lippen. Dann brach das Lachen aus ihr heraus. Sie prustete und kicherte. Auch Auguste stimmte in das Gelächter mit ein, es war ansteckend und tat gut. In ihrem Bauch löste sich ein harter Knoten. Lotte japste und beruhigte sich endlich. Mit normaler Stimme sagte sie: «Gerade habe ich selbst gehört, wie verrückt das klang. Du musst ja denken, ich sei vollkommen übergeschnappt. Genug mit dem Unfug!»

Sie sprang auf und zog Auguste mit hoch. «Komm, machen wir, dass wir aus diesem gruseligen Aquarium herauskommen. Hier gibt es ja kein Leben, nur die armen Tiere in ihrer trüben Brühe, wie bei lebendigem Leib eingelegt.»

Auguste zögerte kurz. Was würden die Fräuleins sagen, wenn sie einfach verschwänden? Doch Lottes plötzliche gute Laune war ebenso ansteckend wie ihr Lachen. So ließ sie sich mitziehen, die Treppen hinunter und zum Ausgang.

Draußen strahlte die Sonne, und die kalte Winterluft schmeckte nach frisch gefallenem Schnee. Die breite Allee lud zum Flanieren ein. Lotte hakte Auguste unter, und sie ließen sich in der Menge treiben. Pferdebahnen und Droschken fuhren an ihnen vorbei. Darin saßen schöne Damen und elegante Herren auf ihrem Weg durch die Dorotheenstadt. Ein Maronenverkäufer bot seine Ware feil, und Lotte blieb stehen, drückte ihm ein Geldstück in die Hand und nahm eine Tüte in Empfang. Der Dampf der heißen Kastanien wirbelte durch die Luft. Auguste zog sich die Handschuhe aus und griff in die Tüte. Sie begann, eine der Früchte zu pellen, und schrie leise auf, weil sie sich den Finger verbrannt hatte.

«Gib her», sagte Lotte, griff nach ihrer Hand und führte sie zu ihren Lippen. Dann küsste sie zart die Fingerspitzen. Auguste schlug die Augen nieder und war plötzlich verlegen. Sahen die Leute, die an ihnen vorüberliefen, sie nicht seltsam an?

Lotte bemerkte ihren Blick und lachte. «Lass die doch gucken», flüsterte sie mit einem kecken Lächeln, das unwiderstehlich war. Auguste kicherte und steckte sich die heiße Kastanie in den Mund. Das süße, mehlige Innere schmeckte köstlich, auch wenn es immer noch zu heiß war und sie die Luft zwischen den Lippen einsaugen musste, um ihre Zunge zu kühlen. Auch Lotte schälte eine Marone, pustete darauf und aß sie. Zufrieden kauend schlenderten die Mädchen weiter, Lotte hatte einen Arm um Augustes Taille gelegt und zog sie Richtung Opernplatz.

«Schau mal», rief sie mit Begeisterung in der Stimme und zeigte nach links, «da ist die Universität!» Und richtig, Auguste erkannte das prächtige Gebäude mit den ausladenden Seitenflügeln.

Lotte zog sie hinüber. Sie stellten sich dicht vor den hohen schmiedeeisernen Zaun und spähten durch die Gitterstäbe. Einige Studenten betraten das imposante Gebäude, andere kamen heraus, in dunklen Anzügen und mit Aktentaschen unter dem Arm. Vor allem erkannte man sie an dem beflissenen Gesichtsausdruck, der besagte, dass die jungen Herren wichtigen Angelegenheiten nachgingen.

Auguste war beeindruckt. «Sie sehen so klug aus.»

Lotte lachte spöttisch. «Sie sind nicht klüger als du und ich, nur ihr Geschlecht haben sie uns voraus. Wenn du jeden Tag in die Universität gehen könntest, die dicken Bücher lesen, den berühmten Professoren zuhören dürftest, was meinst du, Auguste Baumgarten, wie klug du wärest!»

«Meinst du? Ich bin doch so schwach im Rechnen, Herr Graf ist im Unterricht immer ganz verzweifelt mit mir.»

«Ja, und? Ich bin dafür schlecht in den Künsten, was eigentlich ein rechtes Unglück ist, denn das anatomische Zeichnen gehört als Hauptfach zum Medizinstudium.»

Auguste betrachtete die Freundin verstohlen. Sie sprach so überzeugt von ihrer Zukunft, dabei war es ein Ding der Unmöglichkeit, dass sie die Universität besuchen würde. Wusste sie das wirklich nicht?

Lotte schien das ungläubige Flackern in Augustes Gesicht bemerkt zu haben. «Du glaubst mir nicht? Aber das solltest du! Ich finde schon einen Weg hier hinein.» Sie rüttelte mit dramatischer Geste an den Gitterstäben des Zauns. «Und dann werde ich alles Wissen dieser Welt aufsaugen und eine berühmte Ärztin werden.»

«Du weißt doch aber, dass dein Vater es niemals erlauben würde?»

«Er wird schon noch weich werden. Er muss ja!»

Auguste wandte den Blick ab. Sie konnte die wilde Hoffnung in Lottes Miene nicht länger ertragen. Seitdem sie Lottes Vater kannte, war sie immer weniger überzeugt davon, dass dieser weich werden würde. Äußerlich wirkte er unscheinbar und harmlos, doch in seinen Augen wohnte eine unnachgiebige Härte, die Auguste frösteln ließ. Er hatte sie und Lotte ins Warenhaus Printz eingeladen und ihnen dort im Wintergarten auf dem Dach Schokolade servieren lassen. Seine freundliche, zuvorkommende Art hatte Auguste nicht täuschen können. Lottes Vater war offenbar ein Mann, der es gewohnt war, dass in seinem Geschäftsimperium alles nach seinen Wünschen ausgeführt wurde – und auch daheim.

Doch gegen Lottes sehnsuchtsvolles Glühen war nichts zu sagen. So schwieg Auguste und betrachtete wieder den weitläufigen Platz vor der Universität, die wie sie und Lotte einen königlichen Namen trug. Sie war nach dem preußischen König Friedrich Wilhelm III. benannt worden, zu dessen Regierungszeit man sie gegründet hatte.

Zwei junge Männer traten soeben aus dem Portal mit den hohen Säulen und schritten eilig auf das Tor zu. Als sie auf gleicher Höhe wie Lotte und Auguste waren, blickte einer von ihnen auf. Er war lang und dünn, seine Jacke war viel zu kurz und an den Ellenbogen abgewetzt. Die braune Mütze saß wippend auf seinen wilden blonden Locken, als würde sie gleich herunterpurzeln. Als er die beiden Mädchen am Zaun sah, blieb er stehen und stieß seinen Kommilitonen in die Seite. Der folgte dem Blick des Langen und begann zu grinsen. Die beiden Männer nickten sich zu, als träfen sie eine stumme Verabredung, dann traten sie durch das Tor und kamen direkt auf sie zu.

Auguste erschrak. Was hatten sie vor? Es war unschicklich, dass junge Herren Damen auf offener Straße ansprachen. Sie spürte, wie ihr die heiße Röte in die Wangen stieg. Als sie Lotte Hilfe suchend anblickte, bemerkte sie jedoch zu ihrem Staunen, dass diese die Unbekannten offen anlächelte.

Augustes Unbehagen vertiefte sich. Sie wäre am liebsten fortgelaufen, doch es war zu spät. Die beiden jungen Männer standen direkt vor ihnen und vollführten eine übertrieben tiefe Verbeugung. Der Freund des langen Lulatsches hatte rötliche borstige Haare und lustige grüne Augen in einem Meer aus Sommersprossen. «Welche Ehre, dass zwei so schöne junge Fräuleins hier am Zaun nach uns Ausschau halten, was, Hänschen?», sagte er.

Der andere nickte und grinste von einem Ohr zum nächsten. «Sie verzehren sich sogar nach uns, würde ich behaupten. Richtig, meine Damen?»

Lotte schnaubte, doch in ihren Augen stand das Lachen. «Leider muss ich Sie enttäuschen, werte Herren Studenten. Wir haben Besseres zu tun, als uns nach fremden Männern zu sehnen.»

Hans blickte gespielt enttäuscht zu ihr und sah dann zu seinem Freund hinüber: «Gustav, sie warten gar nicht auf uns. Mein Herz ist gebrochen.» Er griff sich an die Brust und tat so, als müsste er zusammenbrechen. Auch der rothaarige Gustav spielte mit und wischte sich unsichtbare Tränen aus den Augenwinkeln. Lotte kicherte. Auguste sah sie irritiert an. Was war in die Freundin gefahren, dass sie diese alberne Posse der Studenten bereitwillig mitspielte?

Sie zog sie am Ärmel. «Komm, Lotte. Lass uns gehen.»

Doch Lotte machte keine Anstalten, auf sie zu hören. Stattdessen schürzte sie ihre Lippen und schüttelte sich ihre widerspenstigen Locken in die Stirn. «Was haben denn die hohen Herren zu bieten, das es wert wäre, sich nach Ihnen zu verzehren?»

Auguste verschlug es endgültig die Sprache bei dieser koketten Frage. Die beiden jungen Männer dagegen witterten Morgenluft. Hans lachte und fasste Gustav an der Schulter. «Hörst du, sie ist interessiert. Nun, wie wäre es mit einer heißen Schokolade im *Café Bauer*?»

Gustav flüsterte: «Mach mal halblang, Hänschen. Das *Bauer* kannste dir doch gar nicht leisten.»

«Sei still», zischte Hans.

Lotte lächelte huldvoll. «Soweit ich weiß, werden Frauen im *Café Bauer* nur im Damenzimmer bedient. Das ist mir ohnehin zu langweilig.»

Hans schnaubte fröhlich. «Wenigstens dürfen Sie es betreten. Die meisten Kaffeehäuser in der Stadt erlauben gar keinen Damenbesuch.»

«Ja, so wie Ihre feine Universität.»

«Was meinen Sie?»

Lottes Gesicht war auf einmal nicht mehr kokett, sondern wütend. «Dass diese sogenannte Bildungsstätte nur das männliche Geschlecht ausbildet und uns Frauen fernhält.»

Gustav grunzte. «Was wollen Sie denn an einer Universität, hübsches Fräulein? Die Ehekandidaten stehen doch bei Ihnen sicher Schlange. Ich würde mich, mit Verlaub, auch einreihen. Wie heißt Ihr Vater? Vielleicht spreche ich bei ihm vor.»

«Mein Vater ist der Kaufhausbesitzer Printz. Machen Sie sich aber keine Hoffnungen», fauchte Lotte.

Auguste wunderte sich wieder einmal, wie schnell die Stimmung der Freundin wechseln konnte. Nichts war mehr zu spüren von der leichtfertigen Heiterkeit, mit der sie das Geplänkel begonnen hatte. Stattdessen schien Qualm aus ihren Ohren aufzusteigen. Die Studenten bemerkten es auch. Beim Namen von Lottes Vater hatten sie einen beeindruckten Blick gewechselt. Doch nun hatten sie wohl verstanden, dass ihr Moment verstrichen war.

Hans räusperte sich. «Gustav, wir müssen weiter. Professor Heise erwartet uns in einer halben Stunde, und vorher brauche ich etwas Warmes in den Bauch.»

Gustav nickte widerstrebend. Mit einem Seitenblick streifte er Auguste, die während des ganzen Gesprächs abseits gestanden hatte, und ließ nun seinen Ärger an ihr aus. «Können Sie eigentlich auch reden? Sagen Sie mal, sind Sie auch so eine Suffragette wie Ihre Freundin?»

Auguste spürte die Wut in sich aufsteigen. Was fiel diesem Gernegroß ein, so mit ihr zu sprechen!

«Darauf können Sie Gift nehmen», fauchte sie. «Und Lotte wird einmal eine berühmte Ärztin. Wir Frauen sitzen schneller in Ihrem kostbaren Hörsaal, als Sie denken.» Erschrocken schloss sie den Mund. Was war in sie gefahren? Doch dann sah sie die Bewunderung in Lottes Gesicht und war stolz, dass sie das gesagt hatte.

Gustav schwieg überrascht. Ohne ein Wort griff Lotte

nach Augustes Hand, und die beiden Mädchen rauschten an den Männern vorbei. Auguste bemühte sich, den Kopf hochzuhalten, wie ihre Mutter es ihr daheim in der Villa mit einem Buch auf dem Scheitel beigebracht hatte. Sie eilten die Allee entlang und blieben erst japsend stehen, als sie außer Sichtweite waren. Lotte strahlte Auguste an und bekam einen ihrer mitreißenden Lachanfälle. Sie zog die Freundin in die Arme und beide prusteten los.

«Wie schlagfertig du bist, Auguste», kicherte Lotte und hielt sich die Seite. «Das Gesicht von diesem Feuerkopf war Gold wert.»

Auguste lächelte und wurde rot.

Dann fragte Lotte, wieder ernst: «Aber glaubst du das wirklich?»

«Was meinst du?»

«Dass Frauen bald studieren dürfen? Dass ich eine berühmte Ärztin werde?»

Auguste zögerte. Doch die Hoffnung, die im Gesicht der Freundin flackerte, ließ sie sagen: «Ja, ich glaube, du kannst alles erreichen, was du dir wünschst.»

Lotte nickte befriedigt und hakte sie wieder unter.

Immer noch strahlte die Sonne hell auf die verschneiten Linden. Doch in Augustes Bauch saß mit einem Mal ein fester Knoten, der ihr auf den Magen drückte. Sie hatte plötzlich das Gefühl, dass ein Schatten über die Dorotheenstadt fiel, als flöge eine Schar Krähen über den Himmel hinweg und verdeckte die Sonne. In ihrer Kehle brannte die Lüge wie Feuer.

11.

Februar 1893

Ludwigs Ärmel streifte immer wieder ihre Schulter. Die Berührung war Auguste nicht unangenehm, doch sie verursachte ein seltsames Gefühl von Fremdheit. Also achtete sie darauf, einen kleinen Abstand zwischen sich und ihn zu bringen. Der junge Mann schien es entweder nicht zu bemerken oder war wohlerzogen genug, den halben Meter zwischen ihnen zu übersehen. Stattdessen plauderte er freundlich weiter über sein Studium der Rechte. Auguste dachte an Hans und Gustav, die sie vor der Friedrich-Wilhelms-Universität kennengelernt hatte. Doch als sie Ludwig von ihrer Bekanntschaft erzählte, wurde er misstrauisch.

«Liebes Fräulein Baumgarten, was hatten Sie denn dort überhaupt ganz allein zu suchen? Und dann noch in Gesellschaft zweier Fremder?»

«Sie kennen die beiden also nicht?»

Er runzelte die Stirn. «Nein, bedaure. Es gibt viele Studenten in Berlin, sogar mit roten Haaren. Ich habe die Herren noch nie gesehen. Und Sie sollten sich besser vorsehen.»

Auguste kam sich dumm vor, weil er sie in ihre Schranken gewiesen hatte. Sie erfand rasch eine harmlose Geschichte, dass sie sich bei einem Schulausflug verlaufen hätten, und Ludwigs Züge entspannten sich wieder. Die Auguste von früher hätte nun still bei sich gedacht, dass es liebenswert von dem jungen Mann sei, an ihr Wohlergehen zu denken. Doch die neue Auguste, die immerzu den Kopf zu den fliegenden Wolken drehte, die sich nach Lottes Kuss sehnte und fremden Herren kesse Widerworte gab – dieses Mädchen spürte Widerwillen in sich aufsteigen. Was ging es Ludwig an, was sie trieb? Noch war sie nicht seine Ehefrau. Und sie verspürte auch herzlich wenig den Wunsch danach, es bald zu werden. Allein der Gedanke daran, dass sie nicht länger die Krahmersche Schule besuchen würde, nicht täglich Lottes dunkle Locken über die Köpfe der anderen Mädchen hinweg erspähen und flink zu ihr hinüberlaufen könnte, ließ ihr das Herz schwer werden.

Seit dem Vorfall im Herbst, als Lotte verzweifelt berichtet hatte, dass ihr Vater sie von der Schule nehmen wollte, hatte sie jeden Tag Angst, in den Klassenraum zu kommen und Lottes Platz leer vorzufinden. Doch aus irgendeinem Grund schien der Vater der Freundin ein Nachsehen zu haben. Auguste hatte nicht gewagt, sie zu fragen, weshalb sie weiterhin die Schule besuchen durfte, obwohl doch Fräulein Krahmer angeblich einen schlechten Einfluss auf sie hatte. Es schien ihr, als könnte allein die Frage dazu führen, dass Herr Printz die Stunde geschlagen sah, seine Tochter aus den Fängen dieser Suffragette zu entfernen. Als würden ihre Worte einen Vogel aufschrecken, der unerwartet lange auf einem Ast sitzen geblieben war.

Auch Lotte hatte nicht mehr davon gesprochen. Doch immer öfter erschien sie mit geröteten Augen zum Unterricht, als habe sie die Nacht über wach gelegen und geweint. Wenn die Freundinnen aber gemeinsam im Schulgarten auf und ab spazierten – für ihren Sitzplatz in der Laube war es viel zu kalt, der Boden hart und gefroren –, lachte und scherzte Lotte wie immer, erzählte ihre Geschichten und drückte Augustes behandschuhte Finger an ihre Lippen.

Die Zeit schien stillzustehen. Auguste sah sich und Lotte manchmal wie von weit entfernt. Zwei Mädchen in schwarzen Kleidern, mit Spitzensaum und schmaler Taille, die durch eine gläserne Schneekugel wanderten, abgeschirmt von der Welt, aber auch eingeschlossen in ihrem Gefängnis aus Schnee und Glas. Wann würde eine große Faust die Kugel fassen und zerschmettern, sodass die Figuren und das Schneegewirbel darin inmitten Tausender Scherben zu Boden fielen?

Auguste staunte über ihre eigenen Gedanken, während sie neben Ludwig am Fluss entlangschritt, vorgeblich seinen trockenen Schilderungen lauschend. Wo kam all die Schwermut her? Weshalb stiegen diese seltsamen und beunruhigenden Bilder in letzter Zeit so oft in ihr auf? Wie ein Tier witterte sie Unheil. Als läge über der kalten Schneeluft der Geruch von Gefahr, von Blut. Sie schalt sich ein Gänschen. Was sollte geschehen? Niemand ahnte etwas. Und, so musste sie zugeben, es gab nicht einmal etwas zum Ahnen. Bis auf den einen innigen Kuss in ihrem Turmzimmer am Karlsplatz war es nie wieder zu unschicklichen Zärtlichkeiten zwischen Lotte und ihr gekommen. Sie waren zwei Freundinnen, die sich vertrauten. Enge Busenfreundschaften gab es oft zwischen jungen Frauen vor der Ehe und waren kein Grund für Misstrauen.

Auguste war nicht sicher, was sie von der Liebe hielt, nicht von jener zwischen Mann und Frau und noch weniger von der zwischen zwei Menschen gleichen Geschlechts. Und doch war sie sicher, dass sie Lotte mehr liebte als eine Freundin. Mehr als sie eine Schwester lieben könnte. Aber deshalb musste sie sich doch nicht schämen. Wer konnte etwas gegen ein Gefühl einwenden? Es war so flüchtig wie ein Hauch, existierte nur in ihrem Inneren und ging niemanden etwas an. Auch schadete sie mit ihren Empfindungen für Lotte keinem anderen Menschen. Außer vielleicht dem armen Ludwig, der seinen freien Tag opferte, um mit ihr spazieren zu gehen.

Schuldbewusst lächelte sie ihn an. Er ergriff ihren Arm, und diesmal ließ sie es zu, dass er sie unterhakte. Er war viel größer als sie, und es war unbequem für sie, sich seinen langen Schritten anzupassen. Sie geriet außer Atem, aber er bemerkte es nicht.

«Sie sind ja so schweigsam. Und ich rede wieder so viel. Meine Mutter sagt, bei mir sei das Mundwerk wie mit einem unsichtbaren Bindfaden direkt mit meinem Puls verbunden. Wenn ich aufgeregt bin, quassele ich wie ein Wasserfall.»

Auguste musste lächeln. «Weshalb sind Sie denn aufgeregt?» Sofort hätte sie die Frage am liebsten wieder zurückgenommen, aus Angst, er könne sie als Koketterie verstehen.

Ludwig wand sich ein wenig. «Nun ja, ich verstehe mich nur wenig auf das weibliche Geschlecht. In der Bibliothek der juristischen Fakultät am Opernplatz sitzen nur verstaubte Junggesellen und büffeln in den dicken Folianten. Und wenn ich dann mit einer so eleganten Dame wie Ihnen zusammen bin, benehme ich mich ein wenig linkisch, fürchte ich.»

Auguste lachte auf. «Ich, elegant? Sie schmeicheln mir zu sehr. Ich bin nur eine Schülerin, die nichts weiß und nichts kann. Außer –» Sie brach ab und wurde rot.

«Was?»

«Ich möchte nicht prahlen, aber ich bin recht gut im Zeichnen. Jedenfalls macht es mir Freude.»

«Das ist doch wunderbar! Ich glaube, wir können nur darin wirklich gut sein, worin unsere wahren Neigungen liegen. Nur, was wir mit den Augen der Liebe betrachten, ist schön. Wissen Sie, was ich meine?»

Nachdenklich betrachtete Auguste den jungen Mann, der so eifrig war. Seine Ohren glühten in der kalten Luft. Auf der Oberfläche der Bäke glitten die Eisschollen vorüber. Auguste fragte sich, ob sie Ludwig eigentlich leiden mochte. Er war angenehm und sehr freundlich. Viel zu sanft für einen Mann, so ähnlich wie ihr Bruder Georg.

Doch, sie könnte wahrscheinlich gut mit ihm auskommen, dachte Auguste. Aber reichte das für eine Ehe? War das alles, Harmonie, ein paar nette Worte? Ihr fiel Lottes Satz über die Pflichten des ehelichen Bettes wieder ein, die plärrenden Kinder, die daraus entstünden, und sie schauderte. Zweifelnd äugte sie zu Ludwig hinüber. Es war undenkbar, mit ihm in einem Bett zu liegen. Körperliche Nähe zwischen Ludwig und ihr schien ihr aufs Höchste unnatürlich. Gleichzeitig spürte sie, dass sie genauer wissen wollte, was im Ehebett zwischen zwei Menschen geschah. Ob sie Lotte danach fragen sollte, die auf dem Gebiet, aus welchem Grund auch immer, mehr Kenntnisse zu besitzen schien? Doch was, wenn diese dann über sie lachte?

Schnell schüttelte sie die Gedanken ab und fragte stattdessen: «Liegen denn Ihre Neigungen in der Jurisprudenz? Macht es Sie glücklich, die Rechte zu studieren?»

Langsam nickte Ludwig, so, als ginge ihm die Tatsache, dass er sein Studium genoss, gerade eben erst auf. «Es ist sehr zufriedenstellend. Für jede Situation des menschlichen Zusammenlebens gibt es ein Gesetz oder ein Urteil. Alles fügt sich, wenn man nur lange genug abwägt und nach der passenden Regel sucht. Das Gesetz ist für mich wie ein Bollwerk, das mich vor dem Chaos jenseits des Gerichts beschützt.» Er wurde wieder rot und fügte schnell hinzu: «Und wie beglückend, wenn ich später meinen Mandanten zu ihrem Recht verhelfen kann. Denken Sie nicht?»

«Doch, das klingt nach einem ehrenwerten Beruf. Aber wird es nicht auch oft genug Momente geben, in denen man nicht entscheiden kann, was Recht ist und was Unrecht?»

Ludwig starrte sie an, als habe sie etwas Unanständiges gesagt. «Wie meinen Sie das?»

«Nun», Auguste zögerte, da sie seinen Schrecken spürte, «ich denke nur, dass es nicht immer eindeutig ist, was Gut und was Böse ist. Zumindest kann ich es nicht immer auseinanderhalten.»

Ludwig schloss den Mund und schwieg. Er dachte kurz nach und sagte dann: «Das sind gefährliche Gedanken, Auguste.» In seiner Aufregung nannte er sie das erste Mal beim Vornamen. «Wenn Gut und Böse nicht klar getrennt wären, welchen Sinn hätte es dann, darüber vor einem Gericht zu entscheiden? Wie sollte eine Gesellschaft auf einer solch schwankenden Grundlage bestehen?»

Betreten biss sich Auguste auf die Lippen. Sie spürte, dass ihre unbedacht dahingesagten Gedanken Ludwig vor den Kopf gestoßen hatten. Dabei hatte sie nie zuvor darüber nachgedacht, die Worte waren aus ihrem Mund geflogen wie übermütige Spatzen. Was wusste sie denn schon? Ludwig war schließlich Student, bald wäre er Anwalt oder Richter, während sie weiterhin im Salon sitzen und Stillleben malen würde, die niemand betrachten wollte. Beeren und Blätter, tote Materie mit Kohle auf ein Stück Papier bannen. Sie würde Monogramme auf Tischwäsche sticken und Hausmädchen herumkommandieren, mehr nicht. Nichts wusste sie von der Welt dort draußen, außerhalb der dicken Mauern der Villa am Karlsplatz.

Beschämt sagte sie: «Bitte verzeihen Sie mein Geplapper. Es war nur so dahingesagt und hat keine Bedeutung. Wissen Sie, ich bin nicht so gebildet wie Sie.»

Doch Ludwig blieb nachdenklich. «Ich weiß nicht», sagte er leise. «Auf mich machen Sie nicht den Eindruck von jemandem, der Dinge einfach so dahinsagt. Sie sind ein kluges Mädchen, Auguste. Viel klüger als die anderen Frauen, die ich kenne.»

Sie lachte hell. «Wie Sie selbst sagten, sind das ja nicht viele. Also hat das kaum eine Bedeutung.»

Doch er schüttelte den Kopf. «Ziehen Sie das nicht ins Lächerliche. Ich meine es ernst. Sie denken viel nach, das merkt man. Und das, was Sie da eben gesagt haben, habe ich sogar einmal in einer Vorlesung einen Professor sagen hören. Er sagte, zwischen Recht und Unrecht gebe es einen Abgrund, in dem die Schatten hausten. Und wir sollten uns davor in Acht nehmen, diese Schatten zu missachten, denn sonst würden sie allzu schnell über uns herfallen. Nicht alles in der Rechtsprechung sei Schwarz und Weiß, behauptete er, sondern es gebe viel Grau darin.»

Auguste war nicht sicher, ob sie alles verstand. Und der Gedanke, sie könne einer Meinung mit einem Professor der Rechte sein, der in einem Hörsaal der Friedrich-Wilhelms-Universität zu Hunderten Studenten sprach, war einfach lächerlich. Doch sie nickte, weil Ludwig Zustimmung von ihr zu erwarten schien.

Sie liefen weiter. Auguste folgte dem Wasserlauf mit den Augen. Silbrig schlängelte sich das kleine Fließ durch die Böschung, in der Eiskristalle glitzerten. Der braune Schlamm hing in gefrorenen Klumpen ins Wasser hinein.

Ludwig seufzte. «Ein Jammer», sagte er leise, wie zu sich selbst.

«Wie bitte?», fragte Auguste höflich. Ob Lotte heute Abend zum Tee kommen würde? Leider konnte sie sich viel seltener zu Hause empfehlen und an der Tür am Karlsplatz schellen, als beide Mädchen es sich wünschten.

Ludwig antwortete: «Es ist schade, dass kluge Frauen wie Sie nicht die gleiche Bildung erhalten wie wir Männer. Finden Sie nicht auch?»

Überrascht blieb Auguste stehen. Das hatte sie nun wirklich nicht erwartet. «Meinen Sie?», fragte sie vorsichtig. Dieser Ludwig schien ja ein richtiger Revolutionär zu sein, dachte sie bei sich. Und sie hatte ihn als schüchternen Bücherwurm eingeschätzt.

«Selbstverständlich», erwiderte er mit Nachdruck. «Sie haben doch auch ein Gehirn. Ich habe mich, verzeihen Sie meine Offenheit, neulich am Tisch Ihrer Eltern ein wenig über Ihren Vater geärgert. Er lachte über die Dummheit der Frauen. Aber ich sehe das ganz anders. Wir sind alle Menschen, nicht wahr? Was würden Sie gern studieren, Auguste?»

Sie dachte nach. «Ich weiß es nicht. Wahrscheinlich hatte ich nie den Wunsch dazu. Meine Eltern haben mich von klein auf vorbereitet, eine Familie zu gründen und einen Haushalt zu führen. Aber ich habe eine Freundin, die sich nichts mehr auf der Welt wünscht, als Medizin zu studieren. Daraus wird natürlich nichts.»

«Warum?»

«Das fragen Sie? Die Universitäten sind Frauen verschlossen. Und ihr Vater ist sehr streng, er hat das Leben seiner Tochter lange geplant. Ein Studium kommt nicht darin vor, glauben Sie mir.»

«Das stimmt nicht ganz. Es gibt eine deutsche Ärztin, sie stammt aus England, hat aber in Leipzig das Staatsexamen für Medizin abgelegt. Immer mehr Frauen versuchen, als Gasthörerin akzeptiert zu werden, und ich kenne mehrere Fälle, bei denen das schon geglückt ist. Vielleicht kann Ihre Freundin ihre Pläne doch noch in die Tat umsetzen.»

Auguste wusste nicht, ob sie ihm glauben sollte. Aber es klang ehrlich. Was würde es Lotte bedeuten zu hören, dass es Hoffnung gab! Doch dann schüttelte sie betrübt den Kopf. «Selbst wenn, Lottes Familie wäre niemals einverstanden. Für Herrn Printz zählt nur ein Stammhalter für das Familienunternehmen.»

Beeindruckt zog Ludwig die Augenbrauen hoch. «Ach, Ihre Freundin ist die Erbin des Printz-Kaufhauses?»

«Ganz recht», bestätigte Auguste. «Ihr Vater hat bereits einen Kandidaten ausgewählt, der das Haus in seinem Sinne weiterführen wird. Natürlich nur, wenn Lotte – so heißt meine Freundin – seine Frau wird.»

«Ja, wenn das so ist, dann ist es wohl Essig mit dem Studium. Es tut mir leid für Ihre Lotte.»

In Augustes Brust klopfte das Herz ein wenig schneller. *Ihre* Lotte – wie schön das klang. Ja, wenn es doch nur ihre Lotte wäre, für immer und ewig. Doch dann riss sie sich zusammen. Ihre Träumereien gehörten nicht hierher, während sie an der Seite dieses Mannes spazieren ging. Der ihr zukünftiger Ehemann werden würde, wenn es nach ihren Eltern ging.

«Und wenn Sie könnten, vielleicht würden Sie dann an der Hochschule für die Bildenden Künste Zeichnen studieren?», fragte Ludwig weiter. «Ich kann Sie mir sehr gut mit einer Palette in der Hand und in einem Malkittel vorstellen.»

Lächelnd wehrte Auguste ab. «Nein, das wäre nicht im Sinne meiner Eltern. Sie möchten, dass ich einen geeigneten Kandidaten aus gutem Hause heirate, jemanden wie –»

«Wie mich?»

Sie zögerte bei dieser plötzlichen Wendung ihrer Plauderei. Dann sagte sie leise: «Ja. Wie Sie.»

Ludwig blieb stehen. Er hielt sie am Arm ein Stück von sich weg, und sie konnte in seine sanften Augen sehen, in denen eine leise Besorgnis stand. «Hören Sie», sagte er eindringlich, «Sie sind sehr jung. Ich möchte Sie auf keinen Fall zu einer Entscheidung drängen. Um ehrlich zu sein, auch ich fühle mich noch nicht bereit für die Ehe. Aber meine alte Mutter, die schon lange Witwe ist, sähe mich so gerne an der Seite einer lieben, hübschen Dame wie Ihnen. Doch, lachen Sie nicht. Sie sind sehr schön und sicher liebenswert. Aber wir müssen nichts überstürzen. Von mir aus können wir eine lange Verlobungszeit einhalten. Eine Zeit, um zu reifen und sich darüber klar zu werden, welcher Schritt der richtige ist. Meinen Sie nicht auch?»

Überrascht nickte Auguste. Das klang so, als sei auch Ludwig nicht wild darauf, allzu bald in den Hafen der Ehe einzulaufen. Ein großer Druck, von dem sie bis eben nicht gewusst hatte, dass er da war, hob sich von ihrer Brust. Sie würde noch Zeit haben. Zeit, jung zu sein. Zeit mit Lotte, vielleicht. Doch dann erschien zwischen ihren Brauen eine kleine Falte. «Aber was sagen wir meinen Eltern?»

«Ich werde mit ihnen reden. Sie beruhigen und erklären, dass wir uns mit der Verlobung noch Zeit lassen. Dass ich zuerst mein Studium abschließen möchte. Vielleicht auch noch die Dissertation, und dann offiziell um

Ihre Hand anhalten werde, wenn ich Ihnen etwas bieten kann.»

«Aber sind das nicht noch Jahre?»

«Ja. Ist das nicht in Ihrem Sinne?»

Auguste musste nicht lange überlegen. Sie nickte erleichtert. «Das wäre fein. Und Ihre Frau Mama?»

«Mutter wäre schon begeistert, wenn ich Sie einmal zum Nachmittagstee mitbrächte. Das würde sie beruhigen. Sie ist ganz ängstlich, weil ich nie eine Dame ausführe. So, als glaube sie –», Ludwig verstummte und biss sich auf die Lippen. Auguste war nicht sicher, was er hatte sagen wollen, obwohl sie es ahnte. Besser, sie fragte nicht weiter, dachte sie und fühlte eine leise Röte aufsteigen.

Sie beobachtete verstohlen seine Hände, die so zart waren und in blütenweißen Handschuhen steckten, seine weichen Bewegungen. Dann vergrub sie ihren Verdacht tief in ihrem Inneren. Sie war die Letzte, die darüber zu richten hatte, dachte sie mit einem leisen Stich in der Herzgegend.

Ludwig schüttelte leicht den Kopf, als vertreibe er einen unangenehmen Gedanken. Dann griff er ihren Arm wieder fester und führte sie den Spazierweg entlang des Flussufers weiter. Der Nachmittag war unbemerkt verstrichen, und die Sonne senkte sich über das vereiste Wasser. Die Schneekristalle in den Zweigen der kahlen Bäume glitzerten unter ihren Strahlen, doch der Wind wurde schneidender.

Auguste versteckte ihre kalte Nase im Pelzbesatz ihres Umhangs. Es war Zeit zurückzukehren. Als sie Ludwig darum bat, stimmte er ihr sofort zu. Ein Abzweig führte sie beide hinauf zur Chausseestraße. Vor dem legendären *Pavillon*, einem teuren Restaurant, in das Augustes Familie noch nie eingekehrt war, warteten einige Pferdedroschken, von denen Ludwig eine herbeiwinkte. Als Auguste einstieg, drehte sie den Kopf nach ihm, um zu sehen, wo er bliebe. Doch er sprach kurz mit dem Kutscher, hielt dann sein Gesicht an den geöffneten Schlag und sagte: «Fahren Sie nach Hause, Auguste. Ich laufe bis zur Bahn und fahre dann in die Stadt. Ich muss noch in die Bibliothek.»

Plötzlich schien er es eilig zu haben, von ihr fortzukommen. Sie nickte, grüßte und sah ihm nach, eine schmale lange Silhouette, wie ein schwarzer Scherenschnitt vor dem dämmrigen Weiß der Allee. Auf einmal stellte sie fest, dass sie ihn doch gern hatte. Er war ein guter Mann. Und in der gleichen Sekunde wusste sie, dass sie ihn nicht heiraten wollte. Um nichts in der Welt wollte sie ihr Leben an ihn verschenken, Tisch und Bett mit ihm teilen. Die Gewissheit kam mit einer solch schneidenden Klarheit, fast ein körperlicher Schmerz, dass sie sich den Bauch hielt und die Luft einsog. Lottes Gesicht stand vor ihrem inneren Auge. Die grauen Augen, wie aufgewühlte See, von langen dunklen Wimpern umkränzt, in der Stirn die vorlaute dunkle Locke. Die Sehnsucht wurde übermächtig, als endlich die Kutsche anruckte und den Weg Richtung Lichterfelde einschlug.

Als sie an Ludwig vorbeifuhren, hob Auguste die Hand hinter dem beschlagenen Fenster der Droschke, doch der junge Mann starrte beim Gehen gedankenverloren auf seine Füße und bemerkte sie nicht. Die Kutsche fuhr an ihm vorbei und bald verloren sich seine Umrisse hinter ihnen im Zwielicht.

12.

April 1893

«Komm schnell hier herüber, Auguste», rief Lotte halblaut und winkte ihr hektisch zu. «Das glaubst du nicht, wenn du es nicht selbst gesehen hast.»

Zögernd kam Auguste näher. Die Freundin stand an einer hohen Mauer vor einem Haus in der Boothstraße 17 und spähte aufgeregt durch eine kleine Lücke im Mauerwerk. Sie waren aus der Schule gekommen, und Auguste hatte sich gerade verabschieden wollen, als Lotte ihr verschwörerisch zugeflüstert hatte: «Soll ich dir noch was zeigen?»

Sofort war Auguste Feuer und Flamme. Erstens kannte Lotte immer die spannendsten Geheimnisse, und Auguste liebte es, ihr zuzuhören. Zweitens hieß das noch eine gestohlene Stunde mit der Freundin. Da musste Lotte nicht zweimal fragen.

Der Frühling hatte mit aller Macht Einzug in Lichterfelde gehalten und schickte an den Abenden schon merklich länger das Licht in die Straßen. Sie war neben Lotte hergelaufen, die sogleich von der Berliner Straße rechts abgebogen und zielstrebig zu dieser Hausnummer geeilt war. Nun standen sie vor der Mauer.

Auguste trat zur Freundin hinüber, die sie vor das Guckloch schob. Vorsichtig presste Auguste ihr Gesicht an die Steine und blickte hindurch. Sie sah das Haus, ein für die Villenkolonie eher schlichter Bau ohne viel Zierrat. Es war einstöckig. Daneben schloss sich ein flacher Schuppen an, wohl eine Werkstatt, die teilweise außerhalb von Augustes Sichtfeld lag. Der Garten schien schmucklos und bestand zu großen Teilen aus einer Wiese. Und dort – für eine Sekunde glaubte Auguste zu träumen – flog ein Mann.

Er flog natürlich nicht im freien Raum, sondern war dabei, mithilfe eines Flugapparats von einer Art Sprungbrett zu gleiten, das in den Garten gebaut war. An seine Arme hatte er sich riesenhafte Flügel geschnallt, die aus einem biegsam aussehenden Holzgerippe und darüber gespanntem Stoff gefertigt waren. Wie ein monströser Vogel bewegte er sie auf und ab und schien den Wind daraufhin zu testen, ob er ihn tragen werde. Auguste starrte gebannt durch das Loch und erschrak, als ganz dicht vor ihrem Auge ein weiß gefiedertes Tier mit einem rötlichen Schnabel vorüberlief. Es musste ein Storch gewesen sein, doch schon war er aus ihrem Sichtfeld verschwunden.

Ungläubig trat sie einen Schritt zurück und blickte zu

Lotte. Die kicherte, schob sie zur Seite und drückte ihr Gesicht an die Mauer.

«Das glaube ich einfach nicht», murmelte Lotte, ohne dass Auguste ihre Miene sehen konnte. «Jetzt springt er – oh. Wirklich, es klappt, er gleitet durch die Luft – nun landet er. Autsch.»

Erschrocken prallte sie zurück, nur um sofort wieder ans Guckloch zurückzukehren. «Ah, alles in Ordnung. Er steht wieder auf beiden Beinen. Einfach unglaublich.»

«Was ist das?», fragte Auguste mit offenem Mund.

«Ich weiß es nicht genau. Aus Zufall habe ich ihn entdeckt, als ich neulich hier spazieren gegangen bin, weil du deine dumme Klavierstunde hattest. Ich habe die Störche hinter der Mauer gehört und wollte hineinsehen. Dass da ein menschlicher Storch herumfliegt, wusste ich nicht. Ist das nicht faszinierend?»

«Was ist so faszinierend, Fräulein?» Die Stimme des Mannes war dunkel und volltönend. Sein Kopf war mit einem Mal über der Mauer aufgetaucht, ohne dass die Mädchen bemerkt hatten, dass er von drinnen näher gekommen war. Er musste auf einer Kiste oder etwas Ähnlichem stehen, denn er überblickte den Mauerrand mühelos. Die Flügel hatte er abgeschnallt.

Erschrocken blickten sie sich an. Auguste hatte sofort Gewissensbisse. Sie standen hier wie zwei Spioninnen und spähten ein fremdes Grundstück aus. Doch Lotte schien ihren Schrecken schnell zu überwinden. «Ihr Apparat. Können Sie damit wirklich fliegen?»

Der fremde Mann sah ein wenig verdrießlich drein. «Nun ja. Irgendwann, hoffe ich. Aber dieses Herumgehopse wird nicht dazu führen, fürchte ich.»

«Aber nicht doch», rief Lotte begeistert, «ich habe es doch gesehen. Sie sind mehrere Meter geglitten, ganz bestimmt. Ihnen fehlte nur ein wenig Auftrieb.»

Auguste schüttelte im Stillen den Kopf über ihre naseweise Freundin. Versuchte sie, ein Schulmädchen, wirklich gerade, dem fremden Mann zu erklären, wo sein Fehler beim Fliegen lag? Doch der Mann schien es nicht übel zu nehmen. Nachdenklich betrachtete er Lotte von oben. «Sie interessieren sich für Physik, Fräulein?»

«Oh ja, und ganz besonders fürs Fliegen. Das ist so unheimlich –»

«Faszinierend. Ja, das sagten Sie bereits.»

Lotte sah, offenbar ein wenig unsicher, zu ihm auf.

Doch in seinen Augen tanzte ein Lächeln. «Darf ich Sie beide auf eine Limonade in den Garten einladen? Es ist zwar noch ein wenig kühl, aber die Sonne wärmt schon genug.»

Auguste wollte sofort ablehnen. Undenkbar, dass zwei alleinstehende junge Frauen mit einem fremden Herrn auf dessen Anwesen Limonade tranken! Der Mann sah ihr den Schrecken offenbar an, denn er fügte schnell hinzu: «Meine Frau Agnes würde sich ganz besonders freuen. Wir haben nicht sehr oft Gäste.»

Immer noch zögerte Auguste, doch Lotte lachte fröhlich und sagte: «Ich liebe Limonade.»

Damit war es verabredet. Der Kopf des Mannes verschwand, und kurz darauf öffnete sich das hölzerne Tor. Lotte war schon fast drinnen, als sie sich nach Auguste umwandte. «Kommst du?»

«Ich weiß nicht recht. Vielleicht sollten wir lieber nach Hause gehen, Lotte.»

Lotte drehte sich um und kam geradewegs auf sie zu. Sie ergriff ihre Hand und zog sie mit sich. «Sei kein Hasenfuß, Auguste Baumgarten. Ein Glas Limonade wird deine Unschuld schon nicht beflecken.»

Verblüfft von der frechen Stimmung, in der Lotte war, ließ sich Auguste mitziehen und trat in den Garten.

Hinten beim Sprungbrett lagen die Flügel, als hätte ein riesenhafter Vogel seine Federn abgeworfen. Es sah grotesk aus und schien Auguste irgendwie ungehörig.

Der Mann hatte die Haustür geöffnet und rief ins Innere: «Agnes, wir haben Besuch.»

Kurz darauf trat eine Frau hinaus und sah neugierig zu Auguste und Lotte hinüber. Sie trug ein einfaches schwarzes Kleid, das unter dem Kinn geschlossen war. Ihre Haare waren zu einem festen Knoten am Hinterkopf gebunden. Trotz der schlichten Aufmachung wirkte sie grazil und strahlte eine strenge Eleganz aus. Sie lief auf die Besucherinnen zu und breitete die Arme aus. «Wie schön! Kommen Sie doch näher.» Fragend wandte sie sich an ihren Mann: «Nun? Willst du uns nicht bekannt machen?»

Verlegen starrte er auf seine Schuhspitzen. In den

Knickerbockers sah er plötzlich aus wie ein kleiner Junge, der etwas ausgefressen hatte, fand Auguste.

«Ich habe vergessen, die jungen Damen nach ihren Namen zu fragen», murmelte er.

«Also wirklich, mein Lieber! Du bist mit dem Kopf immer in den Wolken. Buchstäblich und im übertragenen Sinne.» Kopfschüttelnd wandte sich die Frau wieder um und ergriff erst Lottes, dann Augustes Hand mit einem knappen, festen Druck. «Ich bin Agnes, die Frau von diesem Verrückten. Und das ist Otto.»

Auguste beobachtete, wie die Farbe aus Lottes Gesicht wich. Ihr Mund klappte auf, und man konnte förmlich dabei zusehen, wie etwas in ihrem Gedächtnis einrastete. «Oh», rief Lotte, «Sie sind Otto Lilienthal, habe ich recht? Ich habe von Ihnen in der Zeitung gelesen. Sie sind eine richtige Berühmtheit!»

«Na, na, das würde ich nicht so sagen», wehrte der Mann ab. «Der Artikel war nicht der Rede wert. Ebenso wenig wie die Verkaufszahlen meines Buchs, das dort freundlicherweise in einer Randnotiz besprochen wurde.»

«Ein Buch über das Fliegen?», hörte sich Auguste zu ihrer eigenen Überraschung fragen. Auch Lotte sah sie erstaunt an. Normalerweise führte sie das Wort, und Auguste war die stumme Zuhörerin. Doch etwas an diesem Mann faszinierte Auguste. Sie wollte mehr über ihn erfahren. Wie viel Mut musste man haben, um mit selbst gebauten Flügeln zu versuchen, dem Erdboden zu entkommen?

Otto Lilienthal nickte grimmig. «Ja, es heißt *Der Vogelflug als Grundlage der Fliegekunst*, und ich habe es zusammen mit meinem Bruder geschrieben. Leider scheinen die Leute es als Hirngespinst abzutun. Es ist heute moderner, Luftschiffe zu konstruieren. Dabei ist es so viel folgerichtiger, sich die Fähigkeiten des Gleitflugs der Vögel zunutze zu machen. Die *Leichter als Luft*-Theorie ist ein Irrweg.» Er ballte die Hände zu Fäusten.

Agnes trat zu ihm und legte ihm beruhigend die Hand auf die Schulter. «Reg dich bitte nicht schon wieder so auf, Otto. Wir sind sehr unhöflich. Stehen hier immer noch vor der Tür herum und haben unsere Gäste nicht einmal nach ihren Namen gefragt.»

Auguste machte einen Knicks. «Ich bin Auguste Baumgarten. Und das ist Charlotte Printz.» Auch Lotte knickste.

Agnes zog die Augenbrauen hoch: «Printz, ja? Etwa die Familie mit dem schönen Kaufhaus?»

Lotte nickte. Auguste spürte einen kleinen Stich. Der Name Printz klang jedem Fremden sofort im Ohr. Auguste Baumgarten dagegen sagte niemandem etwas. Doch andererseits stand sie ohnehin nicht gerne im Rampenlicht, da war ein unbekannter Familienname von Vorteil.

Agnes strahlte sie beide an, und gleich vergaß Auguste ihren leisen Groll. Das Lächeln ließ das schmale Gesicht der Frau leuchten. «Dann kommen Sie doch bitte mit herein.»

Otto Lilienthal sagte: «Ich dachte, wir könnten vielleicht im Garten sitzen. Wenn es den Damen nicht zu kalt ist?»

Beide Mädchen versicherten, dass sie nicht frören. Auguste freute sich, draußen bleiben zu können, denn sie war neugierig, ob sie noch einmal einen Storch zu Gesicht bekäme. Agnes führte sie zu einem kleinen runden Tisch mit schlichten weißen Gartenstühlen. Dann lief sie ins Haus und kam mit einem Tablett zurück, auf dem Becher aus blauer Keramik und ein Krug standen. Sie setzten sich und Agnes goss ihnen Limonade ein. Auguste sah sich im Garten um, doch von den Störchen war keine Spur zu sehen.

In der Wiese summte der Frühling. Durch die Blätter der großen Eiche strich ein zarter Hauch. Was war das nur, dachte Auguste, dass es einem zu dieser Jahreszeit so leicht ums Herz wurde? Die Welt wirkte wie gewaschene Baumwolle, die auf der Leine im frischen Wind flatterte. Alles schien möglich. Das Gefühl, in kaltem Glas eingeschlossen zu sein, war verschwunden, als hätte die zaghafte Aprilsonne die Schneekugel in Augustes Innerem zum Schmelzen gebracht.

Lotte zappelte auf ihrem Stuhl und rührte die Limonade, die Auguste köstlich fand, nicht einmal an. Stattdessen schien sie vor Neugier zu platzen. Auguste erging es ähnlich.

«Was ist das für ein Gefühl, in der Luft zu sein?», fragte sie Otto. «Ich war einmal mit meinen Eltern in den

Alpen. Auf dem schneebedeckten Gipfel konnte man auf die ganze Welt hinuntersehen. Und dabei stand ich mit meinen Füßen auf dem Boden. Es muss unvergleichlich sein, ihn wirklich unter sich zu lassen und zu schweben.»

Otto kratzte sich am Kopf. Er lachte leise. «Sie haben ja nur meinen kleinen Hüpfer hier im Garten gesehen. Das hat mit Fliegen wenig zu tun. Meistens starte ich von einer höheren Stelle bei den Steglitzer Fichten in den Rauhen Bergen. Dort gleite ich viele Meter weit durch die Luft. Ich gestehe, dass das wirklich ein erhabenes Gefühl ist.»

«Sie sollten mal sehen, wie er dorthin loszieht», lachte Agnes. «Die Flügel werden verschnürt, früher schleppte Otto sie dann bis zur Lichterfelder Bahn. Die anderen Passagiere staunten erst einmal nicht schlecht, aber irgendwann kannten ihn die meisten.»

«Nach Steglitz kann ich jetzt die Strecke in einer guten halben Stunde zu Fuß schaffen, auch wenn der Flugapparat mich ganz schön im Kreuz drückt. Welche Ironie, nicht wahr? Die Flügel sollen mich in die Lüfte heben, doch erst einmal beschweren sie mich. Nun, so ist es mit vielen Dingen im Leben, wenn ich es recht bedenke.» Otto Lilienthal nahm einen Schluck Limonade. «Ich träume aber von einem Fliegeberg ganz in der Nähe. Allerdings müsste man einen solchen eigens aufschütten lassen. Nun, wir werden sehen. Die Menschheit kann auf jeden Fall fliegen lernen. Es ist nur noch eine Frage der Zeit, bis sie das Prinzip endgültig versteht. Und eine Frage der Mühe.»

Auguste dachte, dass der Mann recht hatte. *Per aspera ad astra*, das hatte Georg eine Zeit lang andauernd mit altklugem Lächeln zu Hause vor sich hingesagt, nachdem er den Spruch im Lateinunterricht gelernt hatte. Durch Anstrengung zu den Sternen. Doch was, wenn diese Sterne trotz allen Wollens und Strebens unerreichbar blieben? Gedankenverloren sah sie hinüber zu Lotte, die an Lilienthals Lippen hing. Wie schon so oft schien es Auguste, als schöbe sich eine dunkle Wolkenwand vom Horizont heran und verdunkelte die friedliche Szene im Garten. Für Männer mochte das Sprichwort wahr sein, dachte sie bitter. Frauen dagegen hatten einfach keine Wahl. Ihre Anstrengungen blieben fruchtlos, solange kein Mann für sie einstand. Dann dachte sie an Ludwig, sah sein zartes Gesicht vor sich, seinen traurigen Blick. Auch nicht für alle Männer schien es die Wahrheit zu sein, dass Wünsche in Erfüllung gingen, wenn man nur fest genug daran glaubte. Sie seufzte und fing Lottes erstaunten Blick auf.

«Und Sie besuchen die Krahmerei, vermute ich?», fragte Agnes und riss sie aus den düsteren Gedanken. Auguste nickte höflich. Agnes lächelte, als sei sie zufrieden mit der Antwort. «Dann sind Sie ja in den besten Händen, wie man hört. Fräulein Krahmer legt großen Wert darauf, ihren Schützlingen eine gute Bildung angedeihen zu lassen.»

Lotte nickte eifrig, doch Auguste war immer noch in dieser seltsamen Stimmung. Ihr passte es nicht, hier zu sitzen und sich sagen zu lassen, welches Glück sie hätten, dass ihnen Fräulein Krahmer ein paar Brocken Wissen zuwarf. Ehe sie wusste, was geschah, hörte sie sich fragen: «Doch was sollen wir damit anfangen? In wenigen Wochen werden Lotte und auch ich die Schule verlassen müssen und den Weg einschlagen, den unser Geschlecht uns weist.»

Sie hörte selbst, dass ihr Ton unangemessen scharf war, konnte es jedoch nicht ändern. Gleichzeitig betrachtete sie sich wie von außen und wunderte sich, woher diese aufrührerischen Gedanken kamen. Bevor sie Lottes Freundin geworden war, hatte sie niemals ähnliche Überlegungen angestellt.

Die Limonade schmeckte auf einmal wie verdorben. Otto und Agnes Lilienthal antworteten nicht auf ihre wütenden Worte, sie wechselten nur einen erstaunten Blick. Schnell begann Otto, über den Prozess zu sprechen, in dem er die Storchenflügel nachbaute, um Augustes kleinen Ausbruch höflich zu übergehen. Lotte hörte gebannt zu.

Plötzlich wollte Auguste fort aus diesem Garten. Lautlos formte sie die Worte «Lass uns gehen» in Lottes Richtung und erhob sich.

Lotte zögerte, es schien ihr schwerzufallen, sich loszureißen. Doch dann stand auch sie auf und wandte sich an die Gastgeber. «Vielen Dank für die Einladung. Unsere Eltern erwarten uns.»

Auch Agnes und Otto Lilienthal standen auf. «Es hat uns gefreut, Sie beide kennenzulernen. Besuchen Sie uns doch bald wieder. Vielleicht an einem Sonntag, wenn unsere Kinder zu Hause sind?»

Auguste nickte höflich. Ihre harschen Worte von vorhin bedauerte sie schon. Da bog ein Storch um die Hausecke und stakste in Richtung Gartentisch auf die kleine Gesellschaft zu. Als er fast bei ihnen angelangt war, breitete er die Flügel aus und erhob sich, etwas ungelenk noch, in die Luft. Alle folgten ihm mit den Augen.

Otto murmelte: «Das wäre doch gelacht.»

Lotte kicherte und griff nach Augustes Hand. Sie liefen zum Gartentor. Bevor sie hindurchgingen, sah Auguste noch einmal über die Schulter. Das Ehepaar stand auf der Wiese und sah ihnen nach. Mit einem letzten Winken verließen die Mädchen den Garten. Etwas an der Art, wie die beiden dort standen, machte Auguste noch trauriger als ihre Gedanken zuvor.

«Sie muss wahnsinnige Angst um ihn haben, glaubst du nicht?», fragte sie Lotte, als sie in der hereinbrechenden Dämmerung durch die Boothstraße liefen. Die Freundin zuckte die Schultern. «Und wenn schon. Was würde ich darum geben, mit einem Erfinder verheiratet zu sein. Denk doch, welch anregende Gespräche sie mit ihm führt! Stattdessen werde ich mit Eduard über das Kontor, den Einkauf und Meterware plaudern und mich über unverschämte Verkäuferinnen beklagen. Genau wie meine Mutter heute mit meinem Vater spricht.

Einfach langweilig!» Sie schüttelte sich wie ein Hund im Regen.

Auguste stutzte. «Du redest, als wäre das eine ausgemachte Sache. Hast du dich schon entschieden, Eduard zu heiraten?»

Lotte schnaubte. «Entschieden! Als wäre das meine Wahl. Du weißt doch, wie meine Eltern denken.»

«Ja, aber ich dachte, du hättest noch nicht aufgegeben. Was ist mit dem Studium?»

«Auguste Guck-in-die-Luft, so werde ich dich ab jetzt nennen. Seit wann glaubst du an Wunder?»

Der scharfe Ton in Lottes Stimme tat Auguste weh. Das war ungerecht. Hatte sie nicht immer beteuert, dass die Freundin es schaffen würde? Auch wenn es aussichtslos schien? Plötzlich hatte sie Lotte satt, die wohl glaubte, nur sie sei eine Rebellin und alle anderen seien kleine Mädchen ohne eigene Ansichten. Wütend sagte sie: «Und dabei habe ich vor Ludwig noch so von dir und deinen Plänen geschwärmt. Und er sagte, es gebe Frauen, die es schon geschafft haben und heute als Ärztinnen praktizierten.»

«Ludwig? Was weiß dein feiner Herr Verehrer schon von diesen Dingen? Und vor allem von mir? Und was ist heute überhaupt los mit dir, dass du unsere Gastgeber so anfährst und mich dauernd zurechtweist?»

Auch in Lottes Gesicht stand Wut und noch etwas, das Auguste nicht einordnen konnte. War es Unsicherheit? Schon tat es Auguste leid, dass sie die Freundin so angefahren hatte. Sie wollte nicht mit Lotte streiten. Die Sehnsucht nahm plötzlich überhand. Und voller Angst, Lotte könnte zurückweichen, griff Auguste nach ihr und zog sie in ihre Arme. Sie standen an der Straßenecke, an der es links zur Schule ging. Jeder, der jetzt zufällig hier vorbeilief, konnte sie sehen. Doch seltsamerweise war es Auguste egal, wer sie sah.

Eng umschlungen hielten sie sich. Auguste presste ihre Nase in Lottes weiches, wie immer etwas zerzaustes Haar und atmete den lieblichen Duft ein. Ganz zart nach Veilchen und nach weicher Haut, auf der Frühlingsluft lag. Ihr wurde es eng im Hals und sie spürte das Korsett unter dem Kleid plötzlich schmerzhaft, wie eine Kralle um ihre Taille. Doch in ihrem Nacken fühlte sie die sanften Hände von Lotte. Sie seufzte laut. Es klang in der Stille der abendlichen Straße ohrenbetäubend und brachte beide wieder zur Besinnung. Sie lösten sich voneinander. Lotte lächelte sie an. Nichts war mehr zu spüren von der Feindseligkeit zuvor.

«Auguste Baumgarten», begann Lotte, sprach dann aber nicht weiter und schlug tatsächlich die Augen nieder, als sei sie verlegen. Das habe ich bewirkt, dachte Auguste ungläubig und spürte in ihrem Inneren ein Kribbeln, als tanzten dort ein paar Mücken eine fröhliche Polka. Verstohlen sah sie sich um, doch zum Glück war die Straße menschenleer.

Sie hakte Lotte unter. «Wir müssen jetzt wirklich nach Hause, sonst schicken sie uns einen Suchtrupp auf den Hals», sagte sie entschlossen. Schweigend liefen sie Richtung Villenkolonie. Lottes Elternhaus stand nur wenige hundert Meter von der Villa am Karlsplatz entfernt, in der Ringstraße. Den größten Teil des Weges konnten sie zusammen gehen. An der Ecke, an der Lotte abbiegen musste, blieben sie stehen.

Auguste nahm all ihren Mut zusammen. «Lotte? Glaubst du, was wir tun, ist unrecht? Eine Sünde?»

«Was tun wir denn?», neckte Lotte sie.

«Lass jetzt einmal die Scherze. Du weißt genau, was ich meine.»

«Ich weiß es. Aber streng genommen tun wir nichts. Was sind schon ein paar Küsse? Die Leute küssen sich andauernd.»

«Ja, Männer und Frauen tun das. Aber nicht Frauen andere Frauen. Ich habe in der Zeitung von derlei Dingen gelesen. Man nennt es Sodomie. Es stehen Strafen darauf.»

Lotte schüttelte den Kopf. «Nicht, wenn zwei kleine Schulmädchen wie wir uns küssen. Das interessiert doch niemanden. Das Gesetz bestraft nur die Männer, die sich heimlich im Tiergarten treffen und dort Unzucht treiben. Sei nicht so ein Angsthase.»

Jetzt war Auguste neugierig. «Was tun diese Männer denn im Tiergarten?»

Lotte zuckte die Schultern. «Sie ziehen sich aus, berühren sich. Angeblich sprechen sie sich gegenseitig mit Frauennamen an. Aber das hat doch mit uns nichts zu tun.»

Auguste dachte an Ludwig. Ob er einer von diesen Männern war? Doch sie schwieg. Über diese Dinge wurde nicht gesprochen, das war bei ihr zu Hause ein ungeschriebenes Gesetz und bei Lotte sicher auch.

Jetzt war es wirklich Zeit, sich zu verabschieden. Man konnte schon den Mond blass am Himmel sehen. Doch immer noch zögerte Auguste den Moment hinaus, an dem sie Lotte gehen lassen musste.

Die Freundin wirkte abwesend. Schließlich sagte sie: «Flügel müsste man haben. Ich möchte dieses Buch über das Fliegen lesen.»

Natürlich dachte sie immer noch an Otto Lilienthal. Der Besuch bei ihm war beeindruckend gewesen. Und doch fühlte Auguste bei Lottes Worten einen dumpfen Schmerz in der Brust. Sie erkannte, dass Lotte mit den Gedanken stets bei der Wissenschaft war, bei den großen Dingen der Welt, während sie, Auguste, nur an ihr kleines Schicksal dachte. Plötzlich fühlte sie sich allein und ein wenig beschämt. Hastig murmelte sie eine Verabschiedung und ging.

Sie sah schon von Weitem das hell erleuchtete Nähzimmer, wo ihre Mutter wahrscheinlich an der Aussteuer ihrer zügellosen Tochter stickte. Der warme gelbe Schein war tröstlich, doch der Gedanke an damastene Tischwäsche mit dem Monogramm *A. B.* fühlte sich erdrückend an. Ihr war, als legten sich all die schweren weißen Wäschestücke auf sie und zögen sie zu Boden, begrüben sie unter sich wie eine lebendige Tote.

13.

Nervenklinik der Charité zu Berlin
Vierte Aufzeichnung (Juni 1893)

Ich muss gestehen, dass die Arbeit mit Marie mich inzwischen schwer bedrückt, mehr als alle Aufgaben, die mir bisher zugefallen sind.

Warum ist dies so? Wie jeder verantwortungsvolle Arzt suche ich die Nähe zu meinen Patienten, horche auf ihre Schwingungen, forsche in ihrem Inneren nach der Ursache des Leidens. Im Falle der psychiatrischen Arbeit ist dies Innere die Seele des Menschen, nicht sein Leib. Und doch ist jene Seele, auch die von Marie, von einer leiblichen Hülle umschlossen. Dies stellt normalerweise kein Problem dar, ist es doch stets mein Bestreben, die körperlichen Symptome mit denen der Seele in Verbindung und im besten Fall zur Genesung zu bringen.

Von Maries Leib aber geht ein Leuchten aus, ein seltsames Flirren, dem ich mich schwer entziehen kann. Ich spüre in ihr einen Widerklang meiner eigenen Gefühle und Gedanken, wie ich es noch selten bei einem Weib erlebt habe.

Ich habe mich entschieden, diese Aufzeichnungen nicht wie die anderen der späteren Veröffentlichung zuzugeben, sondern sie in diesem speziellen Kasus unter Verschluss zu halten. Denn was ich nun niederschreiben werde, ist nicht länger die kühle Diagnose eines Arztes. Bin ich eine Schande für meine Zunft, weil ich mich Gefühlen hingebe, die für einen Arzt nicht angebracht sind? Nach objektiver Betrachtung muss ich dies Urteil für mich als treffend ansehen. Doch eben diese Objektivität wiegt wenig angesichts der Macht unserer Gefühle. Der Mensch ist Sklave seiner Emotionen. Wer wüsste dies besser als ein Psychiater?

Ob Marie ahnt, in welchem Zustand der Verwirrung ich mich befinde? Ich suche in ihren Äußerungen ängstlich nach einem verborgenen Sinn. Doch sie weiß, ihre Maske zu tragen. Die grauen Augen ruhen auf mir. Ihre Farbe ist die des schlammigen Ufers der Krummen Lanke, wenn es im Herbst tagelang geregnet hat. In jenem seltsam geformten See vor Berlin soll es große Hechte geben, die sich tief am Grund verborgen halten. Ebenso ist es mit Maries Augen, man sieht hinein, und der Blick fällt und fällt, wie eine Fackel in einen Brunnen. Doch etwas ist dort unten, da bin ich sicher.

Ich bin wahrlich ratlos. Hielt ich mich bisher für einen Mann der Vernunft, des analytischen Typus, so stehe ich nun vor dem Weib wie ein zitternder Primaner. Meine Reputation steht auf dem Spiel, baue ich doch erst einen Ruf als Psychiater hier an der Charité auf. Einen Fehltritt darf ich mir nicht leisten. Aber ach, mir ist, als wäre in meiner

Brust ein gefrorenes Meer und Marie schlüge mit einem Knüppel die Eisschicht entzwei.

Wie seltsam ist doch die Liebe. Sie stiehlt sich heran auf leisen Sohlen und entzündet in einem unbemerkten Moment die Welt ringsum mit großem Getöse. In meinem Fall scheint mir, sie wird nicht eher ruhen, als bis ihre Flammen alles vernichtet haben, was ich für unzerstörbar hielt.

14.

Mai 1893

Das Wasser glitzerte in der warmen Sonne, kleine Schaumkronen tanzten auf den Wellen, als der behäbige Dampfer *Dorothea* hindurchpflügte. Überall schaukelten Segelbötchen auf dem durchdringenden Blau, als hätte ein Riese sie aus Papier gefaltet und ließe sie nun in seiner Badewanne fahren.

Die Badewanne war in diesem Fall der Wannsee, der weiter nördlich in der Havel mündete. Auguste hielt sich an der Reling fest und genoss die kleinen Gischtspritzer im Gesicht und die Sonne auf ihren Augenlidern. Doch sie hielt die Augen nicht lange geschlossen, um nichts von der Fahrt zu verpassen. Ein ums andere Mal hatte ihre Mutter sie ermahnt, das warme Tuch umzulegen und nur ja nicht ins Wasser zu fallen. Doch Lotte, Georg und sie stellten die Ohren auf Durchzug und lehnten sich so weit wie möglich hinaus. Denn wozu, hatte Georg ganz richtig bemerkt, unternahm man eine Bootsfahrt, wenn man dann wie all die feinen Damen und Herren unter Deck an einem Tisch saß und die Welt dort draußen durch eine Glasscheibe betrachtete, während man Likör und Brandy trank? Da konnte man ja nun wirklich auch mit der Bahn fahren. Obwohl Auguste nicht oft einer Meinung mit ihrem jüngeren Bruder war, stimmte sie ihm aus vollem Herzen zu. Welche Freude waren der frische Wind auf der Stirn und in den Haaren und die Sonne, die auf den Wangen brannte und sie rot färbte!

Die Familie Baumgarten und Lotte, die Augustes Eltern eingeladen hatten, waren mit der Wannseebahn nach Süden gefahren und hatten an der Anlegestelle den Dampfer bestiegen. Das Schiff war überfüllt, viele Berliner zog es am heutigen Sonntag ins Grüne und ans Wasser.

Die Ausflügler hatten gute Laune. Die Damen trugen frühlingshafte Garderobe und große Hüte gegen die Sonne, die Herren sandfarbene oder weiße Anzüge und Bowler Hats aus Stroh. Georg sah im dunkelblauen Matrosenanzug und mit den nass zurückgekämmten Haaren aus wie ein junger Mann, fand Auguste. Sie selbst trug ein weißes Musselinkleid mit Spitzenkragen. Doch Lotte stach sie mit ihrem rosenfarbenen Seidenkleid aus, das nach der neuesten Mode geschnitten war und ihre Augen silbrig schimmern ließ.

Es war keine Kunst, dachte Auguste, immer hübsch auszusehen, wenn man Erbin eines eleganten Warenhauses war. Doch ihr Neid verflog im frischen Wind an Deck sofort.

Zu ihrer Rechten glitt das bewaldete Ufer vorbei. Sie hielten auf Kladow zu, wo die *Dorothea* kurz haltmachte. Einige Ausflügler stiegen aus, doch die meisten blieben an Bord. Ihr Ziel war ein anderes.

Und dann sah Auguste, wie vor ihnen die berühmte Pfaueninsel auftauchte. Sie reckte den Kopf und stieß Georg an, der fast über die Reling purzelte, weil er sich so den Hals verrenkte. Auguste wusste, wie sehr sich ihr Bruder wünschte, schneller zu wachsen. Im Gymnasium war er, so hatte er ihr in einem Gespräch unter vier Augen gestanden, mit Abstand der Kleinste. Deshalb lachten seine Schulkameraden über ihn. Noch nie war einer von ihnen zu Besuch in die Villa am Karlsplatz gekommen. Georg litt unter den derben Scherzen an der Knabenschule und den samstäglichen Kriegsspielen, die vom Schulleiter Hempel veranstaltet wurden. Auf Pferden und Ponys ritten die Schüler dabei durch die trockenen Felder neben der Bahntrasse und zogen dann wie bei einer Parade trommelnd und pfeifend an Direktor Hempels Fenster vorbei, der oben stand und militärisch grüßte. Georg war unsicher zu Pferde und musste doch mit, weil der Vater es guthieß.

Es tat Auguste weh, dass ihr kleiner Bruder einsam war. Fast hatte sie ein schlechtes Gewissen, weil sie und Lotte ein Herz und eine Seele waren. Wenn sie Arm in Arm auf den Stufen der Villa saßen und vertraut plauderten, langweilte sich Georg, weil seine Schwester nicht wie früher mit ihm spielte. Zum Glück war Lotte sehr nett zu ihm und brachte ihm oft etwas Süßes oder eine glänzende Murmel mit, wenn sie Auguste besuchte. All diese Dinge bekam sie jederzeit aus dem Warenhaus Printz.

Auguste hatte die Freundin noch ein bisschen lieber, weil sie freundlich zu Georg war. Jetzt flüsterte sie ihm offenbar gerade etwas Lustiges ins Ohr, denn er prustete und hielt sich die Hand vor den Mund. Aus dem Lachen wurde sofort ein Hustenanfall, denn Georg hatte mal wieder einen Infekt. Auguste kannte ihn eigentlich gar nicht richtig gesund. Sie klopfte ihm fürsorglich auf den Rücken, bis der Anfall nachließ.

Dann streckte Lotte den Finger aus und rief: «Da! Ich glaube, ich sehe einen!»

«Was?», fragte Auguste neugierig.

«Einen Pfau natürlich, dummer August», kicherte Georg heiser und stieß Lotte verschwörerisch in die Seite, als teilten sie ein Geheimnis. Auguste gab ihm einen Nasenstüber, musste aber lachen. Sie gönnte ihm den kleinen Triumph.

Vergeblich suchte sie das grüne Ufer der Insel vor ihnen nach einem Pfau ab. Entweder hatte Lotte gesponnen, oder er war schon wieder im dichten Blattwerk verschwunden. Tief im Schatten der Bäume lag die Insel in der Havel, Eichen, Rotbuchen und Ulmen beschirmten sie mit ihren mächtigen Zweigen. Doch die Stille trog. Allzu scheu konnten die Tiere, die hier lebten, kaum sein, kamen doch jeden Tag mehrere Dampfer zur Insel und brachten viele Besucher.

Die *Dorothea* glitt weiter an der Insel entlang und legte schließlich am hinteren Ende am Steg an. Alle gingen von Bord. Auch Baumgartens mit Lotte in ihrer Mitte stiegen vom Schiff. Käthe Baumgartens Rock aus Seidentaft war so ausladend, dass sie sich nur mit Mühe durch die schmale Kabinentür hinauszwängen konnte.

Der Blick der Besucher fiel als Erstes auf das märchenhafte Schloss, das sich vor ihnen am Rand der Insel erhob. Es wirkte wie eine Miniaturburg mit den weißen Zinnen und der zierlichen Hängebrücke, die zwischen den Türmchen aufgespannt war. Etwas daran war falsch, fand Auguste, konnte aber nicht sagen, was. Vielleicht, dachte sie, sah man dem Schloss an, dass es gebaut worden war, um an eine Zeit zu erinnern, die es auf dieser Insel niemals gegeben hatte. Es war als Ruine erbaut worden, wie kalte Asche, die zu keiner Zeit als Stück Holz im Feuer gelegen hatte. Etwas Totes ging von diesem Gebäude aus.

Lotte schritt neben ihr, während Georg weit vorauslief wie ein junges Fohlen, das Auslauf brauchte. Herr und Frau Baumgarten gingen mit gemessenen Schritten hinter ihnen den Spazierweg entlang. Auguste hakte Lotte unter, was zwischen guten Freundinnen üblich war. Sie genoss die Nähe.

Hinter dem Lustschloss öffnete sich der breite Weg ins Innere der Insel, das Hellgrün der Bäume mischte sich mit dem leuchtenden Azur des Himmels. Die Zweige neigten sich über den Weg und beschirmten die Spaziergänger wie in einem Laubengang.

«Ich habe ein bisschen über die Insel gelesen», sagte Lotte. Auguste unterdrückte ein Lächeln. Natürlich hatte sie das! Lotte nutzte jede Gelegenheit, um Wissen in sich aufzusaugen. Sie schien immer hungrig nach Neuem, ob Geschichten oder wissenschaftliche Texte, sogar mathematische Abhandlungen las sie, wie andere Menschen Butterbrote aßen. Hungrig und wie nebenbei.

«Und?», fragte Auguste gnädig, als sie merkte, dass Lotte beinahe platzte.

«Sie wurde schon zur Zeit des Dreißigjährigen Krieges besiedelt. Ein gewisser Herr Kunckel bekam sie als Schenkung und nutzte sie für seine Experimente. Er war Alchimist! Und sogar der Kurfürst selbst setzte hin und wieder mit dem Ruderboot über, um mit dem Forscher in der Glashütte zu experimentieren. Man erzählte sich, dass ein schrecklicher Gestank über der Insel hing und in dunklen Schwaden bis zum Festland zog. Wie gern hätte ich das Laboratorium gesehen!»

«Und wie wurde sie dann zur Pfaueninsel?»

«Das war viele Jahre später. König Friedrich Wilhelm II. traf sich hier mit seiner Geliebten Wilhelmine. Sie war noch minderjährig, fast ein Kind, da ließen sich die beiden hierherrudern und verbrachten die Nächte allein am Wasser.»

«Es ist hier sicher in der Dunkelheit sehr romantisch», warf Auguste ein und wunderte sich über ihre Kühnheit.

Lotte lächelte, ging jedoch nicht darauf ein. «Der König und seine Mätresse ließen später den Garten anlegen und die Bauwerke errichten. Sie siedelten Pfauen an und schufen ein romantisches Paradies fernab der Regierungsgeschäfte. Doch als alles fertig war, starb der König und Wilhelmine musste in die Verbannung gehen.»

Auguste war verblüfft. «Wieso das denn?»

«Die Königin klagte sie an, sich bereichert und den König ausgenutzt zu haben. Soweit ich weiß, war aber Wilhelmine seine große Liebe, nicht seine Ehefrau. Ich denke, sie hatte ein Recht auf die Insel, die sie geschaffen hatte, meinst du nicht auch?»

Auguste nickte verwirrt. «Vielleicht. Und doch war sie nur die Mätresse, oder etwa nicht?»

«Auguste, das ist so bürgerlich gedacht», rief Lotte aus, und Auguste kam sich dumm vor. «Als hielte sich die Liebe an Grenzen wie die Ehe. Wilhelmine und Friedrich Wilhelm hatten vier Kinder zusammen. Sie liebten sich, seit die Gräfin dreizehn Jahre alt war. Das sollte doch stärker wiegen als ein Trauschein?»

Auguste kramte in ihrem Gedächtnis. Eine Geschichtsstunde bei Lehrer Brellkamp fiel ihr ein. «Aber mit der Königin hatte er auch Kinder, oder? Seine legitimen Erben?»

Lotte nickte. «Ja, aber sie bedeuteten ihm nichts. Nach der Geburt seines Thronfolgers schrieb er, er wünschte, dieses *Ding* hätte nie das Licht der Welt erblickt.»

Auguste schauderte vor Mitleid mit dem Prinzen, der

längst tot war. Was für eine Vorstellung, dass der eigene Vater zu seinem Spross *Ding* sagte und ihm das Leben missgönnte. Gleichzeitig meldete sich in ihrem Unterbewusstsein ein nagendes Stimmchen, das flüsterte, auch sie sei in den Augen ihrer Eltern nur ein Gegenstand. Ein geliebter Gegenstand immerhin, aber doch etwas, das zunächst versorgt und dann an den Meistbietenden weitergegeben werden musste. Ein Gegenstand, dessen Gefühle und Gedanken niemanden interessierten. Dieser ungewollte Prinz, dachte Auguste bitter, hatte wenigstens Macht von seinem Vater geerbt und herrschte nach dessen Tod über ganz Preußen, wie es ihm gefiel. Es war trotz allem besser, ein unglücklicher Mann zu sein als eine Frau.

Lotte unterbrach ihre trüben Gedanken und deutete auf ein Gebäude, das am Ende des Wegs auftauchte. Es sah aus wie eine zu klein geratene Burg mit hohen gotischen Spitzfenstern und Zinnen. Entzückend schmiegte es sich in das hellgrüne Laub. Doch wieder kam Auguste das Gebäude falsch vor. Auch dieses Bauwerk gehörte nicht hierher, war als Fremdkörper geschaffen und log den Betrachter an.

Sie spazierten näher heran und warteten mit Georg, der auch stehen geblieben war, bis Augustes Eltern aufgeschlossen hatten.

Käthe Baumgarten sagte: «Das muss die Meierei sein. Denkt euch, hier haben einst Könige Milchkühe gemolken.»

«Warum das denn?», fragte Georg verständnislos.

Herr Baumgarten lachte. «Die Majestäten fanden das vor hundert Jahren schick. Man wollte das Landleben kennenlernen und wie das einfache Volk leben. Jedenfalls einige Stunden in der Woche. Deshalb waren die Hofdamen als Schäferinnen verkleidet, und man hielt sich ein paar Tiere für das bäuerliche Pläsier. Nun, so eine wohlgerundete Hofdame in bäuerlicher Tracht, da kann man schon verstehen, dass das dem *ollen Lüderjahn* gefallen hat.» Wieder lachte er dröhnend, und seine Frau sah ihn warnend an.

«Wem?», fragte Auguste neugierig.

«So wurde Friedrich Wilhelm II. genannt, der diese Gebäude errichten ließ.»

Lotte warf eifrig ein: «Ja, für seine Mätresse Wilhelmine!»

Käthe unterbrach sie eilig. «Das ist keine Unterhaltung für zwei junge Damen», sagte sie missbilligend und griff nach dem Arm ihres Mannes.

Der klappte den Mund zu. Was er hatte hinzufügen wollen, blieb ungesagt. «Du hast recht, Liebes», stimmte er zu.

«Aber ich darf es wissen», lachte Georg triumphierend, «ich bin ein Mann.»

Auguste drehte ihm eine Nase. «Ein Kindskopf bist du, nichts weiter», sagte sie liebevoll. Er streckte ihr, wie zur Bestätigung ihrer Behauptung, die Zunge heraus und lief wieder voraus in Richtung Meierei. Die

Mädchen und die Eltern folgten ihm in gemessenerem Tempo.

Lotte zeigte auf die umliegenden Wiesen. «Die Insel hat schon bessere Tage gesehen», sagte sie. Auguste sah genauer hin. Erst jetzt bemerkte sie, was Lotte meinte. Überall lag Unrat herum, zerbrochene Flaschen und Essensreste, achtlos am Wegesrand fallen gelassen. Sie ließ die Augen weitergleiten und schrie einen Moment später erschrocken auf.

Lotte sah in die Richtung, in die Auguste deutete. «Was ist denn?»

«Da hinten. Der Pfau. Ich glaube, er ist tot.» Auguste lief über die Wiese, und Lotte folgte ihr. Am Boden, halb verdeckt von Halmen und wilden Blumen, lag der Kadaver. Das staubige Gefieder war von vielen schillernden Fliegen bedeckt. Die Augenhöhlen waren leer, wahrscheinlich hatten Krähen sie ausgepickt. Die einst prächtigen Schwanzfedern lagen schlaff im Gras.

Auguste schauderte. Eine kühle Hand griff ihr ans Herz. Sie flüsterte: «Warum ist er gestorben?»

Lotte zeigte auf den Abfall ringsumher. «Wahrscheinlich hat er etwas Falsches gefressen.» Sie sah wütend aus. «Es ist eine Schande», fauchte sie, «dass die Insel so verkommt und die Besucher sich nicht zu benehmen wissen. Die Menschen denken, sie wären die Herren der Welt und machten sich die Natur untertan. Dabei vergessen sie aber, dass es die Natur ist, die uns alle am Leben erhält.»

In ihren Augen glitzerten Tränen der Empörung, als sie noch einmal den Pfau betrachtete. Auguste dachte, dass Lotte wieder sehr heftig reagierte. Sie schien manchmal keine innere Abwehr zu haben, sämtliche Erlebnisse, ob schön oder verstörend, trafen ohne Widerstand direkt in ihr Inneres. Dann quoll sie über vor Begeisterung oder vor Schmerz. Es musste, dachte Auguste, sehr anstrengend sein, wenn man sich alles so zu Herzen nahm und jedes Ereignis zur eigenen Sache erklärte.

Behutsam griff sie nach der Hand der Freundin und führte sie fort von dem Kadaver, hinüber zur Meierei, die im Sonnenschein lag. Doch in ihrem Magen blieb ein Druck zurück, der nicht weichen wollte. Der Geruch von Tod und Verfall schien über der Insel zu hängen wie ein Unwetter, das sich ankündigte.

Ihre Familie hatte es sich inzwischen unter einer großen Erle im Schatten bequem gemacht. Käthe hatte schon nach den Mädchen Ausschau gehalten und blickte ihre Tochter tadelnd an, sagte jedoch nichts. Minna hatte ein paar Leckereien in einen Weidenkorb gepackt, den Heinrich über die ganze Insel geschleppt hatte. Nun enthüllte er seinen duftenden Inhalt. Salzige Pasteten, süße Früchte und Apfelwein. Für Georg und die Mädchen gab es eigentlich Limonade, doch Heinrich goss ein weiteres Glas Wein ein und reichte es seiner Tochter. «Du wirst bald eine Ehefrau sein. Du bist kein kleines Mädchen mehr.»

Käthe lächelte vielsagend. Auguste schluckte mit dem Wein ihre Verlegenheit hinunter. Säuerlich rann das Getränk durch ihre Kehle. Dann reichte sie das Glas Lotte, die auch einen Schluck kostete und das Gesicht verzog. Alle lachten.

«Darf ich auch?», fragte Georg, doch sein Vater drohte ihm mit dem Finger.

«Du werde erst einmal mit dem Gymnasium fertig und ein Kadett. Dann darfst du auch trinken wie die Männer.»

Georg schmollte, und Auguste verspürte Mitleid mit dem kleinen Bruder, der mit seinen schmalen Beinen in Knickerbockers und den bleichen Wangen so weit davon entfernt schien, ein Mann zu sein, wie sie von einem Studium der Künste. Er stand auf und lief ein paar Meter von der kleinen Gesellschaft fort. Sie sah ihm nach und spürte beim Anblick seines schmalen Kindernackens einen Anflug von Sorge. Mit wütender Geste trat er nach einem kleinen Steinchen, das in hohem Bogen über die Wiese flog. Dann verschwand er hinter der Meierei.

Die Eltern lächelten nachsichtig. «Georg ist so empfindlich», meinte Käthe. «Er muss sich eine rauere Schale zulegen, wenn er ein Mann werden möchte.»

Die anderen schwiegen und aßen weiter, doch die Stimmung war verdorben.

Um die Stille zu vertreiben, fragte Auguste: «Vater, was weißt du noch über die Geschichte der Insel?»

Heinrich überlegte kurz. Dann sagte er: «Zu Beginn

dieses Jahrhunderts erreichte dieser Ort eine neue Blüte. Der neue König Friedrich Wilhelm III. war ganz vernarrt in die Pfaueninsel. Nachdem seine Frau, die liebliche Königin Luise, sehr jung verstorben war, baute er hier ein Refugium, in dem er von vergangenen Tagen träumen konnte. Er ließ eine Menagerie errichten und brachte die exotischsten Tiere auf das kleine Eiland. Hier lebten zwischenzeitlich Rentiere, Lamas, Affen und Löwen. Es gab sogar eine Bärengrube. Doch sein Sohn überließ den Tierbestand dem Zoologischen Garten von Berlin. Er hatte keinerlei Interesse an der Tierzucht.»

Lotte hörte interessiert zu. Dann fragte sie: «Und die Geschichte vom Palmenhaus?»

Augustes Vater sah sie an. «Wenn du sie kennst, solltest du sie auch erzählen.»

Sie nickte eifrig. «Das Palmenhaus war hier auf der Insel einige Jahrzehnte lang das spektakulärste Gebäude von allen. Ich habe einmal ein Bild davon gesehen. Wie eine Oase in der indischen Wüste muss dieser Palast aus Glas ausgesehen haben, mit einer orientalischen Pagode, plätschernden Springbrunnen und Bassins mit feuerrot schillernden Fischen darin.» Sie stockte einen Moment und sah zu Auguste hinüber. Sicher dachte sie auch an den Besuch im Aquarium. Hastig fuhr sie fort: «Darin wuchsen alle Arten von Palmen, aber auch Lianen und Büsche, an denen seltene Früchte wie Bananen und Ananas hingen. Die Menschen kamen von weit her, um diese Pracht zu bestaunen.»

«Warum steht es nicht mehr?», wollte Auguste wissen.

Lotte senkte die Stimme. Sie hatte einen Hang zum Dramatischen, wenn sie erzählte, was die Wirkung nicht verfehlte. Sogar Heinrich lauschte ihr gebannt.

«Das Palmenhaus ist vor zwölf Jahren vollständig abgebrannt», flüsterte sie düster. «Bis heute weiß niemand, wie das passieren konnte. Vielleicht war es Funkenflug aus einem Kamin, der die Pflanzen und die Holzbalken in Brand setzte. Es brannte sofort lichterloh und ließ nichts übrig als Asche.» Sie schwieg einen Moment lang. Dann setzte sie heiser hinzu: «So geht es mit allen Dingen auf der Welt.»

Käthe, Auguste und Heinrich starrten sie an. Dann räusperte sich Heinrich. «Nun, das ist Vergangenheit. Heute gibt es hier immer noch genug zu bewundern. Ich schlage vor, wir beenden das Picknick und flanieren hinüber zum Ufer. In einer Stunde fährt der Dampfer zurück.» Er erhob sich. Die Frauen räumten die Leckerbissen, von denen nicht einmal die Hälfte angerührt worden war, in den Korb.

Plötzlich sah sich Käthe unruhig um. «Wo ist Georg? Er ist schon viel zu lange fort.»

Es stimmte, der Junge war nicht zurückgekehrt, nachdem er ärgerlich fortgelaufen war. Eine seltsame Unruhe erfasste Auguste. In dem Moment, in dem sie Lotte fragend ansah, erhoben sich hinter der Meierei vom Ufer her laute Rufe. Wie auf Kommando begannen beide Mädchen zu laufen. Auguste raffte die Röcke, damit sie schneller rennen konnte. Hinter sich hörte sie die Schritte ihres Vaters, Käthe war zurückgeblieben. Atemlos hetzten sie in die Richtung, in der das blaue Wasser durch die Büsche schimmerte. Dort hatte sich eine kleine Menschenansammlung gebildet. Die Leute riefen aufgeregt und reckten die Hälse.

Lotte erreichte als Erste das Ufer. Auguste keuchte, als sie ebenfalls ankam und zwei Männer erblickte, die einen reglosen Körper die Böschung heraufzerrten. Sie beugten sich über ihn, und einer der Männer riss seine helle Sommerjacke herunter und schlang sie um die kleine Gestalt in Matrosenkleidung, die im Gras lag. Auguste schrie und schlug sich auf den Mund. Ihr Vater stand plötzlich neben ihr und packte sie an der Schulter. «Es ist Georg! Oh, Vater, hilf ihm, er ist es!», schrie sie.

Doch als sie wieder hinsah, war schon jemand anders bei dem Bruder. Eine Gestalt in rosenroter Seide hatte sich über Georg gebeugt und bewegte rhythmisch seine Arme auf und ab. Es war Lotte. Wieder und wieder riss sie abwechselnd seine Hände hoch und bewegte den Kopf des Bewusstlosen zur Seite, und dann, mit einem kleinen Gurgeln, schlug Georg die Augen auf und hustete, als wollte seine Lunge aus dem Brustkorb springen.

Heinrich und Auguste eilten hinzu, und Auguste hielt Georgs Kopf, während er sich übergeben musste. Er war vollkommen durchnässt, die Haare klebten ihm feucht an den Schläfen, und die Augen waren blutunterlaufen.

Doch er atmete und wollte sich sogar aufsetzen. Die beiden Männer, die neben ihm knieten, waren ebenfalls klitschnass.

Einer hielt Georg an den Schultern fest. «Langsam, mein Junge», sagte er, «bleib schön liegen.»

Georg gehorchte und sah stumm Auguste in die Augen, die über ihn gebeugt saß und wortlos seine Wangen streichelte, immer wieder. Dann suchte sie Lottes Blick. Deren Hände ruhten noch auf Georgs Brust, als hätte sie diese dort vergessen, nachdem sie ihn ins Leben zurückgeholt hatte. Auguste umarmte sie fest. Sie konnte nicht sprechen, weil ihr der Schreck noch so in den Knochen saß.

«Du liebe Güte. Georg! Was ist nur in dich gefahren, weshalb springst du denn ins Wasser? Du dummer Junge!», rief Käthe, die nun auch hinzugekommen war.

Heinrich fasste sie am Arm. «Liebes, beruhige dich. Dafür ist später Zeit. Jetzt müssen wir den Jungen ins Warme bringen.» Er trat zu den beiden Helfern und schüttelte ihnen die Hände. «Sie glauben nicht, wie dankbar ich Ihnen bin, meine Herren. Bitte sagen Sie mir, unter welcher Anschrift ich Sie erreiche, damit ich mich erkenntlich zeigen kann.»

Die beiden Männer winkten ab. Der eine sagte, noch immer etwas atemlos: «Wir haben ihn nur herausgezogen. Es war bestimmt ein Unfall. Er kam wahrscheinlich im schlammigen Uferbereich ins Rutschen und fiel hinein. Es ist hier gleich ziemlich tief. Als wir hinzukamen, trieb er leblos auf dem Wasser, Gott weiß, wie lange er schon drinnen war.» Der andere nickte und deutete dann auf Lotte, die auf dem Boden kniete. Ihr zarter Kleidersaum war verschmutzt, aus ihrer Frisur waren ein paar zerzauste Locken ausgebrochen und ringelten sich über ihre Schulter. «Die junge Dame hat sehr schnell und umsichtig gehandelt», sagte er anerkennend.

Heinrich fragte Lotte: «Unsere Familie ist Ihnen zu Dank verpflichtet, liebe Charlotte. Woher wussten Sie, was zu tun war?»

Sie zauderte und schien verlegen, als gebühre ihr kein Lob. Dann antwortete sie: «Ich habe einen Onkel, der Seemann ist. Er hat mir gezeigt, wie man einen Ertrunkenen wiederbelebt, wie er es auf der Seemannschule gelernt hat. Man nennt es die Rückendruck-Armzug-Methode.»

«Aber wieso? Sie als Frau wollten doch sicher nicht zur See fahren, oder?», lachte einer der beiden Männer.

Lotte sah ihn so ernst an, dass er sofort verstummte. Auguste hätte gegrinst, wenn die Situation nicht so dramatisch gewesen wäre. Wie Lotte es immer schaffte, alle Menschen um sie herum wie Puppen nach ihrer Pfeife tanzen zu lassen, war bemerkenswert. Jetzt richtete sie sich würdevoll auf und sagte mit erhobener Stimme zu dem vorlauten Fremden: «Auch eine Frau kann, wie Sie soeben gesehen haben, Fähigkeiten entwickeln, die über Lochstickerei und Kinderaufzucht hinausgehen.»

Leise, wie zu sich selbst, aber doch laut genug, dass

auch Auguste es hörte, murmelte sie: «Ich wäre eine hervorragende Ärztin, wenn man mich nur lassen würde. Dann könnte ich noch viel mehr leisten als Erste Hilfe.»

Käthe machte viel Aufhebens darum, Georgs nasse Kleider auszuziehen und ihn in Decken zu hüllen, die inzwischen von hilfsbereiten Zuschauern aus dem Schloss geholt worden waren. Auch die beiden Helfer wurden notdürftig getrocknet. Heinrich hob Georg hoch und trug ihn zur Fähranlegestelle. Der Dampfer lag dort vor Anker und ließ die Familie und Lotte vorzeitig unter Deck.

Georgs Zähne schlugen so heftig aufeinander, dass er nicht sprechen konnte. Der Steward brachte einen heißen Tee, und Käthe versuchte, ihn ihrem Sohn einzuflößen. Doch die Hälfte wurde von Georgs zitternden Händen verschüttet.

«Heinrich, der Junge erfriert», jammerte Käthe und rieb Georgs Arme, um sie aufzuwärmen. «Er muss zu lange im Wasser gewesen sein. Es ist noch viel zu kalt, um zu baden.»

Auguste saß mit Lotte ein wenig abseits. Sie beobachtete bang Georgs kleines weißes Gesicht und sehnte sich nach dem Moment, in dem er endlich wohlbehalten in seinem warmen Bett am Karlsplatz liegen würde.

Als sie hinüber zu Lotte blickte, sah sie, dass diese kaum Notiz von dem Geretteten nahm. Stattdessen sah sie mit einem seltsam starren Blick aus dem Fenster der Kajüte, als sei sie weit fort von Auguste und den Sorgen der Familie Baumgarten. In einer anderen Sphäre, in der es um die Rechte der Frauen ging und um das Schicksal der Charlotte Printz, die zu Höherem berufen war und dies doch niemals erreichen würde.

15.

Durch die geschlossene Tür hindurch hörte Auguste den Bruder husten und nach Luft ringen. Schon seit Stunden saß sie auf dem Boden, den Rücken an die Wand gelehnt, die Schläfe am Türrahmen, und horchte. Der Minutenzeiger der großen Standuhr schleppte sich wie ein müder Wanderer über das Ziffernblatt und machte auf jeder Zahl eine solch lange Rast, dass Auguste immer wieder dachte, er sei stehen geblieben.

Außer Georgs Husten drangen gedämpfte Stimmen aus dem Zimmer. Der Vater war dort drinnen, ebenso ein Arzt, den die Eltern hatten kommen lassen. Auguste konnte durch die geschlossene Tür ein undeutliches Murmeln hören. Es klang beängstigend. Und auch das aufgeregte Flattern ihrer Mutter machte Auguste Angst, das Schleifen ihres Rocksaums, während sie, die Hand an der Stirn, im Salon auf- und ablief, als sei sie auf der Flucht vor sich selbst. Eine Tigerin im Käfig.

Minna wagte es nicht, ein Geräusch zu machen, und

deckte den Tisch mit spitzen Fingern, damit nur ja kein Teller klapperte. Selbst Frau Huth unten in der Küche schien sich zu bemühen, etwas weniger zu poltern als gewöhnlich.

Seit sie gestern mit Georg nach Hause gekommen waren, hatte sich sein Zustand deutlich verschlechtert. Offenbar hatte er länger im kalten Wasser getrieben als gedacht. Er konnte sich nicht mehr daran erinnern, stammelte nur immer wieder durch zusammengebissene Zähne: «Mir ist so kalt.» Mehr war aus ihm nicht herauszubringen. Als dann in der Nacht der Husten einsetzte, waren die Baumgartens wirklich besorgt. Seit der Morgendämmerung hatte Auguste auf der Bettkante ihres Bruders ausgeharrt und ihm löffelweise Tee mit Honig eingeflößt. Als der Arzt eintraf, hatte man sie aus dem Zimmer geschickt. Und hier saß sie nun.

Das strahlende Wetter des vergangenen Tages hatte sich verzogen, als wüsste es von Augustes innerer Not. Trübe hing der Himmel herab wie eine Decke aus Blei, Wind peitschte ein paar einsame Regentropfen gegen die Fenster der Villa. Sie stand auf und sah hinaus. Der Karlsplatz lag verlassen da. Die Lindenbäume schüttelten ihre Zweige.

Wieder sah Auguste zur Uhr. Sie war heute nicht zur Schule gegangen. Lotte würde sie sicher vermissen und direkt nach Schulschluss zu ihr eilen, um nachzusehen, wie es ihr und Georg ging. Doch die Zeit verstrich, und keine Lotte kam über den Platz gelaufen. Der Arzt hatte sich längst verabschiedet mit den Worten, sie sollten nicht zu besorgt sein. Der Patient solle ausreichend trinken und brauche viel Ruhe. Sein Gesicht wirkte abwesend dabei, als denke er bereits an den nächsten Patienten. Beinahe hastig verabschiedete er sich. Auguste sah ihm nach und verabscheute die kühle Überlegenheit, die er ausstrahlte.

Sie wollte zu Georg hineingehen, doch die Mutter hielt sie davon ab. «Dein Bruder muss schlafen. Du hast gehört, was der Doktor gesagt hat.»

Widerstrebend fügte sich Auguste und warf nur einen raschen Blick durch die halb offene Tür auf das kleine spitze Gesicht. Der Bruder lag mit geschlossenen Augen da, sein Atem ging pfeifend und unregelmäßig. Wenn sie nur etwas tun könnte, dachte sie verzweifelt. Wenn doch Lotte schon erwachsen wäre und Medizin studiert hätte, wie sie es vorhatte. Sie wäre eine mitfühlende Ärztin, die mit den Angehörigen der Patienten behutsam umgehen und sie nicht aus Bequemlichkeit in Ungewissheit lassen würde.

Wo blieb sie nur? Die Dämmerung kroch aus dem Pflaster des Karlsplatzes und stieg wie grauer Rauch langsam nach oben. Der Abend kam und mit ihm die Erkenntnis, dass Lotte heute nicht mehr erscheinen würde. Zur Sorge um Georg gesellte sich nun noch der Ärger über die Freundin.

Beim Abendessen sprach die Familie nicht viel. Das Klappern des Bestecks, die Kaugeräusche und das Schlucken schienen Auguste ohrenbetäubend. Noch lauter aber wirkte das pfeifende Ringen nach Luft, das durch den Spalt der angelehnten Tür aus Georgs Zimmer drang.

Endlich ergriff ihre Mutter das Wort: «Auguste, es hat keinen Sinn, dass du den ganzen Tag zu Hause hockst. Morgen gehst du wieder zur Schule.»

Auguste wollte protestieren, besann sich dann aber. Sie hatte hier wirklich nichts zu tun. Und sie musste Lotte sehen, sie fragen, was sie von einem Besuch bei ihr abgehalten hatte und sich bei ihr ausweinen. Also stimmte sie zu.

Käthe schob den halb leer gegessenen Teller von sich und tupfte sich mit der Serviette etwas Soße von der Lippe. Dann fügte sie hinzu: «Du solltest die letzten Wochen in der Schule noch nutzen. Vor einigen Tagen, als du im Unterricht warst, hat Ludwig vorgesprochen.»

Auguste horchte auf. Er hatte mit ihren Eltern geredet? Sicherlich hatte er ihre Abmachung nicht vergessen. Doch die folgenden Worte ihrer Mutter machten ihre Hoffnung zunichte. «Ihr werdet euch nach dem Sommer verloben», sagte Käthe. «Eine Hochzeit im Schnee, das wäre doch *merveilleuse*, nicht wahr?»

Erschrocken ließ Auguste ihre Gabel fallen. Sie fiel klirrend zu Boden. «So bald schon? Aber Ludwig und ich haben darüber gesprochen. Er sagte, es sei kein Grund zur Eile. Ich möchte –»

«Liebes Kind, was du möchtest, steht nicht zur Verhandlung. Ja, Ludwig erwähnte etwas davon, dass ihr eine längere Kennenlernzeit wünscht. Was für eine alberne Idee! Dein Vater und ich halten davon nichts, habe ich recht, Heinrich?»

Der Vater nickte unbehaglich. Dann erhob er sich und sagte zu seiner Frau: «Liebes, du machst das schon. Ich sehe noch einmal nach unserem Sohn.» Er verließ das Zimmer.

Auguste sah ihre Mutter verständnislos an. «Ich verstehe nicht. Warum habt ihr es auf einmal so eilig?»

Die Mutter erwiderte energisch: «Der Ruf eines jungen Mädchens wird schneller sauer als frische Milch. Denk nur an diese dumme Göre aus deiner Klasse. Ottilie ist ihr Name, richtig? Die Spatzen pfeifen ihre Schande von den Dächern. Wir haben dir lange genug Freiheiten gelassen. Du durftest zur Schule gehen. Du hast den Müßiggang genossen. Jede freie Minute verbringst du mit Charlotte. Ich sehe, wie nah ihr euch geworden seid. Warte», sie hob die Hand und schnitt Auguste, die zu einer heftigen Erwiderung ansetzen wollte, das Wort ab, «das soll kein Vorwurf sein. Ich weiß, dass du nichts Unrechtes tun würdest. Aber ihr streift durch die Stadt wie wilde Füchse, schleicht euch heimlich beim Schulausflug davon, wie ich hörte, und verkehrt mit wer weiß wem. Damit muss nun Schluss sein.»

Auguste fing an zu weinen. Ihre Mutter nickte ungerührt, als beweise der Ausbruch ihrer Tochter, dass es an der Zeit war, der Freiheit ein Ende zu bereiten.

«Hör zu», sagte sie in beruhigendem Ton, «Ludwig ist ein guter Mann. Er wird dich behandeln wie eine Königin. Als wir ihm deutlich machten, dass wir eher früher als später eine eheliche Verbindung wünschen, ließ er sich schnell umstimmen. Er ist ein sanfter Charakter, der es allen recht machen möchte. Wenn du nur ein wenig zärtlich zu ihm bist und ihm zu Willen, dann kannst du ein ruhiges und angenehmes Leben mit ihm führen.»

«Was meinst du damit, ihm zu Willen sein?»

Käthe runzelte die Stirn. «Das wirst du noch früh genug selbst herausfinden. Und dann denk an meine Worte. Es sind die Ratschläge einer Ehefrau, Auguste, nicht einer Mutter.»

Auguste konnte es nicht glauben. Eben noch war sie voller Sorge um die Gesundheit ihres Bruders gewesen, voller Sehnsucht nach Lotte. Und nun sah sie, wie ihre Zukunft mit der Freundin auf ein paar armselige Wochen zusammenschnurrte wie ein Faden auf einer Spule. Und Ludwig? So schnell hatte er sich von ihren Eltern überzeugen lassen? Sie hatten doch eine Abmachung!

Wut auf ihn und ihre Eltern überschwemmte sie wie eine heiße Woge. «Ich kann Ludwig gar nicht zu Willen sein», schrie sie. «Ich bin es nicht, was er will. Werde es nie sein, verstehst du das nicht?»

Käthe zog die Stirn in noch tiefere Falten. Sie war blass geworden. «Gib gut acht, was du sagst, Auguste Baumgarten», sagte sie leise. In ihrer Stimme klirrte die Warnung. «Je länger dieses Gespräch dauert, desto überzeugter bin ich, dass die Zeit für dich reif ist. Zeit, erwachsen zu werden, Verantwortung zu tragen für dich und andere. Verabschiede dich in der Schule. Sag Lotte Lebewohl. Und dann sieh deiner Zukunft ins Gesicht und nimm sie an, denn sie ist unausweichlich. Mehr kann ich dir nicht raten.»

Mit diesen Worten erhob sich Käthe und rauschte aus dem Zimmer. Auguste fiel vornüber auf die Tischplatte und weinte lauthals. Minna huschte wie ein verschrecktes Huhn herbei und begann, das Geschirr abzuräumen. Als sie bei Auguste vorbeikam, legte sie ihr für einen Augenblick die Hand auf die Schulter. Auguste hob den Kopf und sah mit verschwommenem Blick in das freundliche, aber hilflose Lächeln des Dienstmädchens.

«Nu, nu, Fräuleinchen», flüsterte Minna und tätschelte ihre Wange. «Wird doch alles wieder gut. Für Ihrereins kommt am Ende immer alles wieder in Ordnung. Wissense doch.» Dann stapelte sie noch mehr Teller auf ihr Tablett und trug es hinaus.

Auguste wischte sich mit dem weißen Baumwollstoff ihres Ärmels die Tränen fort. War das so? Würde alles gut werden? Was bedeutete das überhaupt? Sie stand auf. In ihrem Kopf galoppierten die Gedanken wie wild gewordene Pferde. Plötzlich stand die Zeit nicht mehr still, sondern raste. Sie musste unbedingt mit Lotte sprechen. Und auch mit Ludwig, selbst wenn sie sich davon wenig versprach. Er war kein Kämpfer, sondern er ließ am Ende die anderen für sich entscheiden.

Draußen war es schon dunkel, doch Auguste entschloss sich, dass sie nicht bis morgen warten konnte. In Georgs Zimmer hörte sie den Vater, der mit leiser Stimme aus einem Buch vorlas. Ihre Mutter hatte sich ins Schlafzimmer zurückgezogen.

Hastig schlich Auguste die Treppe hinunter. Die dicken Teppiche verschluckten ihre Tritte. Bevor sie jemand aufhalten konnte, war sie aus der Haustür geschlüpft und lief den Kiesweg bis zum Tor und dann auf die Straße. In wenigen Minuten erreichte sie die Villa der Familie Printz. Schon öfter war sie diesen Weg gegangen, immer mit freudiger Erwartung im Herzen. Doch diesmal schnürte ihr Furcht die Kehle zu.

Als sie um die Ecke in die Straße einbog, in der Lotte wohnte, sah sie einen Schatten hinter den Büschen verschwinden, die den Gehsteig säumten. Es schloss sich ein kleiner Bürgerpark an, eigentlich eine Wiese mit ein paar Haselnusssträuchern. Auguste erschrak. Sie lauschte ins Dunkel. Es musste ein Irrtum gewesen sein. Aber nein, da hörte sie es wieder, ein helles Lachen. Das Kichern von Lotte. So vertraut war es ihr, aber in diesem Moment schien es von einem fremden Planeten zu stammen. Lotte lachte nicht für sie, sondern über die Worte von einem anderen Menschen, den Auguste nicht sehen konnte. Doch sie hörte seine Stimme. Dunkel klang sie zu ihr herüber, als Auguste sich hinter einem Baumstamm verbarg.

Angst und Neugier kämpften in Augustes Brust miteinander. Doch dann überwog Letztere. Sie musste wissen, mit wem sich Lotte dort in den Büschen versteckte. Leise schlich sie näher und lugte durch das Blattwerk. Eine Nachtigall sang klagend ihr Abendlied. Es raschelte und wisperte in den Zweigen ringsherum, als hätten sich Hunderte Gespenster hier versammelt, um Auguste das Fürchten zu lehren.

Und dann sah sie Lotte.

Die Freundin hatte einen weißen Schal um die Schultern geschlungen, der im Dunkeln weithin leuchtete. Die schwarzen Locken fielen offen über ihren Rücken. Ein anderer, größerer Schatten näherte sich ihrer Silhouette und verschmolz mit ihr. Trotz der Dämmerung erkannte Auguste, dass es ein Mann war. Eine Parklaterne warf ihr schummriges Licht auf sein Haar, das kupferfarben leuchtete. Er hob Lottes Gesicht zu seinem und küsste sie.

Auguste hatte das Gefühl, als fiele ihr Herz wie ein steinerner Klumpen in ihren Magen. Ihre Knie wurden weich. Sie wandte sich ab, drehte dann aber noch einmal den Kopf, als müsste sie sich vergewissern, dass es kein Spuk war. Nein, kein Zweifel. Lotte, ihre Lotte, ließ sich dort im Zwielicht von dem unverschämten Studenten küssen, den sie vor der Universität Unter den Linden kennengelernt hatten. Wie hieß er noch gleich? Auguste kramte fieberhaft in ihrem Gedächtnis, als hinge alles davon ab, sich an den Namen zu erinnern. Richtig, Gustav. Doch wie kam er hierher? Hatte Lottes Widerborstigkeit ihn angestachelt, und er hatte in Erfahrung gebracht, wo sie zu finden war? Und dann war er ihr nachgestiegen? Oder, was Auguste ihrer Freundin beinahe auch zutraute, hatte Lotte sich noch einmal fortgeschlichen, war zur Universität nach Berlin gefahren und hatte dort, am Ort ihrer Träume, herumgelungert? Sie sehnte sich nach dem großen Gebäude, in dem alles Wissen der Welt zu Hause war, das wusste Auguste nur zu gut. Vielleicht wollte Lotte einmal die Luft in den Sälen schnuppern, sich ausmalen, wie es wäre, dort zu studieren? Und wenn sie dabei erneut Gustav über den Weg gelaufen war, hatten sich die beiden vielleicht heimlich verabredet. Ohne es Lottes Eltern zu sagen, natürlich, und auch, ohne dass Lotte sie, Auguste, ins Vertrauen gezogen hatte.

Jetzt kamen die Tränen. Um nicht laut aufzuschluchzen, biss sich Auguste in die Faust und trat vorsichtig den Rückzug an, in der schrecklichen Angst, entdeckt zu werden. Eine Begegnung mit Lotte und diesem Schwerenöter konnte sie jetzt nicht ertragen. Doch ihre Sorgen waren unbegründet. Die beiden hielten sich eng umschlungen und schienen vollkommen ineinander versunken. Lotte seufzte leise, und Auguste, die schon ein paar Meter weiter war, blieb nichts anderes übrig, als sich vorzustellen, wie Gustav sie liebkoste. Sie presste sich die Finger in die Ohren, um nichts mehr hören zu müssen, und rannte die Straße hinunter.

Erst als sie längst außer Hörweite war, blieb sie keuchend stehen. Sie lehnte sich mit dem Rücken gegen einen Baumstamm und blickte schwer atmend in den Himmel, an dem sich die Wolken ballten. Auch der Mond stand dort, eine blasse Sichel, halb von Nebelschleiern verdeckt.

Auguste schlug die Hände vor das Gesicht und weinte, bis keine Tränen mehr kamen. Sie fühlte sich so allein, als sei sie der letzte Mensch auf der ganzen weiten Welt. Die Trostlosigkeit ihres Schicksals wurde ihr auf einen Schlag bewusst. Sie war das Eigentum ihrer Eltern und bald das ihres Ehemanns, der zwar liebenswert war, den sie aber eben nicht liebte. Und der im Übrigen auch für sie nichts übrig hatte. Ihre Freundin hatte sie verloren. Und das Schlimmste war, dass ihr bis vor wenigen Monaten noch nicht einmal bewusst gewesen war, was ihr jetzt so brennend fehlte. Sie hatte ganz bequem ihr Leben genossen und nicht infrage gestellt, was ihr nun unerträglich erschien.

Lotte war in ihr Leben hineingeweht, hatte alles auf den Kopf gestellt und ihr gefährliche Wünsche eingepflanzt. Sehnsüchte, die für eine Frau ihres Standes undenkbar waren. Nun saßen sie in ihrem Inneren und trieben giftige Blüten. Und der Mensch, der dafür verantwortlich war, hatte sie verraten.

Als Auguste an jenen Tag im letzten Spätsommer zurückdachte, an dem sie das erste Mal in die Schule für höhere Töchter gekommen war, an dem sie nichtsahnend ans Fenster getreten war und von dort aus Lotte im Garten erblickt hatte, kam es ihr vor, als wäre das eine

Ewigkeit her. Sie war damals eine ganz andere Auguste gewesen. Ein Mädchen, das in den Tag hineingelebt hatte, ohne sich viele Gedanken zu machen. Das nichts ahnte von der Macht des Wissens und der Macht der Liebe. Erneut erinnerte sie sich an die Worte der Schulleiterin. *Die schönste Zierde einer Frau.* Ach, wie gern hätte sie in diesem Moment auf Klugheit und Bildung verzichtet, auf das Wissen, das nun wie ein Schatten auf ihrer Zukunft lag, die angesichts der Dinge, die sie im letzten Jahr gelernt und erfahren hatte, stumpf und glanzlos wirkte.

16.

Am nächsten Morgen ließ sich Auguste in die Schule fahren, als wäre ihre Welt nicht vollkommen aus den Angeln gehoben worden. Das Wetter war nach dem Regenguss wieder strahlend, sie hätte zu Fuß gehen können, doch sie fühlte sich schwach. Wieder hatte Georg die ganze Nacht gehustet, und Auguste hatte sich schlaflos im Bett herumgewälzt und an Lotte gedacht, bis der Morgen graute.

Die Sträucher am Straßenrand blühten. Die hellgrünen Blätter der Linden spielten im Sonnenschein. Vor ihrem Haus trug die große Kastanie junge Kerzen und winkte ihr mit ihren Ästen zu, wenn der Wind sanft hindurchstrich. Wie blaue Seide spannte sich der Himmel über Lichterfelde.

Etwas flatterte hoch über den Bäumen. Einen Moment stutzte Auguste – war das der Erfinder mit seinen Flügeln aus Leinen?

Nein, es schien ein Vogel gewesen zu sein, der aus

dem Süden zurückkehrte, in Erwartung eines warmen Sommers in Preußen.

Sie lehnte sich in das Polster der Kutsche zurück und schloss die Augen. Sie brannten, weil sie die halbe Nacht wach gelegen und ins Kissen geschluchzt hatte.

Als sie ganz verweint zum Frühstück erschienen war, hatte Käthe es als Sorge um den Bruder interpretiert. Sofort hatte Auguste ein rabenschwarzes Gewissen gepackt. Sie hatte Georgs Krankheit ihrem Kummer wegen Lottes Verrat untergeordnet. Schnell warf sie einen Blick in sein Zimmer. Blass und mit spitzer Nase lag er, einer Puppe gleich, in den weißen Kissen. Sein Atem rasselte. Er hatte noch immer hohes Fieber und schwebte in einem Dämmerzustand zwischen Wachen und Träumen. Als er Auguste erkannte, streckte er eine Hand aus und drückte ihre schwach. «Dummer August», murmelte er, «ich habe Durst.» Doch als sie ihm Wasser geben wollte, war er zum Trinken zu schwach.

Käthe schob sie beiseite. «Geh nur, Auguste», sagte sie mit strenger Miene. Sie hatte das Gespräch des letzten Abends wohl genauso wenig vergessen wie Auguste. «Der Arzt wird gleich kommen. Du bist hier nur im Weg.»

Auguste hatte den Bruder angelächelt und war aus dem Haus gelaufen.

Während sie in den goldenen Maientag hinausblickte, wünschte sie sich fast, dass graue Wolken aufzögen und alles Licht aufsaugten. Dicke Regentropfen und ein

Sturm hätten ihr weit besser entsprochen als diese frühsommerliche Idylle. In den Gärten der Villenkolonie leuchteten Pfingstrosen, Nelken, Hortensien und Levkojen um die Wette. Doch in Augustes Innerem herrschte neblige Finsternis. Der Kontrast schmerzte. Sie fühlte sich so falsch in ihrer Traurigkeit, wie ein graues hässliches Tier in einer prächtigen Fabelwelt.

Kurz darauf hielt der Wagen, und der Kutscher half Auguste heraus. In wenigen Minuten würde der Unterricht beginnen. Die Mädchen strömten durch das Tor und betraten die Schule, schwatzend und lachend. Auguste lief wie ein Gespenst. Mit bangem Herzen hielt sie nach Lottes dunklen Locken Ausschau. Und wirklich, als sie das Klassenzimmer betrat, saß die Freundin bereits an ihrem Platz und schraubte ihr Tintenfass auf, als wäre nichts geschehen. Als wäre es ein gewöhnlicher Tag und gäbe nichts Wichtigeres, als sich während der Geschichtsstunde Notizen zu machen. Stumm setzte sich Auguste neben Lotte. Die sah flüchtig auf und schenkte ihr ein Lächeln. Doch Auguste sah, dass es nicht wie sonst von den Lippen zu ihren Augen reichte, sondern sofort wieder erstarb. Geisterhaft sah es aus, wie eine Maske, die sich die Freundin für einen Moment über das Gesicht gezogen hatte und gleich darauf wieder abnahm. Dann dämmerte es Lotte wohl, dass sie etwas vergessen hatte. Sie runzelte die Stirn. Erschrecken lief über ihr Gesicht. «Auguste! Wie geht es Georg? Hat er alles gut überstanden?»

Auguste schüttelte den Kopf. Sie konnte nicht sprechen, weil Tränen in ihrer Kehle brannten. Tränen des Kummers über Georgs Zustand, der Trauer über den Verlust ihres Vertrauens zu Lotte, die doch den Bruder gerettet hatte. Doch schien dieser Moment nun so fern, als wäre das in einem anderen Zeitalter gewesen. Zwischen der Rettung und dem jetzigen Augenblick stand Lottes Treffen mit Gustav.

Auguste schluckte mühsam und brachte schließlich krächzend, mit ihr selbst fremder Stimme heraus: «Nein. Leider ist er sehr krank.»

Lotte sah sie besorgt an. «Wirklich? Das tut mir leid! Was hat er denn?»

Auguste zuckte mit den Schultern. «Mit mir hat der Arzt nicht gesprochen. Meine Eltern sagen mir auch nichts. Aber es steht schlimm um ihn, das sehe ich.»

Gerade wollte Lotte noch etwas fragen, als Lehrer Brellkamp mit seinem polternden Schritt hereinkam. Er legte ein dickes Buch auf den Katheder, schlug es auf und begann sofort, eine endlose Litanei aus Zahlen und Namen daraus vorzulesen. Auguste verstand ebenso wenig, worum es ging, als läse er in einer fremden Sprache. Doch es war undenkbar, weiter mit Lotte zu reden. Auch in den folgenden Stunden und während der kurzen Pause kamen sie nicht dazu, es gab keinen Moment allein. Erst als die Schulglocke am Ende des Schultags läutete, ließen sie sich hinter den Strom der Schülerinnen zurückfallen.

Im Schulgarten stand ein Magnolienbaum, dessen Äste schwer an den rosa-weißen Blüten trugen. Einige waren schon herabgefallen und lagen zu ihren Füßen im Gras. Die schlaffen Blütenblätter mit den bräunlichen Rändern sahen aus wie Leichen, fand Auguste.

Besorgt sagte Lotte: «Jetzt erzähl schon. Was ist mit Georg?»

«Er hustet und hat hohes Fieber.»

«Eine Lungenentzündung?»

Auguste sah Lotte erschrocken an. «Denkst du? Das ist ernst, oder?»

Lotte nickte langsam. «Ja, allerdings. Daran stirbt man.» Dann erst blickte sie auf.

Auguste fühlte, wie ihr die Farbe aus dem Gesicht wich. Sie taumelte. Jetzt bemerkte Lotte offenbar, was ihre Worte angerichtet hatten. Sie schlug die Hand vor den Mund. «Auguste, verzeih mir. Nicht alle sterben. Nicht alle.» Sie griff nach Augustes Hand und drückte sie. Schon war Auguste besänftigt von ihrer Antwort. Nein, nicht alle, dachte sie und suchte Halt in Lottes Worten. Doch als sie in deren Gesicht nach Wärme forschte, fand sie wieder diese seltsame Abwesenheit, als sei die Freundin nur körperlich hier im Garten.

Plötzlich platzte in Auguste ein Knoten. «Warum triffst du dich mit Gustav? Bist du völlig verrückt geworden?», fragte sie laut.

Lotte wich einen Meter zurück. Ihr Gesichtsausdruck wirkte plötzlich lauernd. «Woher weißt du es?»

«Ich habe euch gesehen», rief Auguste wütend, «ich habe gesehen, wie du ihn geküsst hast. Wenn deine Eltern davon erfahren, werden sie dich für immer einsperren. Wie kannst du so unvorsichtig sein? Und außerdem –», sie brach ab und begann zu weinen. Lotte sah sie nur an. Sie fragte nicht, was Auguste noch hatte sagen wollen. Sicher wusste sie es ohnehin.

Nur Augustes Schluchzen war zu hören.

Endlich flüsterte Lotte: «Was weißt du schon vom Leben, Auguste Baumgarten? Und was weiß ich. Nichts. Gar nichts wissen wir davon, wie es ist, wirklich frei zu sein. Seine Empfindungen nicht verstecken zu müssen. Das Leben zu schmecken, Auguste, willst du das nicht auch? Möchtest du immer sittsam wie ein Veilchen im Moose wachsen, im Schatten deiner Eltern, deines Ehemanns? Ich nicht!» Sie erhob ihre Stimme. «Ich will hinaus aus diesem Käfig, meine Flügel ausbreiten. Wild und unvernünftig sein. Und du hast recht, meine Eltern wären entsetzt und würden mir das letzte bisschen Freiheit nehmen, mich schnellstmöglich an den Meistbietenden verheiraten und sich ihrer liederlichen Tochter entledigen. Doch wenigstens habe ich dann ein paar Stunden, wenige gestohlene Augenblicke lang wirklich gelebt. Willst du nicht wissen, wie es ist? Erleben, was Ottilie erlebt hat, was andere junge Frauen erfahren, die mutig sind? Wir sind doch keine Automaten, Auguste!»

«Doch, genau das bist du», schrie Auguste, blind vor Tränen und vor Wut. «Du bist ein widernatürlicher

Mensch, eine falsche Puppe ohne Gefühle, und ich bedaure es, dass wir Freundinnen waren.»

Sie wusste nicht, woher diese harten Worte kamen, sie schossen aus ihr heraus und waren nicht wieder zurückzuholen. Lotte wirkte betroffen. Doch ehe es Auguste leidtun konnte, drehte sich die Freundin um und lief durch den blühenden Garten davon. Ihr dunkler Kopf tauchte noch einmal hinter der Mauer auf, dann war sie verschwunden.

Auguste stand zitternd und mit zu Fäusten geballten Händen da. Ihre Tränen waren versiegt. Lange verharrte sie und zählte die Schläge ihres Herzens. Merkwürdig ruhig schlug es, trotz allem, wie ein Uhrwerk, das immer weiterlief, selbst wenn sein Besitzer verstorben war.

Wie eine Schlafwandlerin trat sie auf die Straße. Längst waren alle Schülerinnen nach Hause gegangen. Auguste stieg in den wartenden Wagen und ließ sich durch den Frühlingsnachmittag zurückfahren. Ihr Kopf war leer.

Als sie zu Hause ankam, sah sie, wie der Doktor ihr Elternhaus verließ. Er wirkte fahrig und gehetzt, hatte seine Arroganz verloren, die ihn bisher wie eine Aura umgeben hatte. Als er Auguste erblickte, deutete er eine kurze Verneigung an und lief weiter, als werde er verfolgt. Eine schreckliche Ahnung kroch in Auguste hoch, wie giftiger Dampf, der ihre Eingeweide verätzte. Beim Betreten des Hauses witterte sie das Schreckliche. Sie hörte ihre Mutter weinen. Es kam von oben und langsam, wie in einem Traum, stieg Auguste Stufe für Stufe hoch. Je länger sie nicht oben ankäme, dachte sie merkwürdig klar, desto später würde die Welt endgültig einstürzen.

Bis auf die heiseren Schluchzer ihrer Mutter drang kein Laut aus Georgs Schlafzimmer. Auguste lauschte mit pochendem Herzen. Etwas fehlte. Dann verstand sie. Die röchelnden Atemzüge ihres Bruders waren verstummt.

Minna kam aus dem Zimmer, erblickte Auguste und brach in lautes Weinen aus. «Fräuleinchen», schluchzte sie, ein Taschentuch auf den Mund gepresst, «der junge Herr! Er –»

Auguste unterbrach sie und rief: «Sei still! Ich will es nicht hören.» Dann stürmte sie an dem Dienstmädchen vorbei, schob ihre Mutter zur Seite und sank an Georgs Bett nieder. In den weißen Kissen verschwand sein kleines Gesicht mit den geschlossenen Augen beinahe, als sei er schon ein Geist, der langsam entwich. Jemand hatte seine Hände auf der Bettdecke gefaltet. Auguste streckte die Finger aus, doch sie wagte es nicht, ihn zu berühren. Die Grenze zwischen seiner und ihrer Welt kam ihr auf einmal unüberwindlich vor.

Ihr Vater trat herein. Er schwankte. Offenbar hatte er getrunken. Er legte einen Arm um seine Frau, die ihr Gesicht an seinem Hals barg. Der Ausdruck seiner Augen machte Auguste Angst. Sie fragte mit zitternder Stimme: «War es eine Lungenentzündung?»

Heinrich nickte. «Es ging sehr schnell.»

Auguste holte tief Luft. Das konnte alles nicht wahr sein. Und doch lag dort Georg und atmete nicht mehr. «Aber wieso? War es das kalte Wasser?»

Sie dachte, dass ihr Vater die Frage nicht gehört hatte, so lange starrte er schweigend vor sich hin. Doch endlich antwortete er. «Die Kälte hat die Infektion vielleicht begünstigt. Doch die Ansteckung muss schon vorher erfolgt sein. Der Doktor sagte, dass Georg eine schwache Konstitution hatte und er deshalb –» Heinrich brach ab und schluckte schwer.

Plötzlich musste Auguste hinaus. Sie bekam in dem stickigen Zimmer keine Luft. Sie eilte die Treppe hinunter und öffnete die Haustür. Draußen war der Abend herangeschlichen. Es flüsterte und säuselte im Gras und in den Ästen der Bäume. Ein Nachtvogel sang ein paar einsame Töne.

Auguste lief durch den Garten. Dort lag der Ball, mit dem sie und Georg im vergangenen Sommer gespielt hatten. Er war ganz schlaff, die Luft über die Monate entwichen. Sie hob ihn auf und presste ihn an die Brust. Dann sank sie auf die Steinstufen der Terrasse.

Lange saß sie dort, ohne zu wissen, wie viel Zeit verging. Das war plötzlich unwichtig. Was zählte, war der Schmerz. Die Gewissheit, dass es zu spät war.

«Auguste?», fragte eine leise Stimme aus der Dunkelheit. Sie schreckte hoch. War sie eingeschlafen? Träumte sie? Vor ihr stand Lotte, in der Hand eine Laterne. Der warme Schein beleuchtete ihr schönes Gesicht, als sie sich besorgt zu Auguste hinunterbeugte.

«Was willst du hier?», flüsterte Auguste. Doch eigentlich war sie froh. Lotte war da. Sie war nicht mehr allein.

«Ich bin hergekommen, um mit dir zu reden. Aber als ich klingelte, öffnete niemand. Endlich kam Minna ans Fenster und sagte –» Sie stockte. Dann holte sie tief Luft. «Ist das wirklich wahr?»

Auguste nickte stumm.

«Oh Gott», sagte Lotte. «Wie furchtbar. Aber wie? Warum?»

«Du hattest recht», antwortete Auguste tonlos.

«Was meinst du?»

«Es war eine Lungenentzündung.»

Lotte schüttelte den Kopf. «Ich wünschte, ich hätte unrecht gehabt.»

Vorsichtig, als sei Auguste ein Vogel, den man nicht aufschrecken durfte, ließ sich Lotte neben ihr auf der Stufe nieder. Flüchtig streifte Auguste eine Erinnerung an frühere Tage, an denen sie hier gesessen und sich Geschichten erzählt hatten. Ganz leicht lehnte sie sich an Lottes Schulter an. Da spürte sie, dass die Freundin zitterte.

«Was hast du?», fragte Auguste erstaunt.

Lotte hatte die Kiefer aufeinandergepresst und atmete flach. Würde sie wieder einen Anfall bekommen?, dachte Auguste. Doch nichts geschah.

Endlich sagte Lotte mit bebender Stimme: «Ich bin so wütend. Auf alle. Die ganze Welt. Dieser Doktor, was war das für ein Scharlatan? Warum hat er Georg nicht geholfen? Wenn ich doch etwas hätte tun können. Aber ich werde niemals etwas tun können.»

Auguste hätte fast gelacht, wäre nicht alles so grauenvoll gewesen. «Was hättest du schon tun können?»

Lotte fuhr herum. «Es gibt Forschungen, weißt du? Für Medikamente, die solche Krankheiten heilen. Ärzte suchen nach Stoffen, die gefährliche Erreger aufhalten können. Ich möchte auch forschen, alles Wissen der Welt zusammentragen und helfen.»

Das war typisch Lotte, dachte Auguste mit einem Anflug von Bitterkeit. Sie nahm Georgs Tod als Anlass, ihr eigenes Schicksal zu beklagen. Doch gerade, als Auguste wütend wurde, drehte sich Lotte zu ihr um und schlang die Arme um ihren Hals.

«Es tut mir so leid», flüsterte sie und begann zu weinen. Was genau ihr leidtat, sagte sie nicht. Doch Auguste verstand sie trotzdem. Auch in ihr löste sich etwas, und die Tränen, die den ganzen Abend nicht gekommen waren, flossen endlich über ihr Gesicht. Weinend klammerten sie sich aneinander.

Schließlich beruhigte sich Auguste. Die Trauer, die wie ein wildes Tier gewütet hatte, legte sich, als sei die Bestie für den Augenblick besänftigt. Ihre Gedanken wurden seltsam klar. Sie schob Lottes Hände von sich und stand auf.

Die Freundin sah zu ihr empor. «Was hast du?», fragte sie.

Auguste sagte langsam: «Dort drinnen liegt mein toter Bruder. Ich muss zu ihm, muss meine Eltern trösten. Womit nur? Wie konnte so etwas nur geschehen?»

Lotte schüttelte nur den Kopf. «Ich weiß es nicht.»

«Leb wohl», flüsterte Auguste heiser. Sie konnte nicht länger bleiben, mit Lotte, der Verräterin, hier im Garten sitzen.

Doch die hielt ihr Handgelenk fest. «Warte», bat sie leise. «Egal, was passiert, ich bin für dich da. Bist du auch für mich da, Auguste? Egal, was kommt?»

Etwas in der Stimme der Freundin rührte Auguste. Lotte wirkte in der Dunkelheit auf einmal zerbrechlich. In versöhnlicherem Ton sagte sie: «Ja, Lotte. Ich bin für dich da. Auch wenn ich heute sehr wütend auf dich war. Und jetzt muss ich gehen.» Sie drehte sich um und ließ die Freundin im dunklen Garten zurück.

17.

Auguste ging einige Tage nicht zur Schule. Georg wurde aufgebahrt, damit sie Abschied von ihm nehmen konnten. Die Beerdigung fand drei Tage nach seinem Tod statt. Seine ganze Klasse war gekommen, obwohl er kaum Freunde gehabt hatte. Auch einige Lehrer und die Offiziersfamilien, mit denen die Baumgartens befreundet waren, folgten der Einladung, so wie Ludwig, der sich jedoch im Hintergrund hielt und Auguste nur blass zunickte. Direktor Hempel kam ebenfalls und klaubte bei der anschließenden Feier einige hochtrabende Worte über Georgs militärische Disziplin zusammen. Auguste sah viele unbehagliche Gesichter. Alle wussten, dass es damit bei dem zarten Jungen nicht weit her gewesen war.

Auguste hatte darauf bestanden, die Familie Printz einzuladen. Doch weder Lotte noch ihre Eltern erschienen.

Nach der Bestattung ging es Auguste ein wenig besser. Zwar konnte sie immer noch nicht an Georg denken, ohne zu weinen, und lief mit einem Gefühl durch die Welt, die wilde Bestie habe ein Stück aus ihr herausgerissen. Doch die Gewissheit, dass er nicht wiederkommen würde, ergriff Besitz von ihr, und so schmerzhaft sie war, so heilsam war sie auch. Sie musste ihr Leben weiterleben.

Über den Tod des Bruders hatten ihre Eltern die Verlobungspläne ihrer Tochter aus den Augen verloren. Auguste fühlte sich schlecht, weil sie darüber erleichtert war. Es war, als habe man ihr eine Gnadenfrist gegeben.

Die Sehnsucht nach Lotte wurde in diesen Tagen immer stärker. Noch nie seit dem Beginn ihrer Freundschaft waren sie so lange getrennt gewesen. Die Wut war wieder verraucht, und auch wenn der Gedanke an Lottes heimliches Beisammensein mit Gustav schmerzte, so überwog doch vor allem die Sorge, was mit der Freundin geschehen würde, wenn sie aufflog. Sie musste unbedingt mit Lotte sprechen, ihr ins Gewissen reden. Und so begann Auguste, dem Tag, an dem sie die Schule wieder besuchen durfte, entgegenzufiebern.

Als sie nach einer Woche zum ersten Mal seit Georgs Tod im Klassenzimmer der Krahmerschen saß, fiel ihr Blick auf den leeren Platz neben ihrem. Sie tippte Rosa vor ihr auf die Schulter. Die Mitschülerin hatte, wie einige andere auch, zuvor an der Tür auf sie gewartet und ihr stumm, aber mitfühlend die Hand gedrückt.

«Weißt du, wo Lotte ist?», fragte Auguste sie jetzt.

Rosa sah sie erstaunt an. «Ich hätte gewettet, dass du es weißt. Ihr steckt doch die ganze Zeit zusammen wie Pech und Schwefel. Ich habe sie die ganze Woche nicht gesehen. Wahrscheinlich ist sie krank.»

Auguste erschrak. All die Tage, in denen sie zu Hause um den Bruder getrauert und ihre gramgebeugte Mutter ertragen hatte, war Lotte nicht in der Schule gewesen? Was war geschehen?

Als sie am Nachmittag vor dem Anwesen der Familie Printz in der Ringstraße stand, war das eiserne Tor verschlossen. Sie hob den Messinggriff der Türglocke mehrmals, doch nichts rührte sich hinter der Mauer. Schließlich kletterte sie an einem Mauervorsprung einen halben Meter nach oben, was ihr in ihrem weiten Rock nicht leicht fiel, und lugte über den Rand auf das Grundstück. Still lag die Wiese da. Vor dem Haus war niemand zu sehen. Sie glaubte, hinter der Gardine des Salons im ersten Stock einen Schatten zu bemerken, doch kurz darauf war er wieder verschwunden.

Ratlos wandte sie sich um und ging langsam die Straße hinunter Richtung Karlsplatz. Unterwegs überlegte sie fieberhaft, was geschehen sein konnte. Lotte war sicher nicht einfach vom Erdboden verschluckt worden. Hatten ihre Eltern vielleicht von ihren Treffen mit dem Studenten Wind bekommen und sperrten sie zu Hause ein? War sie fortgeschickt worden? Zu Verwandten aufs Land? Lotte hatte einmal erzählt, dass sie eine entfernte Tante hatte, die im Havelland lebte. Aber dann hätte sie doch sicher Zeit gehabt, ihr wenigstens eine kurze Nachricht zu übermitteln?

Auguste grübelte weiter. War Lotte böse auf sie? Dabei sollte es doch umgekehrt sein. Längst spürte sie keinen Groll mehr. Sie sehnte sich mehr denn je danach, mit Lotte zu sprechen, ihr Herz auszuschütten und das Kriegsbeil zu begraben.

Sie erinnerte sich an die letzten Worte, die Lotte zu ihr gesagt hatte. Ihr Versprechen, füreinander da zu sein. Auf einmal stieg in Auguste die Ahnung auf, dass Lotte damit vielleicht mehr im Sinn gehabt hatte als eine versöhnliche Geste. Hatte sie etwas gewusst, das sie für sich behalten hatte? Hatte sie vorgehabt, mit Gustav durchzubrennen? Bei diesem Gedanken stockte Auguste der Atem. Das musste es sein! Oh, bitte nicht!, betete sie wortlos. Es sah Lotte so gar nicht ähnlich, alles aufzugeben für einen Mann, den sie, da war Auguste sicher, nicht liebte. Der ihr nur für den Moment das Gefühl gab, lebendig zu sein.

Hatte auch Ottilie diese Sehnsucht nach Leben verspürt und war deswegen nun ein gefallenes Mädchen? Auguste hatte seit dem Briefchen mit den seltsam schalen Worten nichts mehr von ihr gehört. Die scharfe Bemerkung ihrer Mutter über liederliche Mädchen hatte ihr verraten, dass Ottilies Familie das Geheimnis nicht hatte bewahren können. In der Schule wurde ihr Name nicht genannt, als hätte sie aufgehört zu existieren. Würde es Lotte genauso gehen? Tilgte man die Erinnerung an sie, als löschte man eine Kerzenflamme? Nun, dachte Auguste grimmig, das würde sie nicht zulassen.

Doch an wen konnte sie sich wenden? Wie sollte sie in Erfahrung bringen, wo Lotte steckte? Plötzlich hatte sie einen Gedanken, der sie zum Innehalten brachte. Sie blieb kurz wie festgewachsen stehen. Dann drehte sie um und lief in die entgegengesetzte Richtung davon.

Kurz darauf stand sie wieder vor der Schule in der Berliner Straße. Keine Menschenseele war um diese Zeit hier zu sehen. Doch ein einzelnes Fenster im ersten Stock stand offen.

Auguste betrat die stille Eingangshalle und wunderte sich über den lauten Klang ihrer Absätze auf den Treppenstufen, die nach oben führten. Dann hielt sie vor der Tür des Direktorenzimmers an. Sie hörte, dass drinnen jemand rasch hin- und herlief. Eine Schublade wurde geschlossen. Papier raschelte. Bevor sie klopfen konnte, stieß jemand die Tür von innen auf, sodass Auguste einen kleinen erschrockenen Satz nach hinten machte.

Adelheid Krahmer sah sie überrascht an und hielt sich dann die Lorgnette vor die Augen, die an einer goldenen Kette um ihren Hals hing, als müsse sie sich vergewissern, wen sie vor sich hatte. «Fräulein Baumgarten!», sagte sie. «Mein herzliches Beileid wegen Ihres Bruders. Es ist ein schrecklicher Verlust für Sie und Ihre Familie.»

Auguste nickte, sie wollte nicht über Georg sprechen. Dort, wo die Erinnerung an ihn saß, war ihr Inneres rau und wund. «Darf ich einen Moment hereinkommen?»

Die Schulleiterin musterte sie eine kleine Ewigkeit. Auguste wurde es unbehaglich. Endlich deutete die Direktorin mit der Hand in Richtung Zimmer. «Bitte, treten Sie ein. Setzen Sie sich schon. Ich wollte soeben in den Kräutergarten gehen und ein wenig Minze pflücken für meinen Nachmittagstee. Trinken Sie auch eine Tasse?»

Schüchtern nickte Auguste. Die Vorstellung, mit Adelheid Krahmer Tee zu trinken, war ein wenig beängstigend. Diese trat aus der Tür, Auguste hörte ihre flinken Schritte auf der Treppe nach unten.

Sie nahm auf einem Holzstuhl mit hoher geschnitzter Lehne Platz. Das Sonnenlicht fiel streifig auf den rötlichen Dielenboden. Das Zimmer strahlte eine Behaglichkeit aus, die Auguste bei ihrem ersten Besuch hier nicht wahrgenommen hatte. An den Wänden stapelten sich die Bücher wie eine Mauer vom Boden bis zur Decke. Vorsichtig sah sie sich um. Auf dem Sekretär an der Fensterseite lag ein aufgeschlagenes Buch.

Plötzlich wollte Auguste unbedingt wissen, was Fräulein Krahmer las. Sie huschte hinüber und drehte das Buch so, dass sie den Einband sehen konnte. Die Autorin hieß Rahel Varnhagen. Auguste hatte den Namen noch nie gehört. Sie drehte das Büchlein wieder um und überflog die aufgeschlagene Seite. Jemand hatte mit Bleistift zwei Textzeilen unterstrichen, fein säuberlich wie mit einem Lineal. *Die Menschen verstehen einander nicht. Sie lieben sich zu ungleicher Stunde.* Ihr Blick fiel auf das Schriftstück, das unter dem Buch lag. Es war ein Brief. Ohne zu wissen, weshalb, las Auguste einige Zeilen. *Wenn Sie geeignete Kandidatinnen an Ihrem Institut ausbilden sollten, denken Sie an unser Seminar*, stand dort in gestochener Handschrift. *Der nationale Mangel an Lehrern macht es unumgänglich, auch Frauen für diesen noblen Beruf zu begeistern*. Offenbar eine Korrespondenz zwischen Schulleitern. Auguste verlor das Interesse und besah sich lieber wieder das Buch, das sie noch immer in den Händen hielt. Es hatte einen cremefarbenen Einband und wirkte zerlesen, als habe seine Besitzerin es viele Male studiert.

«Sie lesen gern?» Adelheid Krahmer war unbemerkt wieder eingetreten, in der Hand ein grünes Büschel mit samtigen Blättern.

Auguste erschrak und legte das Buch hastig zurück auf den Brief. «Bitte verzeihen Sie», stammelte sie und fühlte, wie sie rot wurde.

Doch die Schulleiterin winkte ab. «Nicht der Rede wert. Das Buch sollten alle jungen Mädchen lesen. Kennen Sie es?»

Auguste schüttelte den Kopf.

Adelheid Krahmer fuhr fort: «Es ist von einer jüdischen Salondame. Eine emanzipierte Schriftstellerin, die sich in ihren Briefen für mehr Gleichberechtigung unter den Geschlechtern ausspricht. Natürlich war sie verheiratet, allerdings erst spät in ihrem Leben. Sie hatte lange Zeit Schwierigkeiten, den richtigen Mann zu finden.» Fräulein Krahmer unterbrach sich.

Zum ersten Mal fragte sich Auguste, ob die Schulleiterin dieses Leben bewusst gewählt hatte. Ein Leben ohne Kinder, fremden Zöglingen gewidmet, ihren Schülerinnen. Doch sie hätte niemals gewagt, den Gedanken laut zu äußern. Stattdessen stellte sie mit leiser Stimme die Frage, wegen der sie hergekommen war: «Fräulein Krahmer, wissen Sie, warum Charlotte Printz nicht mehr zur Schule kommt?»

Die Schulleiterin betrachtete Auguste schweigend. Schließlich sagte sie: «Sie und Charlotte, Sie sind gute Freundinnen geworden in den letzten Monaten, richtig?» Als Auguste nickte, fuhr sie fort: «Dann wird es jetzt schwer für Sie werden. Eigentlich dürfte ich Ihnen gar nichts erzählen, die Eltern wünschen strenge Diskretion. Doch ich bin nicht so für die Geheimniskrämerei, vor allem nicht, wenn es um Menschen geht, die uns lieb und teuer sind. Sie als Charlottes Vertraute verdienen die Wahrheit.»

Auguste wartete ängstlich auf die Fortsetzung dieser unheilvollen Worte. Doch Adelheid Krahmer ließ sich Zeit. Zunächst goss sie heißes Wasser, das sie auf einem kleinen Herd erhitzt hatte, in eine Teekanne und fügte die Minzblätter hinzu. Dann süßte sie den Tee mit Zucker und schenkte die helle, dampfende Flüssigkeit in zwei hauchdünne Tassen ein. Die eine reichte sie Auguste. Sie setzte sich mit kerzengeradem Rücken auf einen Polsterstuhl in der Nähe des Fensters und trank ein paar Schlucke aus ihrer Tasse. Endlich begann sie wieder zu sprechen. «Ich muss Sie zunächst fragen: Haben Sie in letzter Zeit eine Veränderung an Ihrer Freundin wahrgenommen?»

Zögernd schüttelte Auguste den Kopf. Sie fürchtete, dass die Schulleiterin sie durchschauen würde, also stellte sie sich dumm und fragte zurück: «Welcher Art sollte eine solche Veränderung sein?»

«Nun, war sie verschlossener als sonst? Traurig oder melancholisch?»

Wieder verneinte Auguste und versenkte ihr Gesicht in den Dampf aus ihrer Tasse.

Fräulein Krahmer fügte hinzu: «Oder hat sie von Plänen gesprochen? Von Ideen, die ihr gefährlich hätten werden können? Sprachen Sie beide von der Möglichkeit, ein Studium aufzunehmen?»

Auguste konnte nicht länger lügen. Leise antwortete sie: «Lotte ist sehr klug, klüger als die meisten. Sie hatte die Hoffnung, eines Tages Medizin studieren zu können. Halten Sie das für verwerflich?»

«Verwerflich nicht, nein. Aber riskant, vor allem, wenn sie diese Pläne mit ihren strengen Eltern geteilt haben sollte.»

«Was ist passiert?» Auguste hielt es nicht mehr aus.

«Charlotte ist wahrscheinlich sehr krank. Sie haben vielleicht bemerkt, dass sie manchmal Anfälle hatte? Oder abwesend wirkte, unter sogenannten Absencen litt?»

Auguste nickte stumm. Sicher, sie wusste besser als

alle anderen, wie seltsam sich Lotte manchmal verhielt. Wie stark ihre Gefühle schwankten, sie regelrecht unter sich zu begraben drohten. Sie hatte sie damals im Winter auf dem Straßenpflaster gesehen, zitternd und steif. Aber krank? Hatte Lotte selbst nicht gesagt, sie habe einen solchen Krampf selten gehabt und dass die Ärzte nie eine Diagnose gestellt hatten?

«Was ist geschehen?», fragte sie noch einmal, drängender jetzt.

Die Schulleiterin seufzte. «Herr und Frau Printz mussten Charlotte ins Krankenhaus bringen lassen. In die Charité, um genau zu sein.»

«Ins Krankenhaus?», echote Auguste ungläubig. «Aber weshalb denn? Ist sie gestürzt? Hat sie sich verletzt?»

Ihre Hand zitterte und sie musste die Teetasse abstellen. Das Porzellan klirrte auf der Untertasse.

Adelheid Krahmer schenkte ihr einen besorgten Blick. Leise sagte sie: «Sie wirken sehr durcheinander, mein Kind. Es muss gerade eine schwere Zeit für Sie sein, Auguste.»

Beim Klang ihres Vornamens und dem fürsorglichen Ton der Schulleiterin kamen Auguste die Tränen. Sie versuchte, sie hinunterzuschlucken. Es brannte höllisch in der Kehle. Sie nickte stumm und wartete darauf, dass sie wieder atmen konnte. Schließlich sah sie auf. «Bitte», flehte sie, «sagen Sie es mir. Weshalb ist Lotte im Krankenhaus?»

«Also gut. Aber Sie müssen mir versprechen, nichts Unbedachtes zu tun und die Sache absolut diskret zu behandeln. Ihre Mitschülerinnen dürfen nichts davon erfahren.»

Das Gesicht der Schulleiterin war so ernst, dass Auguste sofort nickte. Adelheid Krahmer fuhr fort: «Lotte hatte eine Art Zusammenbruch. Sie war nicht ansprechbar, schlug wild um sich, schrie und ließ sich kaum bändigen. Die Eltern waren verzweifelt und wussten sich nicht anders zu helfen, als sie in ein Institut zu bringen, wo man Derartiges behandelt.»

Auguste starrte die Schulleiterin an. «Soll das heißen, sie ist – meinen Sie, Lotte ist in einer Irrenanstalt?»

Fräulein Krahmer runzelte die Stirn und zog die Schultern hoch. Sie schien sich unwohl zu fühlen. Etwas betreten sagte sie: «Mein liebes Kind, man nennt solche Orte nicht mehr so. Die psychiatrische Nervenheilanstalt der Charité genießt einen ausgezeichneten Ruf. Charlotte ist dort in den besten Händen. Ich habe mich selbst davon überzeugt und mit dem Leiter der Nervenklinik sowie mit dem behandelnden Arzt gesprochen. Dr. Spitzweg sagte mir, dass die psychopathische Konstitution die häufigste Geisteskrankheit bei jungen Mädchen darstellt. Er hat den Verdacht, dass eine solche bei Charlotte vorliegen könnte. Ihr zügelloses Verhalten und eine gewisse – Promiskuität – deuten darauf hin.»

«Was soll das heißen?», fragte Auguste verständnislos.

«Nun, offenbar hatte Charlotte Umgang mit jungen Männern, der die Grenzen der Schicklichkeit deutlich überschritt.»

Ungläubig schüttelte Auguste den Kopf. Sie hörte kaum zu. Das musste ein Irrtum sein! Ihre Lotte, freiheitsliebend wie keine Zweite, in einer Nervenklinik eingesperrt?

«Lotte ist nicht verrückt», brach es aus ihr heraus. Sie war aufgesprungen und funkelte die Schulleiterin wütend an. Die schien erstaunt über die heftige Reaktion ihrer sonst so braven Schülerin.

«Niemand hat gesagt, dass sie verrückt ist», versuchte sie Auguste zu beschwichtigen. «Um ehrlich zu sein, ich bin vollkommen einer Meinung mit Ihnen. Junge Mädchen haben manchmal überschießende Gefühle, das bedeutet nicht gleich, dass ein Nervenleiden vorliegt.» Sie zögerte kurz und fuhr dann fort: «Offenbar war Charlottes Ausbruch eine Reaktion auf ein Gespräch mit ihrem Vater. In diesem hatte er versucht, sie zur Rede zu stellen. Es ging um ihren Umgang mit einem jungen Mann, den Herr Printz offensichtlich als kompromittierend empfand. Wissen Sie zufällig, um welchen Herrn es geht?»

Auguste spürte, dass sie tiefrot wurde. Dennoch schüttelte sie den Kopf. Sie war nicht bereit, als Zeugin gegen Lotte in diesem unsäglichen Theaterstück aufzutreten.

Fräulein Krahmer nickte, ihrem Gesichtsausdruck nach ahnte sie jedoch, dass Auguste nicht alles preisgab, was sie wusste. Sie fuhr fort: «Nun, jedenfalls hat Charlotte sich einen Fehltritt geleistet, der im Zusammenhang mit ihren heftigen Gefühlsausbrüchen bei den Eltern zu der Ansicht geführt hat, dass ihre Tochter in einer psychiatrischen Abteilung fürs Erste am besten aufgehoben ist.»

«Aber was passiert dort mit ihr?», fragte Auguste mit schwacher Stimme. «Werden die Patientinnen dort nicht ans Bett gefesselt? Sie bekommen Medikamente, die ganz schläfrig machen. Manchmal sogar Elektroschocks! Ich habe davon in der Zeitung gelesen.»

Adelheid Krahmer schüttelte den Kopf. «Kind, die Methoden haben sich in jüngster Zeit verändert. In der Charité sind Koryphäen der Neurologie am Werk. Die Patientinnen sind keine Insassen mehr wie früher, sie werden dort gut behandelt und gepflegt. Die Nervenärzte nehmen Tests vor, führen Gespräche mit den Mädchen. Es ist moderne Medizin und keine Quälerei.»

«Aber trotzdem kann Lotte die Klinik nicht verlassen, habe ich recht? Sie ist dort nicht aus freien Stücken!»

Auguste forschte in Fräulein Krahmers Gesicht und fand, wonach sie suchte – Mitgefühl.

Nach einem längeren Schweigen antwortete die Schulleiterin leise: «Ich bin Ihrer Meinung. Mir ist selbst nicht wohl bei dem Gedanken, dass einer augenscheinlich gesunden jungen Frau eine solche Behandlung zugedacht wird. Noch dazu einem Mädchen wie Charlotte mit ihrem scharfen Verstand. Doch es ist die Entscheidung der Eltern, verstehen Sie nicht? Was Sie und ich denken, fällt nicht ins Gewicht.»

Damit stand sie auf und trug ihre Teetasse zum Spültisch neben dem Herd. Es schien, als habe sie alles gesagt.

Auguste sah ein, dass die Schulleiterin nicht bereit war, länger mit ihr über Lottes Einweisung zu diskutieren. Zaghaft fragte sie: «Haben Sie eine Adresse, an die ich ihr einen Brief schreiben kann?»

Fräulein Krahmer schüttelte den Kopf. «Leider nicht. Die Eltern und der Arzt haben entschieden, dass zunächst kein Kontakt nach außen geführt werden soll, damit die Behandlung wirksamer ist. Also keine Besuche und keine Briefe.»

Mit diesen Worten drehte sie Auguste den Rücken zu und trat zum Sekretär. Auguste hatte das Gefühl, dass die Schulleiterin sie plötzlich dringend loswerden wollte, es vielleicht sogar bedauerte, einer Schülerin so viel anvertraut zu haben.

Augustes Blick fiel auf das Buch von Rahel Varnhagen. Wut stieg in ihr auf. «Wie können Sie diese Schriftstellerin dafür bewundern, dass sie für Frauenrechte eintritt, und dann zulassen, dass man Ihre Schülerin einfach einsperrt, weil ihre Wünsche nicht dem entsprechen, was die Gesellschaft von ihr erwartet? Das ist eine schreckliche Doppelmoral, wissen Sie das?»

Adelheid Krahmer fuhr herum. Wütend blickte sie über ihre Lorgnette hinweg. «Ich verbitte mir diesen

Ton, Fräulein Baumgarten. Es sieht Ihnen gar nicht ähnlich, so aufsässig zu sein. Ich muss Sie bitten, sofort zu gehen. Dieses Gespräch hätte gar nicht stattfinden dürfen. Verlieren Sie kein Wort darüber und kommen Sie zur Vernunft. Ich sehe doch, wie Sie sich in Ihren Gefühlen für Ihre Freundin verlieren. Zu viel Gefühl ist nie gut, es treibt uns in die Irre. Benutzen Sie Ihren Verstand und handeln Sie besonnen. Heiraten Sie, wenn es einen passablen Anwärter gibt, und vergessen Sie Charlotte, ehe sie Sie mit ihrer mysteriösen Krankheit noch ansteckt.»

Augustes Mund blieb offen stehen. Eben noch war die Schulleiterin so milde gewesen, hatte sogar zugegeben, dass die Entscheidung von Lottes Eltern möglicherweise übereilt gewesen war. Und nun sprach sie derart schroff mit ihr. Das Gefühl, dass Adelheid Krahmer es bereute, sich einer Schülerin anvertraut zu haben, wuchs. Wahrscheinlich fürchtete sie um die Reputation ihrer Schule.

Es hatte keinen Sinn, länger in sie zu dringen, dachte Auguste. Also wandte sie sich zur Tür und ging ohne ein weiteres Wort hinaus. Doch wenn Fräulein Krahmer glaubte, sie würde untätig die Einweisung ihrer Freundin mitansehen, hatte sie sich getäuscht.

Sie werden mich kennenlernen, dachte Auguste und wunderte sich über ihre eigene Entschlossenheit. Sie wusste nicht einmal genau, wer *sie* waren und was sie vorhatte. Doch von der Lähmung, die sie in den letzten Wochen empfunden hatte, war nichts mehr zu spüren. Stattdessen wuchs in Auguste eine ungeahnte Tatkraft.

18.

Juni 1893

Vom Bahnhof Friedrichstraße waren es fünfzehn Minuten mit dem Pferdeomnibus bis zur Charité. Einst als Pesthaus und Lazarett außerhalb der Stadtmauern gegründet, lag das große Krankenhaus nun innerhalb Berlins. Die Stadt war gewachsen und hatte die Anlage in sich aufgenommen. Nun lag sie nicht länger im Abseits vor den Toren der Großstadt, sondern im Herzen des neuen Amüsierviertels mit seinen vielen Theatern, der Zirkusarena am Spreeufer und den Kneipen und Kaffeehäusern, die von der Berliner Schickeria und den Gestalten der Halbwelt gleichermaßen besucht wurden. Die Kranken waren in der Mitte der Metropole angekommen.

Auguste hoffte inständig, dass ihre Eltern ihre kurze Nachricht nicht anzweifelten, die sie ihnen auf dem Tisch im Salon hinterlassen hatte. Darin schrieb sie, sie wolle noch einmal zum Schneider, weil eine Naht an ihrem Kleid aufgegangen sei, und sie komme in wenigen Stunden zurück nach Hause. Ihre Mutter würde sich wahrscheinlich wundern, weshalb sie nicht Herrn Wollgast gefragt hatte, ob er sie fahre, doch sie hatte den Kutscher auf keinen Fall einweihen können. Es musste als Ausrede reichen, das Wetter sei heute so schön, dass es der Kutsche nicht bedurfte.

Die *Abteilung für Irre und Wahnwitzige*, wie sie noch immer offiziell hieß, auch wenn alle nur noch von der *Nervenklinik* sprachen, war in einem Flügel des hundert Jahre alten Charitégebäudes untergebracht worden, nachdem die alte Irrenanstalt in der Krausenstraße im vergangenen Jahrhundert niedergebrannt war. Der Standort hatte nur vorläufig sein sollen. Jeder einzelne Leiter der Charité hatte sich bisher erfolglos bemüht, die Irren in ein gesondert gelegenes Gebäude außerhalb des eigentlichen Klinikgeländes zu verbannen, damit sie nicht den Alltagsablauf der *normalen* Kranken störten. Doch alle Anträge waren an Preußens Geldmangel gescheitert. So behandelten die Psychiater ihre Patienten nach wie vor in einem notdürftig abgetrennten Flügel der Klinik.

Auch wenn diese noch den alten Namen trug, so versuchten hier doch inzwischen namhafte Psychiater, die Seelen der Erkrankten mit modernen Mitteln zu heilen. Längst vorbei waren die Zeiten, in denen man den Wahnsinnigen ein Haarseil oder eine Fontanell unter die Kopfhaut einführte, damit der Irrsinn daraus abfließen konnte. Heute behandelte man die Patienten mit Medikamenten, deren Wirkung gerade erst entdeckt worden war, und bemühte sich, ihren Nervenleiden mit neurologischen Tests und Gesprächen auf den Grund zu gehen.

Auguste war nicht so dumm zu glauben, man werde sie einfach in die Nervenklinik hineinlassen, damit sie sich an Lottes Bett setzen und ihre Hand halten konnte. Das Korrespondenzverbot wurde strikt eingehalten. Zwei Briefe, die sie an Lotte geschickt hatte, waren ungeöffnet zurückgesendet worden. Die Ärzte und Lottes Eltern sorgten mit allen Kräften dafür, dass niemand den Heilungsprozess der jungen Frau störte.

Was tat sie dann hier?, fragte sich Auguste und fand keine richtige Antwort darauf. Es zog sie mit aller Macht an diesen Ort, an dem sie ihre Freundin hinter den hohen Fenstern wusste.

Sie lief den schmiedeeisernen Zaun entlang, bis sie zum Haupteingang gelangte. Hier herrschte ein reges Treiben. Pflegerinnen mit weißen Häubchen und Aufseherinnen in dunkler Kleidung gingen geschäftig ein und aus, Patienten wurden auf Tragen gebracht und eilig hineingeschafft oder humpelten an Krücken aus der Tür, um auf dem kleinen Rasenstück frische Luft zu schnappen. Niemand beachtete Auguste in ihrem schlichten grauen Kleid und mit dem wollenen Tuch über den Schultern. Kleidung, die sie bewusst gewählt hatte, um kein Aufsehen zu erregen. Ein einfaches junges Mädchen, das eine Verwandte im Krankenhaus besuchte, mehr nicht.

Ihr Blick glitt die Fassade aus rötlichem Stein empor. Die Fenster im Parterre waren vergittert. In den oberen Stockwerken hatte man die meisten mit Gardinen verhängt, als sei zu viel Licht für die Patienten schädlich. Auguste kroch ein leiser Schauder über den Rücken. Sie musste an Georg denken, dessen Krankheit so schnell gekommen war, dass sie nicht einmal Zeit gehabt hatten, ihn in ein Krankenhaus zu bringen. War das nicht auch ein Segen gewesen? Hätte er hier sterben sollen, umgeben von Fremden, in den halbdunklen Räumen, die sie hinter den sanft flatternden Vorhängen erahnte?

Auguste seufzte und schüttelte den Kopf, als wollte sie ein Spukbild vertreiben. Die Sonne lachte lustig über Berlin, ein warmer Wind spielte mit dem gelben Band, das sie in die Haare geflochten hatte. Doch dieser Ort saugte einem alles Helle aus der Brust, fand sie. Die Charité wirkte selbst bei schönem Wetter düster und bedrohlich.

Barmherzigkeit, dachte Auguste und hatte das Gefühl, dass der Name der Klinik nicht zu dem Eindruck passte, der sich ihr aufdrängte. Sie sah in ihrer Vorstellung lange Reihen von Bettgestellen vor sich, darin die Kranken, die sich unter Schmerzen wanden oder wegen der fortgeschrittenen Schwindsucht quälend husteten. Und das Bild von Lotte stieg in ihr auf. Das schwarze Haar hing wirr über weiße Kissen, die Handgelenke waren mit Lederriemen an das Bettgestell geschnallt.

Sah es tatsächlich so aus? Oder spazierte Lotte gerade fröhlich und erholt durch den Klinikgarten und hielt ein Schwätzchen mit einer Pflegerin?

Vorsichtig sah Auguste sich um. Sie stand schon seit mehreren Minuten wie angewurzelt auf demselben Fleck und starrte die Fassade der Klinik an. Bald würde sie jemandem auffallen. Wenn sie wenigstens daran gedacht hätte, zur Tarnung einen Strauß Blumen im Garten zu pflücken und mitzunehmen, als sei sie wirklich auf dem Weg zu einer erkrankten Tante.

Kurz erwog sie hineinzugehen und nach der Nervenklinik zu fragen. Doch sofort schalt sie sich ein dummes Mädchen. Niemals ließe man sie zu Lotte vor. Sie würde der Freundin schaden, vielleicht sogar dafür sorgen, dass man diese verlegte. Nein, sie konnte nichts tun, als hier stehen zu bleiben und das Gefühl auszukosten, Lotte wenigstens nah zu sein.

Als sie gerade wieder ein wenig auf- und abgehen wollte, um wie eine unbeteiligte Passantin zu wirken, legte ihr jemand die Hand auf die Schulter. Erschrocken fuhr sie herum und blickte in zwei grüne Augen unter buschigen roten Brauen.

«Gustav?», fragte sie zweifelnd. Was um Himmels willen wollte er denn hier? Dann dämmerte es ihr. «Sind Sie gekommen, um Lotte zu sehen?»

Er nickte leicht betreten. «Ich weiß, sie lassen niemanden zu ihr. Aber mein Weg zur Vorlesung führt hier vorbei, und so stehe ich jeden Tag wie ein Dummkopf vor der Pforte und gehe, ohne etwas ausrichten zu können.»

Auguste sah den jungen Mann überrascht an. Damit hätte sie nicht gerechnet. Seine Wangen waren gerötet, und er schwitzte unter der Mütze. Nervös knetete er mit der einen Hand die andere. Als er ihr endlich in die Augen sah, erkannte sie darin einen ähnlichen Schmerz wie bei sich selbst.

Zögernd fügte er hinzu: «Ich weiß, Fräulein, unsere erste Begegnung war nicht allzu erfreulich. Mein Freund und ich haben uns wie Flegel aufgeführt. Ich hoffe, Sie sind mir nicht böse?»

Auguste zauderte kurz und schüttelte dann den Kopf. Sie konnte Gustav nicht ausstehen, doch das lag weniger an ihrer ersten Begegnung als an ihrer zweiten, nachts bei den Haselnusssträuchern in Lottes Straße, von der er nichts wusste. Verstohlen musterte sie ihn und fragte sich, was Lotte an ihm fand. Auf sie wirkte er vierschrötig und laut. Am liebsten hätte sie sich abgewandt und wäre fortgegangen. Doch etwas in seinem Blick hielt sie fest. Er wirkte verletzlich, beinahe verloren, was in merkwürdigem Gegensatz zu seinen breiten Schultern und den großen Händen stand.

Offenbar deutete er ihr Stehenbleiben als eine Aufforderung weiterzusprechen und fragte: «Wissen Sie etwas über Charlottes Verbleib?»

Dass er Lottes Namen vollständig aussprach, brachte Auguste noch mehr gegen ihn auf. Nichts wusste er von ihrer Freundin! Gar nichts! «Sie kann es nicht leiden, wenn man sie nennt wie eine alte Königin», platzte sie heraus und funkelte Gustav an.

Der musste lachen. «Immer noch die Kratzbürste, ich verstehe», sagte er belustigt. Doch beim Blick in ihr Gesicht wurde er schnell wieder ernst. Offenbar hatte er verstanden, dass ihr nicht nach Scherzen zumute war. «Also gut – Auguste, richtig?»

Sie nickte, immer noch wütend.

«Liebes Fräulein Auguste, Beschützerin Ihrer Freundin, wenn es Ihnen lieber ist, sage ich ab jetzt Lotte.» Er holte tief Luft und fuhr fort: «Wie geht es also unserer Lotte?»

Das war nun wiederum ein wenig rührend, fand Auguste, dass er *unsere* sagte, als hätte er erkannt, dass er zumindest mit ihr teilen musste.

Sie zuckte die Schultern. «Ich weiß nicht mehr als Sie. Meine Briefe kamen unbeantwortet zurück.»

Er nickte. «Meine ebenfalls, nachdem Lotte mir ein Kärtchen schickte und mir ihren Aufenthaltsort mitteilte. Aber haben Sie denn gar nichts gehört? Haben Sie mit ihren Eltern gesprochen? Wissen Sie, ich bin leider nicht in der Position – Sie verstehen?»

Unbehaglich knetete er weiter seine Finger.

Auguste sagte: «Nein, ich habe sie nicht angetroffen. Doch unsere Schulleiterin sagte mir, Lotte habe vor einigen Wochen einen Anfall erlitten und sei daraufhin eingewiesen worden. Außerdem –», sie brach ab und wurde rot.

Gustav betrachtete sie gespannt. «Ja?», fragte er ungeduldig.

Auguste entschied, dass sie es ihm sagen konnte, schließlich war er direkt beteiligt an den Umständen von Lottes Einweisung. Es war nur so, dass ein junges Mädchen niemals von solchen Dingen sprach, schon gar nicht mit einem fremden jungen Mann mitten auf der Straße. Doch sie überwand sich. «Außerdem hatten die Eltern Bedenken wegen Lottes – Umgang. Mit Ihnen, wenn Sie wissen, was ich meine. Herrn und Frau Printz erschien es wohl sicherer, Lotte aus Ihrem Einfluss zu entfernen und in Sicherheit zu bringen.»

In Gustavs Gesicht kämpften Beschämung und Wut miteinander. Zwischen den Zähnen presste er heraus: «In Sicherheit in die Irrenanstalt? Das ist also besser, als dass Lotte und ich – das ist einfach unglaublich!»

Er begann, so wütend auf- und abzugehen, dass der Kies unter seinen Schuhen spritzte. Dann blieb er abrupt stehen und sah Auguste an. «Tatsächlich muss ich sagen, dass Lotte eine sehr außergewöhnliche junge Frau ist. Sehr – impulsiv. Sie hat sich bei den wenigen Treffen mit mir des Öfteren etwas merkwürdig verhalten. Aber verrückt? Glauben Sie, das stimmt?»

Auguste holte zu einer empörten Erwiderung aus, um Lotte zu verteidigen, schloss den Mund dann jedoch wieder. Sie dachte nach. Natürlich wusste sie, was Gustav meinte.

«Lotte hat starke Gefühle», sagte sie schließlich. «Sie ist schnell zu begeistern und ebenso schnell ist sie zu Tode betrübt, wenn jemand sie verletzt. Wenn Sie das meinen, verstehe ich es. Doch wenn tiefe Empfindungen als Grund gelten würden, jemanden in die Irrenanstalt zu sperren, wäre die halbe Menschheit verrückt. An erster Stelle ich selbst.» Wieder lief sie bei ihren Worten rot an.

Gustav betrachtete sie erstaunt. In seinem Gesicht veränderte sich etwas. Misstrauisch fragte er: «Sie und Lotte – sind Sie schon lange befreundet?»

Ausweichend antwortete Auguste: «Einigermaßen.»

Doch er ließ nicht locker. «Und wie ist Ihr Verhältnis? Würden Sie sagen, sehr eng?»

Das Katz- und Mausspiel missfiel Auguste plötzlich. Sollte er doch denken, was er wollte. «Lotte bedeutet mir mehr als jeder andere Mensch auf der Welt», sagte sie heftig und hielt seinem Blick stand. «Und egal, was noch passiert, das sollten Sie nie vergessen.»

Gustav schien ihre Worte erst einmal verarbeiten zu müssen. Stumm stand er da und starrte zu Boden. Dann sah er sich um. Sein Blick fiel auf eine kleine weiße Bank ein paar Schritte weiter. Er griff vorsichtig nach Augustes Arm, als habe er Angst, sie könnte ihn fortstoßen, und führte sie hinüber. Sie nahmen Platz, und Auguste spürte plötzlich, dass ihre Knie zitterten. Es war das erste Mal, dass sie über ihre Gefühle für Lotte gesprochen hatte.

Nach einem langen, unbehaglichen Schweigen räusperte sich Gustav und nahm den Gesprächsfaden wieder auf. «Wie es scheint, stehen wir beide am selben Platz, Auguste. Das hätte ich mir nicht träumen lassen, dass mein Rivale um Lotte eine Frau ist. Aber da sie ohnehin unserem Einfluss entzogen ist, können wir sie ja gemeinsam aus der Ferne vermissen.»

Er hatte recht, dachte Auguste. Was half es, eifersüchtig zu sein, wenn Lotte für sie beide unerreichbar war. Sehnsüchtig glitt ihr Blick hinüber zur Klinik. Doch keine hastig hingeworfene Botschaft, kein nach Veilchen duftender Seidenschal flatterten aus einem der düsteren Fenster. Es war, als wäre Lotte vom Erdboden verschluckt, während Gustav und sie vergeblich nach dem Spalt suchten, in dem sie verschwunden war.

Plötzlich musste sie es einfach wissen, auch wenn ihre Mutter ohnmächtig umfiele, wenn sie hören würde, worüber sich Auguste hier mit einem Mann unterhielt. Sie fragte und versuchte gleichzeitig, das Zittern in ihrer Stimme zu unterdrücken: «Sie und Lotte – haben Sie …?» Weiter kam sie nicht, es war einfach zu unerhört, was sie da andeutete.

Gustav sah sie an und zog überrascht die Augenbrauen hoch. Er schien zu verstehen, was sie wissen wollte. Doch auch ihm kam es nicht über die Lippen, und so hob er nur langsam die Schultern und ließ sie wieder fallen. Ein Seufzer zwängte sich über seine Lippen.

Obwohl Auguste es schon geahnt hatte, traf es sie wie

ein Stoß in den Magen. Die Hitze kroch über ihren Nacken hinauf in den Haaransatz. Tränen stiegen in ihren Augen auf. Wieder wurde ihr bewusst, dass sie Lotte zweimal verloren hatte. Einmal an diesen Tunichtgut neben ihr und das zweite Mal an einen namenlosen Arzt, der wahrscheinlich dort drinnen, kaum hundert Meter und doch tausend Lichtjahre entfernt, mit Lotte wissenschaftliche Experimente durchführte, deren Ausgang völlig in der Schwebe hing.

Auf einmal wollte sie um nichts in der Welt weiter hier sitzen, mit Gustav, dessen Haut der Geruch von Lotte anzuhaften schien. Das große Gebäude wirkte auf einmal so, als rückte es näher. Es drohte sie zu zermalmen und unter sich zu begraben. Ihr ging die Luft aus. Rasch stand sie auf, murmelte eine Entschuldigung und floh.

19.

Nervenklinik der Charité zu Berlin
Fünfte Aufzeichnung (Juni 1893)

Es wäre besser, diese Zeilen nicht niederzuschreiben. Aber ein inneres Bedürfnis drängt mich, die Geschehnisse zu dokumentieren. Einerseits ist es die Macht der Gewohnheit. Waren meine Aufzeichnungen mir nicht immer ein Halt und eine Möglichkeit, Ordnung in meine Gedanken zu bringen? Der Analytiker in mir kann nicht anders, als schwarz auf weiß niederzuschreiben, was Worte eigentlich nicht zu fassen vermögen.

Der Arzt in mir hat das brennende Verlangen, jedes noch so kleine Symptom einzufangen, zu kartografieren und auf der Landkarte der Leiden einzuzeichnen. So hofft er, der Krankheit auf die Spur zu kommen. Aber der Mann? Er fühlt, dass jeder Moment mit Marie flüchtig ist wie Rauch, der von einem Feuer aufsteigt und sich wirbelnd am dunklen Nachthimmel verliert. Jedes Flüstern möchte er schreibend festhalten, jeden Hauch. Alle zarten Berührungen und Empfindungen aufs Papier bannen, um sie später erneut betrachten zu können und sie auf diese

Weise ein zweites Mal zu erfahren – wie ein Echo des ersten Erlebnisses.

Nie zuvor habe ich diesen Schauder gefühlt, wenn ich mich einem Weibsbild gegenüber sah. Zugegeben, meine Erfahrungen auf diesem Gebiet sind eingeschränkter, als ich es gerne offenbare. Doch die ein oder andere Begegnung gab es in den vergangenen Jahren, wenn auch wenige, da ich erstens zu viel arbeite und zweitens über ein durchschnittliches Äußeres verfüge. Nichts waren diese Momente gegen die Stunden, die ich mit Marie verbringe. Ich erlebe eine regelrechte *Amour fou*, wie die Franzosen zu sagen pflegen. Sie reißt alle Schranken ein und fegt wie ein Feuersturm über mich hinweg.

Es ist geschehen. Ich habe mich ihr offenbart und die denkbar gewogenste Antwort erhalten. Als ich die Worte aussprach, zitterte ich (ich schäme mich nicht, dies zuzugeben). Ich wagte nicht, sie anzusehen, in ihre tiefen Augen zu blicken, aus Angst, dort hineinzustürzen und zu ertrinken. Doch noch bevor ich endete, hatte sie ihre Arme um mich geschlungen, und wir küssten uns.

Ich verschließe immer die Tür, wenn ich mich meinen Patientinnen widme, um nicht während der Gespräche mit ihnen gestört zu werden. Wie dankbar war ich nun dieser Gewohnheit! Wir sanken auf die Liege in meinem Ordinariat, hielten uns eng umschlungen, und alle meine Gedanken rasten wie in einem Tunnel dahin, auf das eine Ziel zu, auf Marie.

Wie eigenartig es ist, dass sich in die Freude der Liebenden immer ein leiser Schmerz mischt, wie ein saurer Spritzer Zitrone im gezuckerten Tee. Kommt dies daher, dass wir uns in dem Moment, in dem wir die Geliebte halten, schon fürchten vor der Sekunde, da sie sich abwenden wird? So jedenfalls empfinde ich es. In ihren Augen sehe ich immer – selbst im Kuss – diesen Abgrund, dessen Boden ich nicht kenne.

Welche Ironie! Ein Seelenarzt, dem die Seele einer Frau entwischt wie ein Irrlicht.

Nun, da alle Dämme gebrochen sind und ich den hippokratischen Eid aufs Gröbste verletzt habe, will ich nicht länger von meiner Geliebten als Marie schreiben. Ihr wirklicher Name, der mir süß und streng zugleich im Ohr klingt und in der Brust widerhallt, ist Charlotte. Wie die Lotte in den *Leiden des jungen Werthers* ist sie gerade die Richtige, um einen Mann in ihren Bann zu ziehen. Die schöne Gestalt, der hohe Wuchs, die klugen Augen und ihre sanfte Linie vom Scheitel bis zum Halswirbel, wenn sie den Kopf hebt – all das lässt mich sie immer wieder ansehen. Wie das helle Kleid, in einem solch reizvollen Kontrast zu den dunklen Haaren, auf ihren Schlüsselbeinen ruht! Wie sie raschelnd den Rock dreht, wenn sie sich zu mir umwendet!

Und doch ist da mehr als Schönheit. Wenn ich mit ihr zusammen bin, fühle ich ein wärmendes Feuer, das in ihr brennt und dessen Flammenschein auch mein trübes Leben erhellt. Ich bin dem Mädchen verfallen und leide nicht einmal unter dem Verlust des interessanten Falls, den ich

nun vorerst nicht an die Öffentlichkeit bringen werde. Die Behandlung setze ich jedoch fort, denn Heilung ist es, was ich mir für Charlotte mehr als alles andere wünsche.

20.

Juni 1893

Ludwigs Hand zitterte, als er Auguste Tee in ihre hauchdünne Tasse eingoss. Er verschüttete ein paar Tropfen, die sich in bräunlichen Kreisen auf dem weißen Tischtuch ausbreiteten. Frau von Berg griff nach einer Serviette und tupfte ein wenig daran herum – ein hoffnungsloses Unterfangen, dachte Auguste und verkniff sich ein Lachen. Dann stach sie mit der kleinen Gabel in das Törtchen auf dem Kuchenteller und schob sich ein Stückchen in den Mund. Der Teig klebte trocken am Gaumen, und sie war Ludwig dankbar für die volle Tasse, um den Kuchen hinunterspülen zu können.

Mit einer damenhaften Geste legte sie die Gabel ab und lächelte Frau von Berg an. «Ich kann nicht so viel essen, leider. Sie wissen schon, meine Linie.»

Frau von Berg nickte so eifrig mit dem Kopf, als hätte Auguste etwas Tiefschürfendes zum Besten gegeben.

Die alte Dame tat ihr leid. Die Hoffnung, dass ihr Sohn endlich standesgemäß unter die Haube käme, stand ihr auf die Stirn geschrieben, ebenso wie die Angst, dass Auguste sich in Luft auflösen könnte, bevor sie Ludwig ehelichte.

Der rutschte nervös auf seinem Stuhl hin und her, lächelte seine Mutter und seine zukünftige Verlobte zwar pflichtschuldig im Wechsel an, schien aber mit den Gedanken weit weg zu sein.

«Wie schade, dass Ihre liebe Frau Mama heute nicht mitgekommen ist», sagte Frau von Berg freundlich.

Auguste nickte. «Sie lässt sich vielmals entschuldigen, aber sie musste noch einmal zum Friedhof. Etwas mit dem Stein ...» Sie unterbrach sich, noch immer fiel es ihr schwer, über Georg und seinen Tod zu sprechen.

Eine unbehagliche Stille folgte, dann fragte Frau von Berg schnell: «Liebes, Ludwig erzählte mir, dass Sie gerne zeichnen? Welch schöne Beschäftigung auch als Ehefrau! Sie sollten einmal aquarellieren, ich bewundere so sehr die Gartenbilder der französischen Maler.»

Auguste nickte höflich und erleichtert über den Themenwechsel. «Ja, es macht mir Freude, die Dinge so darzustellen, wie ich sie sehe. Sie werden dadurch oft schöner, als sie es in Wirklichkeit sind.»

In Frau von Bergs Gesicht war zu lesen, dass sie mit dieser Aussage nichts anzufangen wusste. Dennoch wiegte sie zustimmend den Kopf. «Wie recht Sie haben, liebes Fräulein Baumgarten. Mein Ludwig hat leider keinen Sinn für das Schöne. Er ist durch und durch ein Mann des Verstandes, habe ich recht, mein Sohn?»

Ludwig fuhr sich mit der Hand durch das weiche Haar, das an den Seiten ein wenig zu lang war, und grinste verschämt. «Mutter, du stellst mich dar, als wäre ich ein Klotz!»

«Nicht doch, ganz und gar nicht», beeilte sich seine Mutter zu erklären. «Du hast durchaus Gefühl, nur nicht in der Kunst. Nicht einmal als Kind konntest du zeichnen. Aber ein Klotz? Nein, im Gegenteil, ein empfindsamer junger Mann bist du.»

Sie wandte sich an Auguste: «Früher hielten ihn alle für ein kleines Mädchen, meinen Ludwig, mit seinen seidigen Locken und sanften Augen –», sie unterbrach sich, und ihr Gesicht verfärbte sich leicht, als bemerke sie, dass diese Geschichte unpassend war. Hastig schob sie sich eine Gabel voll Gebäck in den Mund, als wolle sie sich selbst zum Schweigen bringen.

Auguste sah verstohlen über den Tisch hinweg zu Ludwig. Er hatte sie unbedingt seiner Mutter vorstellen wollen, damit sich die beiden Frauen kennenlernten. Sie hatten seit ihrem Spaziergang vor Monaten keine Gelegenheit mehr gehabt, allein zu sein, dabei hätte Auguste ihn zu gern gefragt, weshalb er Käthe und Heinrich gegenüber so schnell klein beigegeben hatte. Doch es hatte sich nicht ergeben. Und vielleicht, dachte sie, war Ludwig ihr auch ausgewichen und hatte geschickt dafür gesorgt, dass sie immer von ihren Familien umgeben waren, wenn sie sich zu offiziellen Anlässen begegneten, als fürchte er ihre Fragen.

Hatte Auguste nach dem Tod ihres Bruders gedacht, dass ihre Heirat mit Ludwig in den Hintergrund rücken würde, so war sie enttäuscht worden. Die Eltern hatten, nachdem sie aus der ersten Phase der Trauer aufgetaucht waren, mehr denn je darauf gedrängt, dass der bevorstehenden Verlobung auch eine baldige Hochzeit folgen müsse.

«Ich habe keine ruhige Minute mehr, ehe ich dich nicht in guten Händen weiß», hatte Käthe Baumgarten zu Auguste gesagt. «Jetzt, wo dein Bruder nicht mehr ist, möchte ich für meine einzige Tochter nur das Beste. Und das ist eine standesgemäße Partie und die Sicherheit der Ehe. Meine Enkelkinder werden mich trösten.»

So war ein Tag im September für die offizielle Verlobung festgesetzt worden, um eine angemessene Trauerzeit für Georg einzuhalten, aber nicht mehr zu lange zu warten, das Aufgebot zu verkünden. Bald endete für Auguste der Schulbesuch. Im Spätsommer würde sie auf Wunsch ihrer Eltern nicht in die Krahmersche zurückkehren, obwohl das Schuljahr noch bis zum Winter ging. Doch der Gedanke war nicht länger so erschreckend, da Lotte nicht mehr auf sie wartete. Zu den anderen Mädchen hatte Auguste in dem knappen Jahr nur wenig Kontakt geknüpft. Das Band, das Lotte und sie verbunden hatte, war zu eng und ausschließlich gewesen, als dass sie sonst jemanden gebraucht hätte.

Vor einigen Tagen hatte plötzlich Ottilie vor dem Schultor gestanden. Sie war nicht hereingekommen, sondern wartete auf dem Gehweg und sah zur Schule hinüber. Als Auguste aus dem Tor gelaufen kam, prallte sie fast mit dem Mädchen zusammen. Sie blieb überrascht stehen. «Ottilie, was machst du denn hier?»

Die junge Frau wirkte, als wisse sie nicht recht, wie sie diese Frage beantworten sollte. Verlegen trat sie von einem Bein aufs andere und sagte dann: «Ich wollte noch einmal die olle Krahmerei sehen. Morgen fahre ich mit der Eisenbahn nach Rostock. Ich werde heiraten.» Das Wort ging ihr sichtlich schwer von den Lippen.

«Wirklich? Wen?», fragte Auguste neugierig.

Ottilie zuckte mit den Schultern. «Ich kenne ihn nicht. Er ist Werftarbeiter und Witwer. Seine Frau ist gestorben, und er ist mit drei kleinen Kindern allein geblieben. Ich soll mich um sie und den Haushalt kümmern. Es gibt kein Mädchen dort, dafür ist kein Geld da.»

Sie verstummte und sah zu Boden. Leise fügte sie hinzu: «Meine Mutter sagt, ich hätte Glück, dass mich noch jemand nimmt. Nach allem, was ich getan habe.»

Auguste versuchte, sich vorzustellen, wie die zarte Ottilie drei Rotznasen abwischte und in der Küche am Herd stand. Es gelang ihr nicht. Ihr Leben lang war Ottilie sicherlich morgens aufgewacht, weil Olga die Vorhänge zurückgezogen und ihr eine heiße Schokolade ans Bett gestellt hatte. Ebenso, wie es Minna für Auguste tat. Nun würde sich für Ottilie alles ändern.

«Und dein Kind?», fragte sie, ängstlich, dass Ottilie ausweichen würde wie in ihrem Brief damals. Offiziell wusste Auguste nichts von ihrer Schwangerschaft. Doch Ottilie schien es gar nicht aufzufallen. Es war, als hätten die Erlebnisse der letzten Wochen jeden Rest Widerstand gegen die harte Wirklichkeit fortgewaschen.

«Das Kind?», fragte sie tonlos, und Auguste bemerkte, dass sie nicht *mein Kind* sagte. «Es kam viel zu früh zur Welt. Vor acht Wochen. Es hat nur wenige Minuten gelebt. Sie haben es mir weggenommen und in einem namenlosen Grab verscharrt. Vielleicht ist es besser so. Nun muss es nicht für meine Dummheit bezahlen.»

Sie schluckte und setzte dann leise hinzu: «Es war ein kleines Mädchen. Sie hatte helles Haar. Ich durfte sie nicht halten.»

Auguste suchte verzweifelt nach etwas Tröstlichem, das sie Ottilie antworten konnte. Doch da war nichts. Zaghaft griff sie nach dem Arm der ehemaligen Mitschülerin und drückte ihn. Durch den teuren Stoff hindurch spürte sie, wie mager sie geworden war.

Ottilie nickte ihr zu und entzog ihr dann den Arm. Sie straffte die Schultern, ihr Blick wurde wieder fester. «Dann ist das also der Abschied. Ich bringe es nicht fertig, hineinzugehen und allen Lebewohl zu sagen. Richtest du Rosa einen Gruß aus? Und auch Lotte, ich mochte sie immer sehr.»

Auguste überlegte, Ottilie ihr Herz über Lottes Verschwinden auszuschütten, besann sich dann jedoch. Das Mädchen wirkte, als könnte ein Windhauch sie umblasen. Sie hatte genug mitgemacht und brauchte nicht noch mehr Hiobsbotschaften. Morgen würde ihr neues Leben als Arbeiterfrau anbrechen, in einer fremden Stadt, an der Seite eines älteren Mannes. Sie würde aus dem Gedächtnis der Lichterfelder Gesellschaft getilgt werden. Auf einmal schien Auguste ihre eigene Zukunft mit Ludwig nicht gar so düster.

«Ich wünsche dir alles Gute», hatte sie zu Ottilie gesagt und gehört, wie hohl die Worte klangen. Doch es gab nichts mehr zu sagen. Ottilie hatte genickt, ein Lächeln aufgesetzt, das schief in ihrem schönen Gesicht hing, und war davongelaufen.

«Verzeihen Sie, wie bitte?», fragte Auguste Frau von Berg, als ihr bewusst wurde, dass sie die letzten Sätze der Konversation verpasst hatte, während sie ihren Gedanken nachhing. Ludwigs Mutter sah sie nachsichtig an und wiederholte dann freundlich: «Was werden Sie zum großen Tag tragen, Liebes? Das Brautkleid Ihrer Mutter?»

«Leider nein», antwortete Auguste höflich, obwohl nichts sie weniger interessierte. «Meine Mutter ist viel größer als ich, und ich würde darin versinken. Unser Schneider hat bereits Maß genommen und wird mir ein neues Brautkleid nähen.»

Frau von Berg klatschte begeistert in die Hände. «Sie werden gewiss entzückend aussehen! Nicht wahr, Ludwig?»

Wieder schreckte Ludwig aus seinem Tagtraum auf, und Auguste fing an, sich über ihn zu ärgern. Weshalb lud er sie hierher ein, bekniete sie regelrecht, seine Mutter kennenzulernen, wenn er so wenig Interesse an ihrem Besuch hatte? Mit leicht gerunzelter Stirn sah sie ihn an. Jetzt erst bemerkte sie, dass er über der Schläfe einen blauen Fleck hatte, als sei er gegen einen Türrahmen gelaufen. Oder als habe er sich geprügelt, dachte sie belustigt. Wie auch immer, sie hatte genug von seiner Schweigsamkeit und diesem langweiligen Anstandsbesuch. Sie wollte nach Hause in ihr ruhiges Zimmer, wollte an ihrer neuesten Zeichnung weiterarbeiten, ein Vanitas-Stillleben, für das sie in der Schule schon Lobesworte bekommen hatte. Doch es war noch nicht perfekt, es fehlte noch hier eine Schraffur, dort ein Schatten. Daneben lag ein unbeendeter Brief an Lotte. Sie schrieb der Freundin täglich, schickte die Bögen jedoch nicht mehr ab, sondern verwahrte sie in einem Geheimfach im Sekretär. Auf diese Weise fühlte sie sich Lotte wenigstens etwas näher. Wenn sie sich wiedersähen, würde sie ihr das verschnürte Bündel geben.

Auguste räusperte sich und sagte: «Es ist spät geworden. Meine Eltern erwarten mich bald zum Abendessen. Es war ein sehr gemütlicher Nachmittag, Frau von Berg, haben Sie vielen Dank.»

«Und es werden noch viele folgen, liebes Fräulein», rief Frau von Berg fröhlich aus, und Auguste ertappte sich bei dem Wunsch, dass dies Gott verhüten möge. Sofort dachte sie an Ottilie, die sich glücklich schätzen würde, wenn sie Kaffee und Kuchen in einem eleganten Salon kredenzt bekäme, und schämte sich für ihren Hochmut.

«Ich bringe Fräulein Baumgarten hinaus», sagte Ludwig, der sich offenbar auf ein Mindestmaß an Höflichkeit besann. Auguste reichte ihrer zukünftigen Schwiegermutter die Hand und ließ sich von ihm in den Flur führen.

Endlich allein, funkelte sie ihn an. «Was ist denn los mit Ihnen? Sie haben keine zwei Sätze mit mir geredet, seit ich hier bin.»

Er sah beschämt auf seine Schuhspitzen. «Sie haben recht, bitte verzeihen Sie mir meine Unhöflichkeit. Es ist nur – mir geht zurzeit viel im Kopf herum.»

«Hat das etwas mit Ihrem Veilchen zu tun?», fragte Auguste, plötzlich mutig geworden, und deutete auf seine Stirn.

Auf einmal wünschte sie sich, dass sie wenigstens mit ihrem Verlobten offen sprechen könnte. All die Lügen, dachte sie. Ihr ganzes Leben bestand aus Trugbildern. Weder ihre Trauer über Georgs Tod noch ihre Gefühle für Lotte konnte sie einer Menschenseele anvertrauen.

Ludwig sah sie bestürzt an und fasste sich an die Schläfe. «Sieht man es so deutlich?», fragte er.

Sie lachte. «Es sieht aus, als seien Sie mit einer Straßenlaterne zusammengestoßen.»

Ludwig sah sich nach der geschlossenen Salontür um, hinter der es ganz still war, als lausche Frau von Berg atemlos von drinnen. Er ergriff Augustes Hand und zog sie nach draußen auf die Veranda. Davor raschelten die Zweige der Kirschbäume. Er führte sie zu einer Gartenbank und setzte sich neben sie. Dabei hielt er weiter ihre Hand. Sie musste gestehen, dass sich das nicht so unangenehm anfühlte, wie sie gedacht hätte.

Er sah ihr eindringlich in die Augen. «Auguste, bitte seien Sie mir nicht böse. Ich weiß, wir haben eine Vereinbarung. Aber ich kann sie einfach nicht einhalten. Ich darf Sie nicht heiraten. Es wäre falsch.»

Erschrocken starrte sie ihn an und zog ihre Hand fort. Der flüchtige Moment der Vertrautheit verflog. «Wie meinen Sie das? Die Hochzeit ist in wenigen Monaten.»

«Ich weiß. Es tut mir schrecklich leid. Ich werde mit Ihren Eltern sprechen und alle Schuld auf mich nehmen. Denn ich ganz allein bin ja schuld! Sie sind eine wunderbare junge Frau, gebildet, schön und ein guter Kamerad, aber eben –»

«Eine Frau», beendete Auguste den Satz und verstand in diesem Moment alles.

Er nickte ängstlich. «Sie wissen es also?»

«Ich habe es zumindest geahnt. Aber Ludwig», sie schüttelte den Kopf, «was wollen Sie denn tun? Das ist strafbar. Es ist gefährlich!»

Er lachte ohne Freude. «Meinen Sie, das weiß ich nicht? Das hier», er deutete auf seine Verletzung, «war kein Laternenmast. Es war ein Polizist. Ein Lockvogel, der im Tiergarten auf Fischzug gegangen ist.»

«Im Tiergarten?», fragte Auguste. Die Erinnerung an

ein Gespräch mit Lotte dämmerte auf. «Dort treffen Sie sich, Sie und Ihresgleichen, richtig?»

Ludwig nickte unbehaglich.

Auguste wunderte sich, welche verwegenen Gespräche sie in letzter Zeit führte. Erst sprach sie mit Gustav, wenn auch nur halbherzig, über Lotte, und nun mit Ludwig über dessen Neigungen. Wo war die schüchterne Auguste geblieben, die vor weniger als einem Jahr nach Lichterfelde gezogen war und nichts wusste von all diesen Dingen? Sie schien ihr heute wie eine fremde Puppe, hübsch drapiert und in Pose gesetzt, jedoch hohl. Was hatte Lotte nur an diesem braven Mädchen finden können? Wenn sie sie doch heute sehen könnte! Aber waren ihre Worte auch mutiger als früher, tief drinnen spürte sie immer noch allzu oft Furcht, die Furcht vor einem Fehltritt. Sie gab sich einen Ruck.

«Was ist passiert?», fragte sie.

«Das ist kein Gesprächsthema für eine junge Dame», wich er aus, doch so leicht ließ sie ihn nicht entkommen. Nicht, nachdem sie nun so viel Mut gefasst hatte.

«Sie sind gerade dabei, unsere Verlobung zu lösen», sagte sie, «da werde ich doch wohl erfahren dürfen, weshalb?»

«Also gut», antwortete er. «Es gibt da einen jungen Mann. Etwa in Ihrem Alter, ein Gymnasiast. Wir haben uns bei einem Vortrag kennengelernt. Sein Name ist Thomas. Er – nun ja – teilt meine Lebensweise. Ich mache mir Sorgen, er ist noch so schrecklich jung. Aber ich komme nicht von ihm los. Wir haben uns in den letzten Wochen oft getroffen, meistens in der Öffentlichkeit zu langen Gesprächen, was ja erlaubt ist. Doch manchmal auch heimlich.»

Furchtsam sah er Auguste an und forschte wohl in ihrem Gesicht nach Ablehnung. Doch sie erwiderte seinen Blick und versuchte, sich ihre Unsicherheit nicht anmerken zu lassen. Wenigstens war er ehrlich zu ihr.

Ludwig fuhr fort: «Der Paragraf 175 stellt die Päderastie unter Strafe. Um uns auf die Schliche zu kommen, schickt die Polizei Lockvögel aus, die sich als unseresgleichen ausgeben und uns dann im geeigneten Moment festnehmen. Ich bin an einen solchen Spitzel geraten, und er hielt mich fest. Ich konnte mich losreißen und entkommen, doch im Handgemenge bekam ich einen Schlag gegen die Stirn. Ich hatte großes Glück, denn wer erwischt wird, kommt in die Kartei des preußischen Erkennungsdienstes und wird observiert, in manchen Fällen sogar inhaftiert.»

«Aber wenn Sie so knapp entkommen sind, sollten Sie dann nicht von Ihren – Gewohnheiten ablassen?»

Ludwig schüttelte den Kopf. «Ich kann nicht mehr lügen. Ich werde mich nicht von Thomas abwenden oder länger mein wahres Ich verleugnen. Natürlich muss ich diskret sein. Doch eine Ehe einzugehen mit einer Frau wie Ihnen, die Besseres verdient hat, wäre nicht recht. Ich hoffe, Sie können mir verzeihen. Mich vielleicht sogar verstehen?»

Auguste schlug die Augen nieder. Wusste Ludwig von ihren Gefühlen für Lotte? Spürte er, dass auch sie sich für eine Ehe mit ihm nicht sonderlich erwärmen konnte? Kurz war sie versucht, ihm alles zu erzählen. Doch dann schluckte sie in letzter Sekunde die Worte hinunter. Sie hatte nicht einmal einen Namen für das, was sie für Lotte empfand. Und ob es das zwischen Frauen überhaupt gab oder es nicht einfach Freundschaft genannt wurde, wusste sie auch nicht. In jedem Fall war es ihr zu privat, um es mit ihm zu teilen. Also schwieg sie und hoffte, der Moment möge verstreichen, und er würde die Stille als gnädiges Verzeihen interpretieren.

Doch Ludwig spürte offenbar, dass sie etwas hatte sagen wollen. Er rutschte näher zu ihr und hob ihr Gesicht zu sich empor. Leise fragte er: «Sie erzählten einmal von Ihrer Freundin Lotte Printz. Die junge Frau, die von einem Medizinstudium träumte. Wie geht es ihr?»

Da konnte Auguste nicht länger an sich halten. Haltlos begann sie zu schluchzen. Ganz erschrocken griff Ludwig sie bei den Schultern und hielt sie fest. Sie legte ihren Kopf an seinen Hals und weinte, wobei sie sich die Hände auf den Mund presste, um Frau von Berg drinnen nicht aufzuschrecken. Erst nach Minuten konnte sie sich beruhigen. Sie wischte sich mit ihrem Ärmel das Gesicht ab und spürte die Nässe durch den Stoff auf der Haut. Dann holte sie tief Luft.

Ludwig hatte geduldig gewartet, bis sie wieder sprechen konnte. Sie sagte mit krächzender Stimme: «Lotte ist fort. Ihre Eltern haben sie für verrückt erklärt und in die Nervenklinik der Charité gesperrt. Sie lassen mich nicht zu ihr. Und auch kein Brief erreicht sie, man fängt die Post wohl ab.»

«Was soll das heißen, für verrückt erklärt?», fragte Ludwig erstaunt. «Ist sie es nun oder nicht?»

Auguste zuckte mit den Schultern. Diese Frage quälte sie Nacht für Nacht, wenn sie im Bett lag und sich Lottes Verhalten der letzten Zeit ins Gedächtnis rief. «Ich weiß es nicht», sagte sie. «Sie war immer sehr aufbrausend und konnte ihre Gefühle schlecht kontrollieren. Und sie litt seit ihrer Kindheit an selten auftretenden krampfartigen Anfällen, die sich die Ärzte nicht erklären konnten. Aber verrückt? Nein, nicht Lotte. Sie ist klug, wissen Sie? Klug und gut. Was soll ich nur tun?»

Ludwig hatte einen nachdenklichen Ausdruck im Gesicht. «Ich habe von solchen Fällen gehört. Alles begann in Frankreich, wo die Psychiatrie in den letzten Jahrzehnten einen Aufschwung erlebte. Jedes abweichende Verhalten, das die Rahmen der allgemeinen Norm sprengte, war verdächtig. Man sperrte gesunde Frauen in die Pariser Salpêtrière ein und dichtete ihnen eine Krankheit an, die Hysterie genannt wird. Die Behandlungsmethoden waren barbarisch. Man entfernte ihnen die Fortpflanzungsorgane, angeblich, weil darin ihre Krankheit saß.»

Dann sah er wohl ihren entsetzten Blick, denn er unterbrach sich und fing an zu stottern. «Verzeihen Sie, das war unbedacht von mir. Hier in Berlin geht man nicht mehr so vor! Die Neurologen in der Charité entwickeln immer modernere Mittel und quälen niemanden mehr.»

Ein wenig erleichtert, doch nicht völlig beruhigt, nickte Auguste. Dann fragte sie: «Aber weshalb sollte man gesunde Frauen überhaupt behandeln? Das ist doch nicht nötig!»

Ludwig wiegte den Kopf hin und her. «Ich vermute, dass schon die ein oder andere Frau in der Nervenklinik Hilfe braucht. Nur vielleicht nicht alle. Manchmal, so hörte ich, reicht es auch aus, wenn die Frau sich einen Fehltritt leistet oder ihr Verhalten nicht ganz – wie soll ich sagen – geschlechtsspezifisch ist. Vielleicht haben die Eltern Ihrer Freundin Wind von ihren Plänen bekommen, ein Studium zu beginnen? Das wäre für viele Eltern schockierend. Dann wissen sich die Familien oft nicht anders zu helfen, als die jungen Mädchen einweisen zu lassen, damit sie wieder auf den rechten Pfad kommen.»

Auguste sprang auf. «Das kann doch nicht wahr sein! Wie kommen die Eltern von Lotte dazu, sie einfach aus dem Weg schaffen zu wollen?»

Ludwig hob beschwichtigend die Hände. «Ob dies auf Ihre Freundin zutrifft, kann ich nicht sagen. Ziehen Sie keine voreiligen Schlüsse. Vor allen Dingen müssen Sie ruhig bleiben und versuchen herauszufinden, weshalb Lotte in der Klinik ist.»

Auguste holte tief Luft, atmete wieder aus und nickte. Sie sah sich um. Das Licht war schon schwach, der Abend dämmerte.

«Ich muss jetzt gehen», sagte sie zu Ludwig. «Sie wissen, wie ich über unsere Verlobung denke. Ein Aufschub oder sogar eine Aufhebung wären mir sehr recht, auch wenn Sie mir sehr sympathisch sind. Meinen Eltern wird es jedoch nicht gefallen. Sie müssen mit ihnen sprechen und ihnen glaubhaft machen, warum Sie eine Auflösung der Verlobung wünschen. Es muss ein Grund sein, der ganz allein bei Ihnen liegt, jedoch nichts zu tun hat mit den wahren Ursachen. Ich möchte meinen Eltern den Kummer ersparen, dass ihre Tochter für einen Gymnasiasten namens Thomas fallen gelassen wird.»

Ludwig sah sie an, als fürchte er, sie werde erneut weinen. Sie lächelte ihn an. «Keine Sorge. Sie sind ein sehr netter Mann. Aber eben ein –»

«Mann», beendete diesmal Ludwig ihren Satz. Beide sahen sich an und mussten trotz der Anspannung lachen. Doch schnell wurde Ludwig wieder ernst.

«Ich werde mich um alles kümmern. Und wenn Sie Hilfe mit Ihrer Freundin brauchen, schreiben Sie mir. Ich kann Ihnen vielleicht noch nützlich sein.»

Sie nickte und wandte sich zum Gehen. Als sie schon an der Gartenpforte angekommen war und das Klappern des Pferdegeschirrs hörte, weil auf der Straße der Wagen auf sie wartete, rief Ludwig ihr halblaut hinterher: «Auguste?»

Sie drehte sich noch einmal nach ihm um. In der herabschwebenden Dämmerung erkannte sie sein sanftes Gesicht nur schemenhaft. «Ja?»

«Ich danke Ihnen. Es gibt nicht viele Frauen, mit denen man so sprechen kann wie mit Ihnen. Ich hoffe sehr, dass ich mich eines Tages revanchieren kann. Egal, was es ist, das Sie brauchen – ich werde es liebend gern tun.»

Sie nickte, doch wahrscheinlich sah er das im Zwielicht nicht. Dann trat sie auf die Straße hinaus und schloss lautlos das Gartentor.

21.

Juli 1893

Mit hastigen Fingern öffnete Auguste den Umschlag mit den lang gezogenen Buchstaben darauf. Sie kannte diese Schrift so gut wie ihre eigene, hatte sie doch täglich Lotte dabei beobachtet, wie sie mit leichter Hand Seite um Seite in ihren Heften füllte. Sie selbst war eine langsame Schreiberin, bei Lotte dagegen schien der Federhalter nur so über das Papier zu fliegen.

Im Umschlag war nur eine dünne Seite, vorne und hinten eng beschrieben. Man sah den Wörtern an, dass sie in großer Eile aufs Papier geworfen worden waren, als habe sich die Schreiberin gehetzt gefühlt und immer wieder den Kopf über die Schulter gedreht, um eine mögliche Störung vorauszuahnen. Irgendwie war es Lotte gelungen, einen Brief aus der Klinik zu schmuggeln.

Augustes Augen glitten eilig über die Sätze. Der Brief war auf den 30. Juni 1893 datiert.

Liebe Auguste,

ich darf niemandem schreiben, das verlangsamt den Heilungsprozess, sagt mein Arzt. Dass ich nicht lache! Die einzige Heilung wäre die Flucht von diesem seltsamen Ort, an dem alles weiß ist und nur geflüstert wird, als wäre man in einer Art Halbwelt zwischen Wirklichkeit und Traum. Man ist hier gut zu mir, keine schmerzhaften Behandlungen und nicht allzu viele Medikamente, immerhin. Abends verabreicht mir eine Pflegerin Laudanum, doch fast immer gelingt es mir, die Tinktur nicht zu schlucken, sondern heimlich in ein Taschentuch zu spucken. Es macht blöde und schläfrig, doch ich will wach bleiben und verfolgen, was mit mir geschieht.

Da ich nicht volljährig bin, haben meine Eltern nicht einmal meine Unmündigkeit erklären müssen. Sie dürfen ganz legal auf ihre Weise dafür sorgen, dass ich ihnen nicht länger Schande bereite, indem ich selbstständig denke und meine Freundschaften ohne ihre Zustimmung wähle.

Wir hatten einen schrecklichen Streit, als sie erfahren haben, dass ich Gustav getroffen habe. Ich wurde sehr wütend und vergaß mich wohl, jedenfalls erinnere ich mich nicht mehr an alle Ereignisse dieses Abends. Du kennst mich: Wenn ich mich aufrege, gehen alle Pferde mit mir durch. Unser alter Hausarzt wurde gerufen. Er gab mir ein Beruhigungsmittel, und die Welt versank im Nebel. Dann wachte ich hier auf. Eine Kranke mit offiziell psychopathischem Verhalten.

Meine Auguste, ich weiß, dass Du böse auf mich bist. Doch da ist immer noch das Versprechen, das wir uns am Abend von Georgs Tod gaben. Es war unsere letzte Begegnung. Weißt Du es noch? Wir haben uns versprochen, dass wir zueinanderhalten, was auch geschieht. Du bist die beste, die einzige Freundin, die ich habe. Und Du weißt, dass ich nicht verrückt bin, Du kennst mich besser als jeder andere. Mein Sinn ist manchmal zerstückt, mein Kopf schmerzt von all dem Wünschen und Sehnen nach etwas Größerem. Aber irre werde ich darüber nicht!

Der behandelnde Nervenarzt ist ganz vernarrt in mich, und ich mache mir diesen Umstand zunutze, so gut ich kann. Ach, wie blind sind die Männer! Sie starren wie Maulwürfe in die Welt, buddeln und wühlen und sehen doch nicht das Wesentliche. Dr. Spitzweg glaubt, er kann sich mir gegenüber Freiheiten herausnehmen, stell Dir das vor. Nun, ich bestärke ihn in dem Glauben. Tatsächlich ist er ein reizvoller Mann, äußerlich unscheinbar, aber jung und voller Enthusiasmus. Er gleicht einem Kind, das einen Turm aus Steinchen baut und ihn einreißt, immer wieder, nur um zu sehen, was geschieht.

Er denkt, es sei Liebe. Mir kann das nur nützen, zumal er mir nicht unangenehm ist. Und ach, ich bin einsam und gelangweilt und greife nach jeder Zerstreuung.

Auch mit einer der Pflegerinnen habe ich ein kleines Bündnis aufgebaut. Sie hat mir versprochen, einen Brief hinauszuschmuggeln. Wenn Du mir schreibst, adressiere den Brief an Terese Brückner, Chausseestraße 29. Sie wird ihn mir dann bringen.

Ich bin zuversichtlich, dass ich bald hier herauskomme. Lieber früher als später! Ich fühle mich ständig unwohl, mein Appetit ist schlecht, und ich bin schwach und zittrig. Sicher liegt es daran, dass ich wenig Sonne sehe und das Essen in der Klinik alles andere als schmackhaft ist. Aber keine Sorge, Unkraut vergeht nicht! Pass auch auf Dich auf, Auguste, und schreib mir bald, sehr bald!

Deine Lotte

PS: Auch wenn es nichts hilft – bitte geh einmal zu meinen Eltern, sprich mit ihnen und appelliere an ihren Verstand und ihr Mitgefühl. Ich dringe nicht zu Mutter und Vater durch, sehe sie ohnehin selten, aber vielleicht kannst Du etwas ausrichten?

Mit gemischten Gefühlen ließ Auguste den Brief sinken. Erleichterung, Eifersucht und Sorge flossen in ihrem Gehirn zusammen wie Wasserfarben in einem Tuschkasten. Sie wollte Lotte sofort antworten.

Doch als sie die Feder in die Tinte getaucht hatte, verharrte ihre Hand über dem weißen Briefbogen. Ihr fiel auf, dass sie nichts zu berichten wusste. Was konnte Lotte in der Klinik schon an ihrem kleinen Leben interessieren?

Ihre Verlobung war geplatzt. Eines Abends hatte Ludwig bei den Eltern vorgesprochen. Auguste war nicht hinzugebeten worden, doch sie hatte atemlos oben am Treppenabsatz gestanden, Minnas missbilligende Miene ignoriert und gelauscht.

«Was soll das heißen?» Die Stimme des Vaters war aufgebracht. «Was für eine Krankheit soll das sein?»

Ludwigs Antwort hatte sie nicht verstanden, er sprach zu leise. Doch die Stimme der Mutter war deutlich bis in den ersten Stock zu hören.

«Das sollten Sie abklären», sagte sie scharf, und Auguste stellte sich Ludwigs freundliches Gesicht vor, wie er geduldig die Tiraden ihrer Mutter über sich ergehen ließ. «Solange wir nicht mehr wissen, können wir Ihnen unsere Tochter nicht anvertrauen, auch nicht im Sinne der guten alten Zeiten mit Ihrem Herrn Vater. Es wäre verantwortungslos!»

Auguste lauschte weiter. Der Vater sagte, etwas freundlicher als ihre Mutter, aber doch weiterhin merklich erschüttert: «Ich schlage Ihnen eine Kur vor, in den Bergen, Ludwig. Das ist gut für Ihre Lunge. Und danach wird man weitersehen.» Damit war die Unterredung beendet gewesen, und Ludwig war hinauskomplimentiert worden, ohne dass man ihm angeboten hatte, sich von Auguste zu verabschieden.

Ihre Eltern mieden seitdem das Thema und ließen

nur verlauten, Ludwigs Absichten hätten sich geändert. Heinrich hatte Auguste zugemurmelt, dass sie hofften, sie werde schnell darüber hinwegkommen, und niemand schien zu bemerken, dass Auguste keine Anzeichen eines gebrochenen Herzens zeigte.

Sie hatte sich das Lachen verbeißen müssen, als ihre Eltern ihr das Ende der Verlobung verkündeten. Sie war schrecklich erleichtert. Ihre Mutter hatte wahrscheinlich längst die Fühler im Bekanntenkreis ausgestreckt, um einen neuen Kandidaten für ihre Tochter ausfindig zu machen, doch Auguste kümmerte das wenig. Erst einmal hatte sie Zeit gewonnen. Sie musste nachdenken, musste herausfinden, wie es weitergehen konnte mit ihr und ihrem Leben. Noch vor wenigen Monaten hatte sie gar nicht gewusst, dass es da etwas zum Nachdenken gab, sie hatte hingenommen, dass der Weg gerade und eben vor ihr lag und nur darauf wartete, von ihr beschritten zu werden. Nun fragte sie sich plötzlich, ob wirklich alles so geschehen musste, wie man es von ihr erwartete.

Sie könnte Lotte von ihrer Begegnung mit Ottilie berichten. Doch Auguste zögerte, ihr Wissen um das tote Kind aufs Papier zu bannen. Es schien ihr indiskret und grausam. Sie traute auch dieser fremden Pflegerin nicht zu, dass sie die Finger von der Post ließ. So dachte sie kurz nach und schrieb dann nur wenige Sätze, in denen sie ihre Freude äußerte, von Lotte ein Lebenszeichen zu erhalten, berichtete, dass sie gesund sei und bald die

Schule beenden werde. Als sie die Zeilen noch einmal las, schien es ihr, als habe eine entfernte Bekannte sie verfasst. Weshalb fiel es ihr nur so schwer, etwas Echtes mit Lotte zu teilen, jetzt, da sie endlich die Möglichkeit hatte? Hastig kritzelte sie darunter: *In Liebe, Deine Auguste*. Das musste genügen.

Die Nachschrift mit der Bitte um einen Besuch bei den Printzens am Ende von Lottes Brief las sie noch einmal und spürte einen Widerwillen gegen dieses Aufeinandertreffen. Aber natürlich hatte Lotte recht, sie durften nichts unversucht lassen. Auguste hatte die Eltern der Freundin selten getroffen, nur bei ihren wenigen Besuchen in der imposanten Villa, gegen die ihr eigenes Elternhaus wie eine Puppenstube wirkte, war sie ihnen kurz begegnet. Ihr Gefühl sagte ihr, dass es zu keinem vertrauensvollen Gespräch kommen würde, doch sie musste ihr Glück versuchen. Sie nahm sich vor, gleich morgen zu ihnen zu gehen und sie mit der größtmöglichen Überzeugungskraft zu bitten, Lotte nach Hause zu holen.

22.

Die Ringstraße war eine der größeren Achsen des Viertels von Lichterfelde, in dem Auguste und Lotte wohnten. Hier standen noch repräsentativere Villen als in den angrenzenden Nebenstraßen. Vor wenigen Jahren war hier nichts gewesen als Felder und Brachland. Doch seit der Gründung der *Terrain-Gesellschaft Groß-Lichterfelde*, die sich Aktien an vielen umliegenden Grundstücken und Gebäuden sicherte, hatte das Viertel einen Aufschwung erlebt. Der dörfliche Charakter war weiterhin spürbar, jedoch waren immer mehr Straßen gepflastert, und es war kräftig gebaut worden.

Die Familie Printz wohnte in der Nummer 27. Als Auguste nach Lottes Verschwinden vor einigen Wochen versucht hatte, jemanden anzutreffen, war sie gescheitert. Sie fürchtete, dass auch diesmal niemand öffnen würde. Doch zu ihrer Überraschung öffnete auf ihr Läuten ein Hausmädchen in Spitzenschürze und Häubchen und ließ sie ein.

Auguste kannte das Mädchen nicht. Die Angestellten wechselten im Hause Printz so oft wie die Tischwäsche. «Meine Mutter ist nie zufriedenzustellen», hatte Lotte einmal verärgert zu ihr gesagt. «Je mehr sich die Bediensteten anstrengen, desto schneller scheitern sie. Es ist, als würde Mutter nur darauf warten, dass endlich einer von ihnen wieder einen Fehler begeht, damit sie einen Grund für eine Szene mit anschließendem Rausschmiss hat.»

Lottes Vater saß im Salon. Er wirkte, wie Auguste schon mehrfach aufgefallen war, unscheinbar und schmal. Der Schnitt seiner Kleidung war alltäglich, doch wenn man genauer hinsah, bemerkte man den teuren Stoff und sah, dass die Knöpfe an der dunklen Jacke aus exklusivem Hirschhorn gefertigt und die Nähte von Könnerhänden gesetzt waren. Er hatte zarte Finger, fast wie die einer Frau, sorgfältig gepflegt und manikürt. Er reichte Auguste zur Begrüßung die Hand, indem er sich erhob, nachdem das Hausmädchen ihr Erscheinen angekündigt hatte.

Während die Baumgartens außer Minna und der Köchin keine Hausangestellten hatten, beschäftigten Herr und Frau Printz mehrere Mädchen, eine Hausdame und zwei Kammerdiener. Einer davon zog, weiß behandschuht und schweigend, einen der schweren Stühle aus Mahagoni zurück, damit Auguste an der Kaffeetafel Platz nehmen konnte.

Sie setzte sich und rutschte unbehaglich auf dem

Polster hin und her. Niemals war sie allein mit Lottes Vater gewesen. Er schüchterte sie trotz seines unspektakulären Aussehens ein, denn er besaß eine Präsenz, eine Intensität, die den Raum füllte und ihr nicht viel Platz darin ließ. Ähnlich wie seine Tochter, dachte Auguste plötzlich und musste fast lächeln. Da ging die Tür auf und Frau Printz rauschte herein, in einem atemberaubenden Seidenkleid mit einer kleinen Schleppe, als hätte sich hoher Staatsbesuch angekündigt und nicht eine Schulfreundin ihrer Tochter. Sie war, wenn das überhaupt möglich war, noch schöner als Lotte, mit makelloser Haut und dichtem schwarzen Haar. Ihre Augen waren nicht grau wie Lottes, sondern von einem betörenden Blau. Doch unter dem Stolz meinte Auguste, eine Angst flackern zu sehen, die sie sich nicht erklären konnte. Wovor fürchtete sich eine solche Frau?

Auguste erhob sich und vollführte einen Knicks. Frau Printz nickte ihr zu und nahm an der Seite ihres Mannes Platz. Sie richtete ihre ungewöhnlichen Augen auf ihr Gegenüber, glänzend kühl wie die einer Porzellanpuppe.

«Auguste, Liebes. Was können wir für Sie tun?»

Auguste schnappte aufgeregt nach Luft. «Danke, dass Sie mich empfangen. Ich möchte nur wissen, wie es Lotte geht. Wie lange bleibt sie noch in der Klinik? Und wann gestatten die Ärzte endlich Besuche? Ich möchte sie so gerne sehen.» Rasch klappte sie den Mund wieder zu und sah betreten auf das Tischtuch aus Damast. Das war viel zu forsch gewesen – sie durfte ja eigentlich nicht einmal wissen, dass Lotte in der Klinik war. Sie hatte geschickt vorgehen wollen, stattdessen trug sie ihr Herz auf der Zunge wie eine dumme Göre.

Doch Frau Printz wechselte einen vielsagenden Blick mit ihrem Mann, als sei sie bereits über Augustes Ansinnen informiert – vermutlich hatte Fräulein Krahmer sie vorgewarnt. Sie setzte ein süßliches Lächeln auf. «Charlotte», sie betonte besonders die erste Silbe des Namens ihrer Tochter, «ist leider weiterhin unpässlich. Ihr Aufenthalt in der Charité muss verlängert werden. Dr. Spitzweg, ein ausgezeichneter Arzt und Experte für psychopathische Krankheiten bei jungen Frauen, hat uns versichert, dass die Behandlung noch Monate andauern wird. Und Besuche, liebes Fräulein, sind ganz und gar ausgeschlossen. Sie würden den Heilungsprozess dramatisch stören, so wurde uns versichert.»

Das Blut stieg Auguste in die Wangen. «Psychopathische Krankheiten?», stieß sie hervor. «Was soll das bedeuten? Lotte – Charlotte – ist nicht verrückt. Ich kenne sie!»

Der Ton von Frau Printz wurde scharf. «Sie kennen unsere Tochter überhaupt nicht. Nur, weil Sie ein paar Monate lang nebeneinander in der Schulbank miteinander geschwatzt haben, wissen Sie doch nichts von ihr. Sie hat eine sehr zarte Konstitution und ist noch dazu sehr verwirrt. Wir haben lange gehofft, dass die Zeit dafür sorgen würde, dass Charlotte vernünftig wird und das

Schicksal, das einer jungen Frau wie ihr vorherbestimmt ist, annimmt. Doch leider war dies nicht der Fall, und nun war es höchste Zeit, dass sie in Expertenhände gegeben wurde.»

Wenn sie nur wüssten, dachte Auguste in einem Anflug von Schadenfreude. Doch dann erschrak sie selbst wegen ihrer hämischen Gedanken. Natürlich durfte sie um keinen Preis einen davon laut äußern, wollte sie Lotte nicht noch mehr schaden. Stattdessen setzte sie ein betrübtes Gesicht auf. Sie musste ihre Taktik ändern, wenn sie nicht gleich hinauskomplimentiert werden wollte.

«Ich verstehe», antwortete sie vorsichtig. «Sie wissen es natürlich am besten. Ich frage mich nur, ob es Charlotte nicht guttun würde, ab und zu ein wenig an die frische Luft zu kommen. Auf dem Fußweg vor der Klinik stehen viele Bäume und ein paar Bänke, man kann dort sehr bequem spazieren gehen.»

Schon während sie sprach, las sie in den Gesichtern von Herrn und Frau Printz, dass es aussichtslos war. Sie brach ab und schwieg betreten.

Lottes Vater räusperte sich, wechselte einen verstohlenen Blick mit seiner Frau und fragte: «Charlotte und Sie – Sie waren sich sehr nahe, gehe ich richtig in der Annahme?»

Auguste nickte unsicher. Worauf wollte er hinaus?

Er fuhr fort, und in seiner Stimme schien plötzlich ein metallener Unterton auf wie die Klinge eines Messers: «Dann halte ich es für einen guten Rat, dass Sie sich ab sofort von unserer Tochter fernhalten. Charlotte ist leicht zu beeindrucken, und in ihrem sensiblen Zustand wäre eine – nun – Ablenkung von fatalen Folgen. Ich muss Sie bitten, unserem Wunsch strikt nachzukommen und keinen Kontakt mit Charlotte zu suchen. Haben wir uns verstanden?»

Aus alter Gewohnheit wollte Auguste höflich nicken und den Kopf senken, doch plötzlich spürte sie, wie Trotz in ihr hochstieg. «Sie kennen Ihre Tochter schlecht, wenn Sie glauben, sie ließe sich von jemandem wie mir von ihren Zielen ablenken», erwiderte sie aufgebracht. «Lotte hat ihren ganz eigenen Kopf. Und sie ist sicher nicht verrückt oder leidet an Hysterie oder was auch immer Ihnen gerade recht erscheint, um sie wegzusperren. So viele Mauern und Zäune und Laudanum gibt es auf der ganzen Welt nicht, dass Lotte aufhört, an ihre Träume zu glauben.»

Sprachlos starrte die Dame des Hauses sie an. «Was fällt Ihnen ein, Sie impertinentes Kind? Charlottes Träume, dass ich nicht lache! Hirngespinste sind das, nichts weiter. Ein Mädchen hat nicht zu träumen, es hat sich den Eltern zu fügen und eine respektable Frau zu werden. Und Sie, eine Unruhestifterin, wagen sich gefälligst keine zehn Schritte mehr an meine Tochter heran.»

Auguste zuckte zusammen. So sahen sie also Lottes Eltern? Leise, immer noch ein wenig trotzig, murmelte sie: «Wir haben nichts Unschickliches getan.»

Charlottes Vater legte beruhigend die Hand auf den Unterarm seiner Frau. «Liebes, reg dich nicht auf.» Er wandte sich an Auguste. «Fräulein Baumgarten, wir sind in einer delikaten Situation, da können die Gefühle schon einmal mit einer Mutter durchgehen. Selbstverständlich steht hier nicht Ihr tadelloses Verhalten infrage. Übrigens – kennen Sie den jungen Mann, mit dem Charlotte Umgang hatte? Den Studenten?»

Sofort war Auguste auf der Hut. Seine plötzliche Freundlichkeit schien ihr die eines Tigers, der sich langsam seiner Beute näherte. «Meinen Sie Gustav?»

Herr Printz nickte. «Ganz recht, das ist sein Name. Was wissen Sie über ihn?»

Auguste erkannte plötzlich, was hier gespielt wurde. Lottes Eltern wollten sich versichern, dass von ihr keine Gefahr drohte – und sie gleichzeitig aushorchen. Vermutlich hatten sie bis zum Schluss nicht aus Lotte herausbekommen, wer der kompromittierende Verehrer war und was wirklich zwischen Gustav und ihrer Tochter vorgefallen war. Nun, von ihr würden sie gar nichts erfahren!

Sie schob den Stuhl hastig zurück und stand auf. Von der schnellen Bewegung blieb ihr einen Moment die Luft weg, und sie schwankte, doch rasch fing sie sich wieder. Sie blitzte Herrn Printz an. «Selbst wenn ich etwas wüsste, es ginge Sie nichts an. Und jetzt entschuldigen Sie mich.»

Damit verließ sie den Salon. Ihre Knie zitterten, als

sie aus dem Raum trat und die Augen von Lottes Eltern wie Nadeln im Nacken spürte. Sie hatte diesen Leuten nichts weiter zu sagen. Sie waren zu sehr in ihrer Welt gefangen, Geisel ihrer Bemühungen, die vor allem darin bestanden, einen Skandal zu vermeiden. Wirkliches Mitgefühl für ihre Tochter war in ihren Worten nicht zu spüren. Lotte hatte nicht ihren Vorstellungen entsprochen und war ruhiggestellt worden. Der Weg zu ihr führte nicht über ihre Familie, das war Auguste nun klar.

Wenn sie nur wüsste, was sie tun sollte, dachte Auguste und zermarterte sich das Gehirn, doch ihr wollte einfach keine Lösung einfallen. Mit schnellen Schritten lief sie die Stufen hinab und aus dem Gartentor auf die Ringstraße hinaus. Ein Duft nach Levkojen empfing sie. In allen Farben blühten die Blumen in den Gärten, an denen Auguste vorbeilief. Doch für sie hätten dort auch nur Unkraut und Moos wachsen können, denn in ihrem Kopf war alles dunkel und wüst.

23.

Die elektrische Bahn ließ ihr helles Bimmeln hören, das fröhlich durch die warme Sommerluft nach den Fahrgästen rief. Werner von Siemens hatte hier in Groß-Lichterfelde die erste Straßenbahn in Betrieb genommen, die mit Elektrizität fuhr. War sie zunächst auf Schienen gefahren, die den Strom direkt in die Räder leitete, fuhr sie inzwischen mit einer Oberleitung. Dadurch waren Passanten und Pferde nicht länger gefährdet, beim Überqueren der Schienen einen Stromschlag zu bekommen.

Die Bahn bestand nur aus einem Wagen, unter dessen Dach fünfzehn Personen Platz fanden. Vorne und hinten gab es eine kleine Plattform, auf der man die Fahrt im frischen Wind genießen konnte.

Da die Villen in der Kolonie noch immer recht vereinzelt standen und die Felder und Wiesen dazwischen das Bild weitgehend beherrschten, war die *Elektrische* selten voll. Die meisten Fahrgäste, die Kadetten, die vom Bahnhof Ost in die Kaserne fuhren, stiegen schon zwei Stationen zuvor aus. Auf der letzten Haltestelle vom Karlsplatz bis zum Bahnhof West dagegen war der Wagen meist leer.

Natürlich hätte Auguste den kurzen Weg auch in wenigen Fußminuten zurücklegen können. Doch ihr gefiel es, auf der Plattform zu stehen und die Straße unter sich vorbeiziehen zu sehen. Also ergriff sie den hilfsbereiten Arm des Schaffners in schwarzer Uniform und ließ sich hinaufhelfen. Es gab ihr jedes Mal einen feinen Stich in der Herzgegend, wenn sie daran dachte, wie Georg in alles vernarrt gewesen war, das auf Schienen fuhr. Gleichzeitig fuhr sie seit seinem Tod noch lieber mit der Bahn, weil sie sich ihm dabei für einen kleinen Moment nahe fühlen konnte.

Erst wenige Monate war er tot. Und doch schien sein Bild in ihrem Kopf bereits zu verblassen. Dort würde er für alle Ewigkeit eingefroren sein in den Körper eines Knaben mit Matrosenmütze, mit seinem schiefen Lächeln und den schmalen Schultern. Würde nie wachsen, nie zum Mann werden. Auguste schluckte die Tränen hinunter. Georgs Tod war für sie auf ewig verbunden mit Lottes Verschwinden. Irgendwie schienen diese beiden Ereignisse eine seltsame Verwandtschaft zu besitzen, als sei ihre Welt an jenem Abend, an dem Georgs Husten verstummt war, vollständig aus den Fugen geraten.

War Lotte krank oder nicht? Diese Frage quälte Auguste immer wieder aufs Neue. Waren die merkwürdigen Anfälle der Freundin und ihr ungestümes Wesen

Symptome einer echten Verrücktheit, die ein Psychiater mit Hypnosen kurieren musste? Jedes Mal, wenn Auguste an diesem Punkt ihrer Überlegungen ankam, sträubte sich in ihr alles, das zu glauben. Doch ein letzter Zweifel blieb und nagte an ihren Nerven, sooft sie an Lotte dachte. Würde ihr heutiger Ausflug mehr Gewissheit bringen?

Am Bahnhof West stieg sie aus. Es war die Endstation der kleinen elektrischen Bahn. Sie lief die wenigen Stufen zum Bahnhofsgebäude hinauf und erreichte gerade noch den Zug, der aus Potsdam kam und nach Berlin fuhr. Ihrer Mutter hatte sie gesagt, sie wollte in der Kaisergalerie am Brandenburger Tor Zeichenpapier und Farben besorgen. Als Minna angeboten hatte mitzufahren, hatte Auguste behauptet, sie ginge lieber allein, das Mädchen würde sich langweilen, während sie sich ewig nicht zwischen zwei Blautönen entscheiden könnte. Und glücklicherweise hatte niemand sie aufgehalten.

Außer Atem sank sie auf einen Sitz der zweiten Klasse. Hier kostete die einfache Fahrt zehn Silbergroschen. Sie hätte auch die erste Klasse wählen können, ihr Vater zahlte ihr monatlich eine großzügige Summe in ihre Geldbörse, wovon sie sich kleinere alltägliche Ausgaben und Droschkenfahrten mühelos leisten konnte. Doch für die kurze Fahrt wäre das eine Verschwendung gewesen, fand Auguste.

Nicht umsonst wurde Lichterfelde Gartenstadt genannt. Entlang der Gleise blühten Fliederbüsche und

Veilchen. Alles war grün mit farbigen Tupfen, so weit das Auge reichte. Doch je weiter man den Vorort hinter sich ließ, desto mehr beherrschten Mauern und Schornsteine den Ausblick aus dem Zugfenster. Auguste stieg in die Nordbahn um. Schließlich hielt der Zug am Stettiner Bahnhof, und Auguste verließ den Wagen.

Sie zog das seidene Tuch um ihre Schultern enger um sich und schauderte trotz der warmen Sommerluft. Ob man ihr dort, wohin sie unterwegs war, helfen würde? Sie traute eigentlich niemandem, wenn es um Lotte ging, doch sie brauchte dringend Hilfe. Also schlug sie entschlossen den Weg zur Chausseestraße ein.

Links erhoben sich die Schornsteine und Ziegelmauern der alten Borsig Maschinenbauanstalt wie eine Burg aus ferner Vergangenheit. Seit Jahren wurden hier keine Maschinen mehr gebaut, man hatte das Stammwerk 1886 stillgelegt. Dennoch nannten die Berliner diesen Teil der Stadt immer noch *Feuerland*, weil die Eisenbahnverarbeitung früher das Stadtbild beherrscht hatte.

Auf Auguste wirkte das Gelände trostlos, wie ein Friedhof aus roten Ziegeln. Schnell eilte sie vorüber und ließ die Mauern hinter sich. In diesem Teil der Straße begannen die Wohnhäuser. Auguste hielt mit klopfendem Herzen Ausschau nach der Nummer 29. Endlich stand sie davor. Sie schellte. Eine mürrische Pensionswirtin, einen Morgenmantel notdürftig um sich gewickelt, öffnete nach geraumem Gerumpel und Gescharre die Tür und fragte: «Sie wünschen?»

Auguste holte tief Luft. «Ich möchte gerne Fräulein Brückner sprechen. Terese Brückner?»

Im Gesicht der Wirtin ging ein kleines Licht auf. Neugierig musterte sie Auguste, ihr Blick glitt über das hellblaue Seidenkleid, das für die Chausseestraße wahrscheinlich zu fein war. «Na, dann kommense mal rin. Dit Fräulein sitzt bei mir inna Küche.»

Auguste folgte der Frau, die ihr voraus durch einen dunklen Flur schlurfte. An den Füßen trug sie Wollschlappen, die vor Dreck starrten. Es roch durchdringend nach Kohl. Am Ende des Korridors stand eine Tür offen. Als Auguste eintrat, holte sie erstaunt Luft. Hier drinnen war es hell und freundlich. Der dumpfe Kohlgeruch kam offenbar nicht von hier, sondern war aus dem Nachbarhaus hereingezogen. Vor dem Fenster, das zum Hof ging, sah man einen Birnbaum voller Früchte.

An der Anrichte stand eine Frau. Sie war einfach, aber adrett gekleidet, die Haare waren mit Nadeln zu einem festen Dutt gesteckt. Sie drehte sich um und erblickte Auguste. Lächelnd trocknete sie sich die Hände ab und hielt ihr die eine hin.

«Sie müssen Auguste sein. Ich bin Terese. Das ist Frau Mergentin, die gute Seele des Hauses.»

Erstaunt beobachtete Auguste, wie die schmuddelige Wirtin unter den freundlichen Worten von Terese Brückner aufblühte. Sie kicherte verlegen und winkte ab. «Nich doch, machense mal keenen Wind um mich.»

Mit gespielter Entrüstung stemmte Terese ihre Hände in die Hüften. «Frau Mergentin, Sie sollten Ihr Licht nicht so unter den Scheffel stellen. Ihre Specklinsen waren heute einfach wieder göttlich.»

«Wenn Sie meinen, Fräulein, dann is jut. So, dann lasse ick Sie beide jetze alleene, damit Sie allet ausklamüsern können.» Mit diesen Worten verschwand die Wirtin im Flur, einen Hauch Röte auf den Wangen. Auguste konnte sie leise pfeifen hören, während sie die Treppe nach oben schlurfte.

Sie drehte sich nach Terese um, die offenbar übernatürliche Kräfte besaß, wenn es um den Umgang mit anderen Menschen ging. Ihre Anwesenheit erhellte den kleinen Raum. Sie stellte Auguste eine Tasse warme Milch hin und deutete auf die Küchenbank. «Bitte, setzen Sie sich.» Sie schob ihr eine kleine Schale mit Brot hinüber und sah sie dann erwartungsvoll an. «Sie sind hier wegen einer Patientin von mir, richtig?»

«Ja», Auguste nickte und kaute. Das Brot schmeckte säuerlich und frisch. In letzter Zeit hatte sie wenig Appetit gehabt, und ihre Taille war noch schmaler geworden. Hier in dieser kleinen Küche, warm und behaglich, neben einer fremden Frau auf der Bank, schmeckte es ihr plötzlich wieder. Noch einmal griff sie zu, riss sich dann aber zusammen. Schließlich hatte sie viel mit Terese zu besprechen. Mit vollem Mund antwortete sie: «Charlotte Printz. Lotte. Sie haben freundlicherweise dafür gesorgt, dass wir uns schreiben konnten. Wie geht es ihr?»

Tereses Gesichtsausdruck war unergründlich. Langsam, mit Bedacht die Worte wählend, antwortete sie: «Es geht ihr den Umständen entsprechend gut. Sie ist an einem seltsamen Ort, müssen Sie wissen. Da es mein Arbeitsplatz ist, habe ich mich daran gewöhnt. Jedoch schlagen die Uhren dort in einem anderen Takt. Unsere Patientinnen wirken auf den ersten Blick ganz gesund, es sind oft gut erzogene, in Wohlstand aufgewachsene Frauen. Gebildete junge Mädchen, so wie Ihre Freundin. Doch etwas in ihren Köpfen ist in Schieflage geraten. Sie leiden unter einer Krankheit des Gehirns, also der Nerven. Eine Heilung, selbst von akuten Fällen, ist oft sehr langwierig, manchmal tritt sie nie ein.»

Auguste schluckte das letzte Stück Brot hinunter. Sie sah die Pflegerin ungläubig an. «Sie ist also wirklich geisteskrank?»

Terese schüttelte langsam den Kopf. «Es ist nicht an mir, eine Diagnose zu stellen. Sie zeigt einige Anzeichen, das ja. Doch tatsächlich frage ich mich», sie senkte die Stimme, als habe sie Angst, belauscht zu werden, «ob Charlotte nicht eigentlich doch völlig gesund ist. Ihre Symptome könnten auch einfach ein Indiz dafür sein, dass sie unglücklich ist. Dass ihre Lebensumstände sie nicht zur Ruhe kommen lassen. Ich habe das oft erlebt.» Terese biss sich auf die Lippen, als würde ihr aufgehen, dass sie zu viel gesagt hatte. Sie verstummte und sah auf ihre Hände.

«Lotte möchte studieren», sagte Auguste aufgeregt.

«Ihr größter Wunsch ist es, Ärztin zu werden. Doch ihre Familie würde das niemals zulassen. Meinen Sie, wenn ein so großer Wunsch unterdrückt wird, kann es einen Menschen krank machen?»

«Krank oder melancholisch, sicher. Ich weiß von Charlottes Wunsch. Und natürlich ist es ausgeschlossen, dass sie an einer Universität aufgenommen wird.»

Auguste musterte Terese. Ob die Pflegerin ebenfalls einst von einem Medizinstudium geträumt hatte? Terese schien ihre Gedanken zu lesen und lächelte. «Selbst wenn es Frauen möglich wäre, ein Studium der Medizin aufzunehmen, so wäre ich dafür keine geeignete Kandidatin. Ich bin eine Waise ohne Familie und Unterstützung. Die Ausbildung an der Krankenpflegeschule war für mich eine glückliche Fügung. So kann ich heute in der bedeutendsten Klinik des Landes arbeiten und musste nicht in Stellung auf einen Hof gehen wie die meisten anderen Mädchen aus dem Waisenhaus.»

«Was geschieht mit Lotte? Wie lange muss sie in der Klinik bleiben?»

«Ich fürchte, sie wird noch länger in Behandlung sein. Dr. Spitzweg geht sehr genau vor, er ist führend in der Behandlung von jungen Mädchen, schwierigen Kindern, die seit Kurzem bei uns in der Nervenklinik ganz besonders unter Beobachtung stehen. Wo die Pädagogik versagt, übernimmt mehr und mehr die Psychiatrie die Verantwortung für junge Menschen, die auffälliges Verhalten an den Tag legen. Er hat den Eltern erläutert, dass Charlotte noch mehrere Monate bei uns bleiben sollte. Ich hatte das Gefühl –», Terese brach ab und wurde rot.

«Was?», fragte Auguste aufgeregt.

«Ich weiß nicht. Sie schienen nicht besonders besorgt um ihre Tochter zu sein. Eher erleichtert, als ihnen gesagt wurde, dass sie Charlotte in nächster Zeit nicht zu Hause empfangen würden. Als sei eine Bürde von ihnen genommen worden. Das ist nicht das erste Mal, dass ich eine Familie so reagieren sehe. Oftmals wissen sich gerade wohlhabende Eltern mit hohem Ansehen nicht zu helfen, wenn ihre Tochter sich nicht einfügen kann. Eine Behandlung der Seele in einem Institut wie der Charité ist dann vielleicht manchmal eine Erlösung.» Terese runzelte die Stirn und schwieg verlegen. Dann fügte sie zögernd hinzu: «Das hätte ich nicht sagen sollen. Sicher wollen alle Eltern nur das Beste für ihre Kinder. Auch die Printzens. Könnte das bitte unter uns bleiben, was ich Ihnen gerade anvertraute? Es war nur eine Mutmaßung und eine törichte dazu.»

Auguste nickte. Doch so ganz verstand sie die andere Frau nicht. «Wenn Sie das glauben – wie können Sie dann an einem solchen Ort arbeiten, an dem die Wünsche der Patientinnen mit Füßen getreten werden? Und dann schmuggeln Sie Briefe hinaus und treffen sich mit mir. Wie passt das zusammen?»

Tereses freundliches Gesicht wirkte auf einmal verschlossen. «Diese Frage kann ich Ihnen nicht beantworten. Doch kennen Sie dieses Gefühl nicht, zwischen zwei Seiten zerrissen zu sein? Das eine nicht gutzuheißen und doch nicht das andere wählen zu wollen?»

Jetzt nickte Auguste. Natürlich kannte sie die innere Zerrissenheit. Sie bestimmte ihr ganzes Leben, seit sie Lotte getroffen hatte.

Als Terese sah, dass Auguste nicht böse auf sie war, zeigte sie wieder ihr strahlendes Lächeln. «Wissen Sie, ich mag Charlotte. Ich möchte ihr gerne helfen. Und deswegen habe ich einen kleinen Plan geschmiedet. Ich gehe täglich mit ihr ein wenig spazieren. Wenn Sie nun zur Mittagszeit ebenfalls am rückwärtigen Gelände der Charité auf- und abgingen, könnten wir uns vielleicht ein paar Minuten zu Ihnen gesellen. Dann könnten Sie und Lotte ein wenig plaudern. Was sagen Sie dazu?»

Auguste griff nach Tereses Hand und drückte sie. «Das wäre einfach wunderbar. Ich danke Ihnen.»

Terese nickte und erwiderte den Druck mit ihren schlanken Fingern. «Abgemacht. Ich schreibe Ihnen, sobald ich eine Möglichkeit sehe, ja?»

Auguste nickte. Sie trank die Milch aus und stellte den Becher ab. Dann erhob sie sich. «Charlotte hat Glück, dass sie Sie als Pflegerin hat», sagte sie leise. «Es ist schwer, gute Menschen zu finden.»

Terese schüttelte den Kopf. «Ich bin wohl kaum ein guter Mensch, ich bin keine Heldin. Aber Ungerechtigkeit kann ich schlecht ertragen. Dann muss ich einen kleinen Ausgleich schaffen, wenn es in meiner Macht steht. Und ich glaube, Charlotte hat eine Freundin nötig. Besonders jetzt.»

Ihr Gesicht war plötzlich ernst. Über ihren Brauen stand eine feine Falte, die aussah, als sei sie noch nicht lange dort eingegraben.

«Wie meinen Sie das?», fragte Auguste.

Doch Terese schüttelte den Kopf. «Sie sollten das nicht von mir erfahren», sagte sie. «Da fällt mir ein ...», sie griff in ihre Schürzentasche und zog ein Kuvert heraus. «Fast hätte ich es vergessen. Ein Brief für Sie von Charlotte. Am besten lesen Sie ihn erst in der Bahn.»

Sie brachte Auguste durch den düsteren Flur hinaus in den Sonnenschein. «Leben Sie wohl. Wir sehen uns bald wieder», sagte sie. Aus dem Fenster über ihren Köpfen drang ein durchdringendes Schnarchen, offenbar hatte sich die Zimmerwirtin im ersten Stock zu einem Nickerchen hingelegt. Auguste musste grinsen, obwohl ihr eigentlich ganz anders zumute war.

Sie nickte Terese zu und fühlte sich merklich leichter, als sie die Chausseestraße hinunter in Richtung Bahnhof eilte. Doch die Worte, die Terese beim Abschied gesagt hatte, machten sie stutzig. Lotte brauche eine Freundin. *Besonders jetzt.* Was hatte die Pflegerin damit gemeint? Vielleicht, dass Lotte in einer ausweglosen Situation war? Doch das war sie ja schon seit geraumer Zeit. Während des ganzen Wegs grübelte Auguste, doch sie vermochte sich keinen Reim darauf zu machen.

24.

Liebe Auguste,

ich habe lange nicht geschrieben. Kraftlos fühle ich mich und ausgelaugt. Die ständige Appetitlosigkeit ist vorbei. Doch ach, wenn ich Dir beichte, dass es kein verstimmter Magen war, der mich nicht essen ließ, was wirst Du von mir denken? Wirst Du mich verurteilen wie der Rest der Welt? Ich wage zu hoffen, dass Du von allen Menschen mich am meisten liebst und nicht nur Verachtung, sondern auch Mitgefühl verspürst.

Auguste, ich bin in anderen Umständen. Welch seltsamer Ausdruck! Aber er trifft mein Gefühl erstaunlich genau. Alles ist anders, fremd, sogar mein Körper gehört nicht mehr mir. Es ist, als sähe ich mich von weit weg, dann wieder beobachte ich mich wie ein komisches Insekt unter einem Brennglas – doch nie bin ich wirklich in mir selbst zu Hause.

Weißt Du noch, wie wir im Gänsemarsch zu Ottili-

ens Haus liefen, drei Kindsköpfe, um herauszufinden, wie es ihr erging? Wir wollten ihr beistehen, sicher auch das, doch vor allem trieb uns die Neugier, die Sensationslust angesichts dieses unvorstellbaren Unglücks, in das sie sich selbst hineinmanövriert hatte. Meine Auguste, auch ich stecke nun in diesem Unheil fest wie in einem Morast. Ich kann meine Füße nicht aus dem zähen Schlamm ziehen, um zu fliehen. Schon lange habe ich nicht vom Fliegen geträumt, als wäre auch meine Traumseele nicht mehr kräftig genug, die Flügel anzuschnallen. Stattdessen sitzt sie gelähmt neben mir und sieht mich aus vorwurfsvollen Augen an.

Ich will dieses Kind nicht. Es kommt nicht zur rechten Zeit, hat sich eingeschlichen und zerstört den Rest meines ohnehin armseligen Lebens. Nie hätte ich gedacht, dass die Folgen meines Tuns sich so unmittelbar einstellen würden.

Und doch will ich es! Das hat die Natur schon klug eingerichtet, dass eine Frau sich nach ihrem ungeborenen Kind sehnt wie nach einem lang erhofften Liebsten. Wir sind Gefangene, Auguste, Gefangene unserer Väter, der Gesellschaft, der Ehemänner, an die man uns fesselt. Doch am meisten sind wir Geiseln unserer selbst. Dieser übermächtige Wunsch nach einem Kind, nach einem Heim, nach Geborgenheit und ja, Liebe – er wohnt in uns, knechtet uns, lässt uns nicht fort. Wir werden unsere Ketten nie abstreifen, solange wir selbst uns als lebendige Leichen in Spitzenkleidern so wohlfühlen.

Noch weiß niemand etwas von meinem Zustand bis auf die Pflegerin Terese. Sie wechselt die Laken und bemerkte das Fehlen der Blutungen seit meiner Ankunft. Doch sie hält dicht. Martins Augen (Du kennst ihn als Dr. Spitzweg) ruhen manchmal prüfend auf mir, als erkenne er unter der Oberfläche meine Veränderung. Da ich so lange schlecht gegessen habe, bin ich dünn wie ein Floh, und man sieht mir nichts an. Himmel, was soll ich nur tun, wenn mein Bauch sich rundet?

Ich weiß, welche Frage auf deinen Lippen brennt, Auguste. Doch ich kann sie dir nicht beantworten. Ich weiß es nicht und will es vielleicht auch nicht wissen. Ich habe mich nach allgemeinen Maßstäben nicht sittsam verhalten in den vergangenen Monaten und lebe zusätzlich zu meiner großen Angst mit dieser Unsicherheit.

Doch am Ende wird es gleichgültig sein. Das Kind wird weder Vater noch Mutter haben. Um keinen Preis der Welt werden meine Eltern erlauben, dass ich es behalte. Und den Mut, gegen ihren Willen um das Kind zu kämpfen, habe ich nicht. Was würde das bedeuten? Armut, Ehrlosigkeit, vielleicht sogar Tod. Denn wie sollte ich uns ernähren? Da ist es besser in einer Fürsorgeanstalt aufgehoben, fern von seiner verantwortungslosen Mutter und mit einem Dach über dem Kopf und Essen auf dem Tisch.

Bitte, Auguste, ich muss Dich sehen. Sonst werde ich verrückt (eine Diagnose, die mir ohnehin gestellt wurde und die sich, wenn sie mich noch lange hier unter

Geistern einsperren, am Ende bewahrheitet). Terese sagte, dass sie einen Einfall habe, wie wir uns treffen könnten. Wenn Du eine Möglichkeit siehst, ergreife sie, um meinetwillen.

Immer Deine Lotte

Augustes Hände zitterten. Sie ließ die Seiten des Briefs in den Schoß sinken. Ein Lüftchen erfasste sie und ließ sie zu Boden segeln wie welkes Laub. Ihr Mitfahrer im Abteil der zweiten Klasse, ein älterer Herr, bückte sich und reichte sie ihr zurück. Besorgt betrachtete er sie. «Ist alles in Ordnung, Fräulein?»

Auguste nahm das Papier entgegen und nickte langsam. Der Schreck hatte ihre Knie weich werden lassen. Noch einmal fragte ihr Gegenüber: «Schlechte Nachrichten?»

Sie schüttelte lahm den Kopf und versuchte zu lächeln, doch sie spürte, dass ihr Gesicht zu einer Grimasse gerann. Er ließ es dabei bewenden und wandte sich der Landschaft zu, die draußen vorbeizog.

Sie waren schon beinahe wieder in Lichterfelde angekommen, die blumengeschmückten Wiesen und Gärten nahmen zu. Auch Auguste starrte durch das Fenster in die blühende Pracht hinaus. Doch sie hätte ebenso gut blind sein können, denn nichts von außen drang in ihren verwirrten Geist.

In der Villa am Karlsplatz angekommen, schlich sie

sich auf leisen Sohlen am Salon vorbei. Hinter der Tür mit den geschliffenen Glasintarsien schluchzte ihre Mutter unterdrückt. Das kam seit Georgs Tod öfter vor. Doch als Auguste einmal versucht hatte, sie zu trösten, hatte die Mutter sie angefahren und schnell ihre Tränen getrocknet. Es sei nicht schicklich, dass eine Tochter ihre Mutter so sähe, hatte sie gefaucht. Trotz ihrer Verzweiflung war das Preußische in ihr immer noch übermächtig. Es hielt sie aufrecht.

Da Auguste nur zu gut wusste, dass ihre Mutter wünschte, mit ihrem Unglück allein gelassen zu werden, ging sie rasch vorbei und stieg die Treppe hinauf ins Turmzimmer. Sie hatte ebenfalls das Bedürfnis, allein zu sein.

Lotte bekam ein Kind! Und sie schien nicht zu wissen, wer der Vater war. Wer kam dafür in Betracht? Da war Gustav, doch wie und wo hätten er und Lotte ... Und nun noch dieser Arzt, den Lotte in ihrem Brief diesmal nur kurz erwähnt hatte, doch die Art, wie sie es tat, machte Auguste hellhörig. Sie dachte an die Bemerkung Fräulein Krahmers von Lottes angeblicher Promiskuität. Das konnte aber auch nur ein Vorwurf der Printzens sein, um die Einlieferung ihrer Tochter in die Klinik zu rechtfertigen. Doch hatte die Freundin nicht tatsächlich recht, wenn sie behauptete, es sei am Ende unwichtig?

Auguste wusste nicht, was sie empfinden sollte. Die Eifersucht, die zunächst in ihr gebrannt hatte, war in den letzten Wochen abgeebbt, wie ein Feuer, das langsam verglühte. Lotte schien ihr oft weit fort. Doch wenn sie an dieses Kind dachte, stach ein unbekannter Schmerz durch ihren Leib. Sie empfand unsagbares Mitleid mit dem Ungeborenen, das für alle Fehler der Erwachsenen büßen sollte. Welch grausames Schicksal, schon vor seiner Geburt ungewollt und ungeliebt zu sein.

Im Kopf spielte Auguste alle Szenarien durch, in denen ein gutes Ende für dieses Kind möglich wäre. Lotte könnte den Vater heiraten und in einem hübschen Haus eine Familie gründen. Nein, das war undenkbar. So war Lotte nicht. Und der Vater war unbekannt, was auch andere etwaige Ehekandidaten in die Flucht schlagen würde. Das Kind könnte von rechtschaffenen Leuten in einem schönen Heim aufgezogen werden. Nein, dachte Auguste, auch das war unwahrscheinlich. Uneheliche Kinder wurden in Pflege gegeben und wuchsen in Waisenheimen auf, wo ihr Alltag von harter Arbeit, Entbehrung und fehlender Liebe geprägt war. Selbst Auguste wusste das. Wie sie es auch drehte und wendete, der Lebensweg dieses Kindes war vorgezeichnet und verlief als graue Straße in eine düstere Zukunft.

Auguste hatte Angst um Lotte. Was würde mit der Freundin geschehen, wenn man von ihrem Zustand erfuhr? Würden die Eltern sie verstoßen? Für immer in der Nervenklinik einsperren? Eine Rückkehr ins Elternhaus, gar ein Studium, waren jedenfalls in so weite Ferne gerückt wie nie zuvor. Lotte würde für ihren Leichtsinn büßen, und Auguste kamen die Tränen bei dem Gedanken daran. Sie weinte um Lottes Zukunft und um ihre Freundschaft, die für immer zerstört schien. Was war sie schließlich noch für die Freundin? Allenfalls ein Anker, ein kleiner Faden, der zurück ins alte Leben führte. Nicht jedoch eine Person, die ihr um ihrer selbst willen etwas bedeutete. Das hatte Lottes Verhalten der letzten Monate deutlich bewiesen.

Wut stieg in Auguste auf. Doch so schnell, wie sie kam, so rasch verrauchte sie wieder. Trotz allem, entschied sie, würde sie Lotte nicht verraten, nicht einfach fallen lassen, wie es bald der Rest der Welt tun würde. Entschlossen öffnete sie den Sekretär und nahm das Briefpapier heraus. Sie schrieb schnell und ohne nachzudenken.

Liebe Lotte,

ich bin bei Dir, was auch immer geschieht. Heute war ich bei Terese Brückner. Sie wird uns helfen. Wir werden uns bald sehen, und dann sprechen wir über alles. Vielleicht gelingt es uns, einen Ausweg zu finden.

Immer Deine Auguste

Sie schob das Blatt in einen Umschlag und adressierte ihn an die Anschrift in der Chausseestraße. Dann lief sie, wieder so leise wie möglich, noch einmal aus dem Haus zum Briefkasten am Karlsplatz, warf das Kuvert ein und fühlte sich etwas besser. Bald würde sie Lotte wiedersehen. Das war alles, was zählte.

25.

Nervenklinik der Charité zu Berlin
Sechste Aufzeichnung (August 1893)

Seit Tagen spürte ich, dass Charlotte etwas vor mir verbarg. Ich ahnte, erst leise, dann mit immer drängenderer Macht, was es sein könnte. Doch ich weigerte mich, es zu glauben. Gestern endlich sagte ich es ihr auf den Kopf zu. Man sieht ihrem schlanken Wuchs noch nichts an, doch ich bin Arzt. Ich hätte es, wenn sie nicht geständig gewesen wäre, mit meinen Mitteln aus ihr herausbekommen. Doch sie lachte mir ins Gesicht, fast triumphierend, und bestätigte es laut heraus, beinahe, als sei sie stolz auf ihre fatalen Nachrichten. Sie erwartet ein Kind.

Das Gefühl, verraten worden zu sein, brennt in mir und streitet mit der Empfindung der Scham. Ich bin sicher, so sicher, dass nicht ich verantwortlich bin für diesen unsäglichen Fehler. Nur wenige Male sind wir bis zum Äußersten gegangen, und dann habe ich alle Vorsicht walten lassen. Wie kann es also sein? Ein Schmarotzer wächst in der Frau heran, die ich zu lieben glaubte und die mir nun widerwärtig geworden ist durch ihren Verrat. Sie ist am Ende doch nur eine kranke, verirrte Seele. Ich hätte es kommen sehen müssen, berichten doch die Studien der bedeutendsten Psychiater aus Paris von dieser Macht über das männliche Geschlecht, die der hysterischen Frau innewohnt. Sie ist eine unnatürliche Kreatur, im eigentlichen Sinne ganz unweiblich, und gerade deswegen vermag sie die Männer zu täuschen und in ihren Bann zu schlagen. Fast danke ich der Vorsehung, dass ich durch diese schmachvolle Entdeckung den Zauber, den sie über mich verhängt hat, zu durchbrechen vermochte und ihre Fänge von mir abschütteln konnte.

Ich werde sie nicht wiedersehen. Ich habe den Fall meinem Kollegen übertragen, einem führenden Neurologen, und halte mich fern von dem Schlafsaal, in dem sie mit ihren merkwürdigen Augen liegt, an die Decke starrt und wahrscheinlich weitere Ränke schmiedet, um mich zurückzugewinnen.

Doch ich lasse mich nicht übertölpeln. Ich bin ein Mann der Wissenschaft, der kurz auf Abwege geraten und nun im letzten Moment zur Vernunft gekommen ist. Fast muss ich dem armen Schlucker dankbar sein, der ihr das Kind eingepflanzt und mir die Augen über ihren wahren Charakter geöffnet hat, wer auch immer es sein mag. Dies muss vor ihrer Einlieferung geschehen sein, ganz kurz, bevor ich sie traf. Die andere Möglichkeit ziehe ich nicht in Betracht.

Wie sehr ich hoffe, dass diese Affäre meiner Reputation als Arzt nicht geschadet hat! Niemand weiß davon. Der Patientin ist es nicht gestattet, Briefe zu schreiben, und sie erhält keinen Besuch. Nur mit einer der Pflegerinnen hat sie ein freundschaftliches Band geknüpft. Doch wenn diese plaudert, ist das Personal sicher loyal gegenüber mir als Arzt. Ich bin also kaum in Gefahr. Am Ende stünde die Aussage einer minderjährigen Nervenkranken gegenüber der ihres Wohltäters. Und wie das Urteil der Zeitgenossen dann lauten würde, ist nicht schwer zu erraten.

Und doch ist dies nicht die ganze Wahrheit. Wenn ich die Augen schließe, fühle ich ihren Kuss, sehe wieder ihr Lächeln, und dann ist da die Trauer, scharf wie ein Schwert. Die Liebe ist ein gemeiner Dieb, der uns die Sinne verwirrt und uns des Verstandes beraubt. In schwachen Momenten spüre ich das Bedürfnis, an Charlottes Bett zu eilen, sie in meine Arme zu reißen und mit ihr durchzubrennen. Doch der Klinikleiter hat mir unmissverständlich deutlich gemacht (auch wenn er seinen Verdacht nicht offen aussprach, so hat er doch eins und eins zusammengezählt, fürchte ich), dass er Kollegen im Falle eines Skandals von seinem Institut entfernen müsse. Das Risiko kann ich nicht eingehen, nicht nach der unermesslichen Arbeit der letzten Jahre. Die Forschung bedeutet mir alles. Und so balle ich die Fäuste in meiner Tasche und versuche, das glänzende Grau ihrer Augen zu vergessen, ihren Duft und wie sich ihr Haar zwischen meinen Fingern angefühlt hat.

26.

September 1893

Vor etwas über einem Jahr hatte alles begonnen, dachte Auguste, als sie aus der gemauerten Halle am Zentralbahnhof Friedrichstraße trat. Die Rundbögen, die an Viadukte erinnerten, schwangen sich mächtig über die Köpfe der Fahrgäste. Am Südausgang standen die Droschken dicht an dicht.

Wieder nahte der Herbst. Konnte es wirklich erst ein Jahr her sein, dass sie mit Lotte plaudernd auf der Terrasse am Karlsplatz gesessen hatte? Auch damals waren die Kastanien in den Garten gefallen.

Auguste lief zu einem der größeren Kremser, dem zwei Braune vorgespannt waren. Darin saßen bereits einige Berliner, die ebenso wie sie zur Charité fuhren, wohl, um dort Verwandte zu besuchen oder selbst Hilfe zu erhalten. Eine beleibte Dame, deren riesiger Federhut nicht über ihre einfache Herkunft hinwegtäuschen konnte, rückte ein wenig zur Seite, damit Auguste auf der Bank neben ihr Platz nehmen konnte. Sie atmete mit leisen Schnaufern und sagte: «Nee, wat'n hübschet Kleid Sie tragen, Fräulein. Dat seh ick sogar ohne meene Schieleisen.» Sie deutete auf eine Lorgnette, die an einer Kette auf ihrer beachtlich vorgewölbten Brust hing.

Auguste lächelte höflich und sah dann wieder geradeaus. Sie hatte wenig Lust auf Konversation. Doch die Dame ließ sich nicht aufhalten. «Hamse schon'n Verehrer? Sind vielleicht sogar schon verlobt? Wundern tät es mich nicht!»

«Nein, ich bin ledig», antwortete Auguste steif.

Die fremde Frau wackelte bestürzt mit dem Kopf. «Dat jibt es doch nicht!», rief sie aus. «Eine Schönheit wie Sie! Haltense sich ran, unsereins verblüht schneller, als einem lieb ist. Und denn will einen keener mehr. Lieber den Spatz inna Hand als die Taube uff'm Dach, sag ick immer.»

Auguste rutschte unbehaglich auf der Bank hin und her. Wenn der Kremser doch nur schneller führe! Doch die Straßen der Friedrich-Wilhelm-Stadt waren voller Fuhrwerke und Droschken, hastender Menschen und Schaulustiger, die in den weltberühmten Kaffeehäusern Unter den Linden einkehrten oder auf dem Boulevard flanierten. Langsam ruckelte der Pferdeomnibus durch die Straße und schob sich über die gusseiserne Weidendammbrücke, unter der die Spree träge dahinfloss. Links und rechts war ein schmaler Gang den Fußgängern vorbehalten. Alles, was Räder hatte, schob sich durch die Gasse in der Mitte der Brücke.

Die redselige Dame hatte sich einem ansehnlichen Butterbrot zugewandt, nachdem sie wohl eingesehen hatte, dass Auguste nicht die geeignete Kandidatin für Klatsch war. Erleichtert atmete Auguste auf. Der Kremser bog links in die Karlstraße ab, bis er die Charitéstraße erreichte. Hier verließen alle Fahrgäste den Wagen. Auguste ließ sich vom Kutscher herunterhelfen und schlug dann den schon vertrauten Weg zur Nervenklinik ein.

Ihr Herz klopfte hastig. Würde sie heute Lotte wiedersehen? War sie sehr verändert? Eine seltsame Scheu erfasste Auguste, wenn sie an Lotte dachte. Wie fühlte sich das an, wenn ein Kind im eigenen Körper heranwuchs? Sie konnte es sich nicht vorstellen, bemerkte auch einen leichten Widerwillen bei dem Gedanken. Durch ihre Schwangerschaft war Lotte noch weiter entfernt von ihr. Sie hatte Erwachsenenland betreten, während sie selbst, Auguste, noch immer durch ihre Kindheitslandschaft stapfte. In viel zu kleinen Schuhen, so schien es ihr.

Ihr fiel die Geschichte des *Kleinen Muck* ein, der mit seinen Zauberschuhen um die ganze Welt reisen konnte. Würden diese auch ihr, Auguste, jenes neue Land zeigen, in das Lotte hinübergeschwebt war, als sei es das Einfachste auf der Welt? Wirklich schien es ihr wie Zauberei, dass die Freundin bald Mutter sein würde, selbst wenn sie das Kind nicht behalten konnte. Mütter, das waren doch die anderen, ihre Mutter oder Frau Printz, mal sorgend und liebevoll, mal streng und unerbittlich. Aber doch nicht Lotte mit ihren verrückten Träumen.

Doch nicht sie selbst, die einem Mann nicht ansatzweise nahe genug gekommen war. Sie wusste nicht einmal, ob sie das jemals wollte.

Je näher sie dem Gebäude der Charité kam, desto langsamer wurden ihre Schritte, als müsste sie eine ungeheure Kraft aufwenden, um den Fuß zu heben. Was war los mit ihr?, fragte sie sich mit einem Anflug von Schuldgefühl. Seit Wochen fieberte sie diesem Augenblick entgegen, in dem sie Lotte wiedersehen würde. Als die Nachricht von Terese kam, dass heute der Tag sei, an dem sie es versuchen sollten, hatte sie zunächst nur aufgeregte Vorfreude verspürt. Doch auf dem Weg zur Klinik sank ihr Mut angesichts der Fremdheit, die ihr wie ein Kloß im Hals saß, dachte sie an Lotte.

Sie umrundete das große Haus und lugte vorsichtig in den Park, der sich dahinter anschloss. Viele Pflegerinnen gingen umher, in der weißen Kleidung deutlich zu unterscheiden von den Patienten. Es war ein solches Gewimmel, dass Auguste die Augen zusammenkniff, um scharf zu sehen. Angestrengt suchte sie den Rasen ab.

Und dann sah sie Lotte. In einem ganz alltäglichen Kleid stand sie neben einer Bank, mit dem Rücken zu Auguste. Doch sie hätte die Freundin immer wiedererkannt. Die schwarzen Locken trug Lotte zu einem strengen Zopf geflochten, der ihren Rücken herabhing. Schmal sah sie aus, aber wie immer aufrecht, mit der ihr eigenen widerborstigen Haltung des Kopfes. Neben ihr stand Terese mit einem Spitzenhäubchen. Sie erblickte

Auguste und deutete auf sie, während sie etwas zu ihrer Patientin sagte. Da drehte sich Lotte zu ihr um. Man konnte eine zarte Wölbung ihres Leibes unter dem braunen Wollstoff erkennen.

Mit zitternden Knien ging Auguste auf die beiden Frauen zu und stand kurz darauf vor ihnen. Die Mädchen reichten sich die Hand. Das war so verabredet, damit niemand um sie herum Verdacht schöpfte. Eine allzu innige Begrüßung hätte Aufsehen erregt, schließlich sollte es so aussehen, als handle es sich um eine Zufallsbegegnung unter entfernten Bekannten. Lotte durfte noch immer keinen Besuch empfangen, wie Auguste von Terese wusste, die ihr aufs Schärfste die Benimmregeln für dieses Wiedersehen diktiert hatte.

Terese nickte Auguste freundlich zu und sagte dann halblaut: «Ihr habt fünf Minuten.» Dann wandte sie sich zur Seite und begann ein Gespräch mit einer älteren Frau, offenbar auch eine Patientin, die auf einer Bank etwas weiter weg saß und die Septembersonne genoss.

Auguste und Lotte begannen, Seite an Seite auf- und abzugehen. Verstohlen betrachtete Auguste den Bauch ihrer Freundin. Sie fühlte sich steif und merkwürdig befangen.

Lotte bemerkte ihren Blick und lachte leise. «Seltsam, oder? Ich bin wirklich schwanger. Neulich habe ich das Kind sogar ganz sacht gespürt, als es sich bewegte. Du kannst dir nicht vorstellen, was für ein unwirkliches Gefühl das ist.»

Nein, das konnte Auguste tatsächlich nicht. Sie fühlte sich seltsam abgestoßen von Lottes Bauch. Als stünde sie draußen und sähe nur durch ein kleines Fenster in Lottes Leben hinein. Doch sogleich schalt sie sich wegen ihrer albernen Eifersucht. Welches Leben? Lotte war eingesperrt in einer Nervenklinik und noch dazu eine ledige Mutter ohne Unterstützung, mit kaum Kontakt zur Außenwelt. Sie, Auguste, war viel eher zu beneiden.

Zaghaft fragte sie: «Wie fühlst du dich?»

Lotte zuckte die Schultern. «Wie soll ich mich schon fühlen? Ich bezahle hier für meine vielen kleinen und großen Dummheiten. Meine Eltern werden mich nie hier herauslassen. Ich bin eine Schande für die Familie. Der arme Eduard hat angeblich einen Schock erlitten, als er von meinen – Umständen – erfahren hat. Er ist längst über alle Berge und ehelicht jetzt irgendeine Komtess.»

«Behandelt man dich denn gut?»

«Ich kann nicht klagen. Mein Arzt, Dr. Spitzweg – ich habe dir von ihm geschrieben – hat mich an einen Kollegen überwiesen, Dr. Gumpert. Er ist angeblich eine Koryphäe auf dem Gebiet der jugendlichen Psychopathie. Aber eigentlich wollte mich Martin natürlich nur loswerden, damit ihn niemand verdächtigt, Schuld an meinem Zustand zu tragen.» Sie schnaubte spöttisch, doch Auguste meinte, in ihren Augen einen leisen Schmerz zu sehen.

Lotte fuhr fort: «Dr. Gumpert jedenfalls ist ein gutmütiger älterer Herr ohne großes Interesse an mir. Er meint, ich bräuchte nur etwas Ruhe und Erholung, dann wäre ich bald wieder die Alte. Obwohl ich mich selbst frage, wer das eigentlich gewesen sein soll.»

«Wie meinst du das?», fragte Auguste ängstlich.

«Man vergisst hier drinnen alles, Auguste», antwortete Lotte. «Zeit hat keine Bedeutung mehr. Was früher gültig war, ist es längst nicht mehr. Ein Tag ist wie der andere. Wer weiß, vielleicht bin ich wirklich krank? Vielleicht waren meine Sehnsüchte nach etwas Großem wirklich ein Hinweis auf eine fehlgeleitete Weiblichkeit?»

«Was redest du da?», rief Auguste ungläubig und zog ein paar Blicke der Leute um sie herum auf sich.

Lotte packte sie am Arm und zischte: «Leise, Auguste. Wir dürfen nicht auffallen. Aus all diesen Fenstern dort oben kann jeden Moment die falsche Person herausschauen.»

«Aber was du sagst, ist Unsinn!», flüsterte Auguste. «Du bist nicht krank, nur weil du dir mehr wünschst im Leben als Kinder und Wäsche und den Kirchgang.» Sie fragte sich, wie es dazu gekommen war, dass die Freundin und sie die Rollen getauscht hatten. Wo war die stolze Lotte geblieben, die genau wusste, was sie wollte? Die einer derart fadenscheinigen Diagnose ins Gesicht gelacht hätte? Neben ihr schien ein Gespenst zu wandeln.

Lotte schüttelte den Kopf. Sie war blass und wirkte fast durchsichtig. «Ich weiß auch nicht. Hier drinnen wird einem alles einerlei. Ich weiß nicht mehr, was ich glauben soll. Eins jedenfalls weiß ich: Ich bin ganz allein und muss das alles ohne Hilfe durchstehen.»

«Ich werde dir helfen», sagte Auguste eindringlich.

Doch Lotte schüttelte nur müde den Kopf. «Wie denn?», fragte sie mit tonloser Stimme. «Willst du für mich die Medikamente nehmen? Mein Kind bekommen? Es für mich aufziehen? Nein», sie schloss die Augen, als schmerze es sie, Auguste anzusehen, «das kannst du nicht. Wie ich mich gebettet habe, so liege ich nun.»

Auguste öffnete den Mund, um erneut zu protestieren, doch da trat Terese zwischen sie. «Es ist Zeit», sagte sie mit einem bedauernden Blick zu Auguste, «Lotte muss wieder hinein. Zur Visite müssen alle in ihren Zimmern sein.»

Ohne ein weiteres Wort ließ sich Lotte von Terese wie ein Kind bei der Hand nehmen und zum Klinikgebäude führen. Auguste stand auf dem Fleck, als wäre sie festgewachsen. Sie spürte, wie ihre Arme ins Nichts baumelten. Nicht einmal ein Wort des Abschieds hatte Lotte für sie? Schon früher hatte sie der Freundin so hinterhergeblickt und gebetet, sie möge sich noch einmal umdrehen – damals, als Lotte ihren ersten Anfall auf der Straße im Schnee erlitten hatte. Und wie an jenem Abend spürte sie auch jetzt die kalte Hand, die nach ihrem Herzen fasste.

Doch da, wie durch ein Wunder, drehte Lotte doch noch einmal den Kopf zu ihr. Sie war schon fast an der Tür der Klinik angekommen. Eine Sekunde sahen sich die Mädchen an. Dann lächelte Lotte, zart, aber selbst aus der Entfernung deutlich sichtbar. Das Dunkel jenseits der schweren Tür verschluckte sie. Auguste blieb weiter stehen. Sie verschloss den Anblick von Lottes Lächeln tief in ihrer Brust, als wäre es ein kostbares Kleinod. Den ganzen Rückweg durch die Stadt nach Lichterfelde spürte sie es, ein warmes Leuchten unter ihren Rippen.

27.

Neujahrsnacht 1893

Die Glocken läuteten über die Dächer der Friedrich-Wilhelm-Stadt hinweg, dunkle Töne, die sich mit der Schwärze der Neujahrsnacht mischten. Ein Fenster im Krankensaal stand offen. Aus der Höhlung sah ein Mädchen zwischen den Gitterstäben hindurch, im hellen Nachthemd, die bloßen Füße auf dem Linoleum. Sie krümmte die Zehen wegen der Kälte, die vom Boden hinaufzog. Doch die Pantoffeln lagen irgendwo unter ihrem Bett außer Reichweite. Die kalte Nachtluft dort draußen zog an ihr wie ein Tau. Sie füllte ihre Lungen damit, bis sie schmerzten. Der Geruch von Schnee gefiel ihr, von Eis, doch vor allem nach dem neugeborenen Jahr, das dort draußen wartete wie ein lockender Freund, der mit den Händen winkte und drängte. *Komm!*

Lotte blickte über die Dächer der Stadt. So anders war es hier als da, wo sie herkam. Die Beschaulichkeit Lichterfeldes, der dörfliche Charakter der heimatlichen Straßen standen in einem solchen Kontrast zur Metropole Berlin. Als hätte die Stadt vergessen, dass sie einst auf dem Morast der Panke und Spree erbaut worden war, eine Lumpenprinzessin.

So viele Lichter trotz der nächtlichen Stunde, dachte Lotte. Im Westen schwangen sich die Brücken dieses neuen Berlin über die Spree, die Kronprinzenbrücke, die Unterbaumbrücke, die Moltkebrücke. Die Stadt umarmte die Charité wie ein Liebhaber seinen Schatz, vom Südwesten das großbürgerliche Wohnviertel, vom Norden Moabit und Tegel, wo eine riesenhafte Industrie erwacht war. Südöstlich schwappten aus dem Amüsierviertel jenseits der Friedrichstraße die Geräusche feiernder Menschen, die, je nach finanziellen Mitteln, mit Champagner oder mit Bier das neue Jahr begrüßten. Ganz im Osten lag das Scheunenviertel, ein Armenbezirk mit düsteren Höfen und billigen Schlafplätzen für die Arbeiter der Stadt.

Die anderen Mädchen im dunklen Saal hinter Lotte schliefen längst. Ihr ruhiger Atem floss durch die Nacht, nur ab und zu unterbrochen vom Geraschel der weißen Laken, wenn sich eins der Mädchen herumwälzte, manchmal auch von einem leisen Wimmern im Traum. Sonst war es ganz still. Fast hätte Lotte vergessen können, dass sie sich in einer Nervenklinik befand und nicht in einem Internat, wo gesunde junge Frauen einem neuen Tag entgegenschlummerten, der ihnen frisches Wissen und Abenteuer versprach.

Stattdessen warteten auf Lotte am frühen Morgen ein

Gespräch mit dem alten Dr. Gumpert, der zwar freundlich, aber wahrlich kein Ausbund an Geisteswitz war, sowie anschließend eine gynäkologische Untersuchung zum Fortschritt ihres Zustands. Sie selbst konnte diesen recht gut unter dem dünnen Stoff des Nachthemds ertasten, ihr praller Bauch wölbte sich inzwischen unübersehbar nach vorn. Wenn sie die Hände darauflegte, schwamm das Ungeborene auf die Wärme zu, die jene auf der Bauchdecke hinterließen, als wollte es gestreichelt werden.

Zum hundertsten Mal grübelte Lotte darüber nach, was mit dem Kind geschehen würde. Dass sie es behalten konnte, war ausgeschlossen. Ein schwieriges Mädchen sei sie, sagten die Ärzte, mit psychopathischen Zügen. Durch ihre Schwangerschaft war das Urteil über sie noch schärfer geworden. Liederlich, unstet, sittenlos. Sie müsse streng beobachtet werden, damit sie vielleicht doch eines Tages wieder auf den tugendhaften Pfad zurückkehren konnte, der einem Mädchen des Besitzbürgertums vorgeschrieben war. Ihre verzweifelten Eltern hatten einer dauerhaften Verwahrung in der Nervenklinik mit Erleichterung zugestimmt, ebenso der sofortigen Entfernung des Kindes, sobald es geboren würde.

Was soll ich nur tun?, fragte sich Lotte stumm und starrte hinaus in die Nacht, als könnten die Glocken, deren Geläute noch immer zu ihr herüberflog, eine Antwort geben. Sie fühlte sich ohnmächtig. Da war nichts, was sie unternehmen konnte, sie wusste es. Man würde ihr das Kind nehmen und sie weiterhin an diesem seltsamen Ort festhalten, gefangen in einer endlosen Monotonie, unterbrochen nur von eintönigen Mahlzeiten und uferlosen Gesprächen mit den Ärzten, bis endlich wieder der Schlaf kam.

Wonach die Psychiater auf der Suche waren, verstand Lotte nicht. Glaubten sie, durch ihre Befragungen in ihr Gehirn blicken zu können, wo angeblich die Nerven durcheinandergeraten waren? Und selbst wenn sie lose Nervenenden fänden – wie konnten sie diese wieder verbinden, damit Lottes Geisteskrankheit geheilt würde? Denn dass man sie für krank hielt, war eine Tatsache, und während sie sich zu Beginn ihrer Behandlung noch dagegen gewehrt hatte, so hatte sich längst in ihrem Bewusstsein ein Stimmchen festgesetzt, das ihr einflüsterte, die Ärzte hätten recht. War sie nicht immer, schon ihr ganzes Leben lang, verstört gewesen? Hatte sie doch nie den Sinn erkennen können in ihrem Schicksal, sich stets dagegen gewehrt, was andere Mädchen ihres Alters für die Erfüllung ihres Daseins hielten. Sie hatte ihren Eltern großen Kummer bereitet, das verstand sie nun. Hatte sich unnatürlich verhalten mit ihrer wirren Zuneigung zu Auguste. Wenn sie an die Freundin dachte, schmerzte es wie Zahnweh im Herzen. Sie hatte verantwortungslos an Auguste gehandelt, hatte die Freundin beinahe mit in den Abgrund gerissen. Auguste war das Mädchen, das die Gesellschaft sich erträumte, weiblich und sanft, sie würde eine gute Mutter werden und eine gehorsame

Ehefrau. Lotte durfte nicht einmal mehr an sie denken, sie hatte ihr Recht auf diese Freundschaft verspielt.

Wie köstlich aber war das kurze Spiel mit der Freiheit gewesen, überlegte sie mit einem kleinen Lächeln. Sie dachte an Gustav und ihre Treffen. Wie aufregend das gewesen war und wie lebendig sie sich gefühlt hatte, als wäre ihr Körper aus einem tiefen Schlaf erwacht. Die Erinnerung war fröhlich, ohne dass es sie interessierte, was Gustav jetzt tat.

Wenn sie an Martin dachte, spürte sie einen Stich. So hell aufgeflammt war seine Leidenschaft für sie, und sie hatte sich geschmeichelt gefühlt und gehofft, dass ihre Verbindung zu einer raschen Entlassung führen würde. Wider ihren Willen war das Band zwischen ihnen dann aber stärker geworden. Sie hatte angefangen, nervös auf seinen charakteristischen, eiligen Schritt zu hören. Sie ertappte sich dabei, dass sie von seinen Händen träumte und sich die Berührungen immer wieder ins Gedächtnis rief. Und dann kam das Ende mit solcher Härte. Sie hatte ihn unterschätzt. Seine Wut war ebenso grell wie zuvor die Begeisterung für sie, und er hatte sie in dem Moment, als sie seiner Hilfe besonders bedurft hätte, von sich gestoßen, um seine kostbare Reputation nicht zu gefährden. Das schmerzte Lotte, auch wenn sie wusste, dass er eigentlich nur Angst gehabt hatte. Vor dem Hohn und Spott seiner Kollegen, vor dem Gesichtsverlust. Am meisten vor der Verantwortung, die auch sie niederdrückte mit eisernen Klauen.

Er hatte seinen Kopf aus der Schlinge ziehen können. Für sie dagegen gab es keinerlei Ausweg. Sie blieb ohne ihn zurück, ganz allein mit ihrer Angst, allein unter zwanzig anderen Mädchen, die aus verschiedensten Gründen hier waren, Somnambulismus, Blödsinn, sittenwidriges Verhalten. Manches Schicksal ähnelte dem ihren, aber dennoch waren sie so weit von Lotte entfernt wie der Mond, der dort über der Stadt hing wie eine riesenhafte Laterne. Sie suchte den Himmel nach einem vertrauten Sternbild ab, aber es schien ihr, als hätte ein Riese das Himmelszelt durchgerüttelt wie ein Kaleidoskop, und alle Sterne wären zu neuen, fremden Mustern geronnen, die sie nicht wiedererkannte.

28.

Februar 1894

Es war ein kalter Tag. Die Luft schmeckte nach Schnee und Nässe, als Auguste mit schnellen Schritten in ihren schwarzen Stiefeln die Schützenstraße entlanglief. Vor der Nummer 10 blieb sie stehen. Ohne Zaun oder Vorgarten stand hier ein einstöckiges Gebäude, über den beiden Fenstern und der Tür schwangen sich Zierbögen empor. Daneben, etwas von der Straße zurückgesetzt, schloss sich ein zweistöckiges Wohnhaus an.

Auf einem schmucklosen Schild aus Emaille prangten die Worte *Kaffee Schimmelpfennig*. Auguste war nie zuvor hineingegangen, doch sie kannte wie alle Lichterfelder das beliebte Lokal, in dem vor allem die Kadetten und Offiziere aus der Kaserne im Gardeschützenweg verkehrten. Erst jetzt ging ihr auf, dass es vielleicht nicht klug gewesen war, diesen Treffpunkt zu wählen, da leicht jemand sie sehen könnte, der ihren Vater kannte. Doch nun war es zu spät. Terese würde jeden Moment auftauchen, und draußen war es viel zu kalt zum Spazierengehen. Also warf Auguste noch einen vorsichtigen Blick in die neblige Straße, zog ihren Mantel fester um sich und trat ein.

Drinnen empfing sie dunstige Wärme und Geschäftigkeit. Überwiegend Männer in Uniform, doch auch einige Paare und ältere Leute saßen an den kleinen Tischen, tranken Kaffee oder Likör. Einige hoben neugierig den Kopf – eine junge Dame allein war eine Seltenheit in einem Kaffeehaus. Auguste versuchte, einen selbstsicheren Ausdruck aufzusetzen, als verkehrte sie täglich in Gasthäusern wie diesem.

Zu ihrer Erleichterung saß Terese bereits an einem der Tische. Die Pflegerin trug ein schlichtes Baumwollkleid und ein wollenes Tuch um die Schultern und winkte ihr zu. Das Lächeln, das sonst in ihrem Gesicht leuchtete, fehlte. Sofort spürte Auguste, wie ihr Herz anfing, schneller zu klopfen. Etwas war geschehen. Nur so konnte sie Tereses hastig geschriebene Nachricht deuten, dass sie sich hier treffen sollten, noch heute.

Mit bebenden Knien trat sie zum Tisch und gab Terese die Hand. Sie setzte sich. «Gut, dass Sie gekommen sind, Auguste», sagte Terese leise. «Ich muss mit Ihnen sprechen. Doch zuerst trinken Sie das.»

Sie schob ihr ein kleines Glas zu, das randvoll mit Eierlikör war. Ein Blick in Tereses Augen ließ Auguste gehorchen. Sie nahm einen kräftigen Schluck von der dicken gelben Flüssigkeit und spürte das warme Brennen tief im Bauch. Sofort entspannte sie sich ein wenig. Doch der Druck auf ihrer Brust wollte nicht weichen. Sie spürte die Katastrophe auf sich zurollen und hatte das Gefühl, ein in die Ecke getriebenes Reh zu sein, das seinem Verderben entgegensah, ohne sich rühren zu können.

Terese räusperte sich einmal, dann noch einmal. Endlich sah sie ihr in die Augen. Darin las Auguste die gleiche Verzweiflung, die auch sie überkommen hatte. Und noch bevor Terese anfing zu sprechen, wusste Auguste, was sie sagen würde.

«Auguste, Sie müssen jetzt ganz ruhig bleiben. Sie dürfen hier keine Szene machen. Es ist sehr schwer, was ich Ihnen zu sagen habe. Sie ahnen es bereits, habe ich recht?»

Stumm nickte Auguste.

«Bei Charlotte setzten vor zwei Tagen die Wehen ein. Einige Wochen zu früh, wie ich vermute. Das Kind war sehr klein, doch die Geburt verlief gut. Charlotte wurde auf der Hebammenstation entbunden, sie ist auch im Gebäude der Charité untergebracht. Es ist die renommierteste Adresse in Preußen, um Kinder zu gebären. Sie war in den besten Händen. Doch selbst dort kann es zu Komplikationen kommen.»

Augustes Lippen zitterten. Sie hob das Glas erneut zum Mund und trank es aus. «Und es kam zu – Komplikationen?»

«Leider ja. Charlotte bekam hohes Fieber. Das geschieht viel zu oft. Die Wöchnerinnen sind eigentlich gesund, den Kindern geht es gut. Doch dann kommt dieses Fieber.»

«Warum?», hörte sich Auguste fragen wie aus weiter Ferne. Sie war an der Antwort nur mäßig interessiert, doch ihr war alles recht, um das Ende von Tereses Bericht hinauszuzögern.

«Genau weiß man es nicht. Doch es gibt Vermutungen. Ein Wiener Arzt namens Semmelweis hat schon vor vielen Jahren die These aufgestellt, dass es aus mangelnder Hygiene bei den Ärzten und Geburtshelfern geschieht. Doch hier in Berlin ist man immer noch skeptisch gegenüber dieser Theorie. Selbst der bekannte Mediziner Virchow, der lange an der Charité tätig war, hat immer wieder dagegen argumentiert. Die Gegner von Semmelweis behaupten, im Körper einer Frau gebe es entzündliche Fremdstoffe, die während einer Geburt zu gären beginnen und das Fieber auslösen.»

Jetzt war Auguste wieder aufmerksam. Empörung überkam sie. «Was für ein Unsinn!», rief sie aus. «Wie sollten denn solche Stoffe in den Körper der Frau hineingelangen? Das klingt wie eine dumme Kindergeschichte und nicht wie eine wissenschaftliche Theorie.»

Sie schloss den Mund, als sie die Blicke der anderen Gäste bemerkte. Offenbar hatte sie ihre Stimme erhoben, ohne es zu bemerken. Gleichzeitig wunderte sie sich. Sonst war es immer Lotte gewesen, die alles hinterfragt und sich über medizinische Probleme den Kopf zerbrochen hatte. Beim Gedanken an ihre Freundin wich ihr Ärger sofort und machte Furcht Platz. Sie musste wissen, was passiert war.

Terese nahm ihre Hand. «Bitte seien Sie stark, Auguste. Charlotte hat das Kindbettfieber nicht überlebt. Sie starb heute Nacht. Ich war bei ihr, man hatte nach mir geschickt, obwohl ich auf einer anderen Station arbeite. Aber Charlotte hatte wohl meinen Namen gemurmelt. Neben Ihrem, den flüsterte sie, als ich schon an ihrem Bett saß, wieder und wieder. Bis zum – Ende.»

Seltsam, dachte Auguste und sah durch die beschlagenen Fenster nach draußen in den trüben Januartag, wie ruhig sie war. In ihr war nur Kälte, eine schneidende Kälte, die jeden Knochen durchdrang. Lotte war tot. Erst ihr Bruder, nun ihre Freundin. Was hatte sie getan, dass sie jeden Menschen verlor, der ihr etwas bedeutete? Sofort schalt sie sich für ihren Egoismus. Es ging nicht um ihren Verlust. Lotte, das Mädchen mit den dunklen Locken und den schimmernden Augen, die vor Einfällen platzte und sie geküsst hatte, war tot. Sie würde nie erwachsen werden, ihr Kind nicht kennenlernen, niemals altern. Sie war ebenso in der Ewigkeit eingefroren wie Georg. Um ihr Leben betrogen, so kam es Auguste vor. Dann fiel ihr etwas ein.

«Und das Kind?», fragte sie. Ihre Stimme krächzte, als habe sie sie viel zu lange nicht benutzt.

Terese wischte sich eine Träne aus dem Augenwinkel. Fast beneidete Auguste sie um ihre Fähigkeit zu weinen. Die Pflegerin antwortete: «Es ist ein kleines Mädchen. Sie wurde noch in der Hebammenstation getauft. Charlotte und ich haben uns in den letzten Wochen ein paar

Mal über einen Namen unterhalten. Sie sagte, dass sie Henriette schön fände. Also habe ich dafür gesorgt, dass dies der Taufname des Babys wurde.»

Auguste flüsterte: «Henriette. Ein schöner Name. Aber so streng, das passt gar nicht zu Lotte.»

Terese nickte. Sie musste unter Tränen lächeln. «Dasselbe behauptete Ihre Freundin selbst auch. Doch sie sagte, dass sie sich für ihr Kind einen königlichen Namen wünsche, so wie ihr eigener und auch der Ihre – Auguste – einer sei. Wenn er dem Kind nicht gefalle, meinte sie, könne es sich ja Henny nennen, das sei frecher.»

Ja, das fand Auguste auch. «Henny. Das klingt besser.» Sie fand seltsamerweise einen winzigen Trost in der Vorstellung, dass irgendwo eine kleine Person heranwuchs, die Henny hieß. Als würde sie das Mädchen kennen, das sie doch niemals sehen durfte. Immer noch heiser fragte sie: «Was passiert jetzt mit dem Kind?»

«Im Moment ist es in der Obhut der Hebammen in der Charité. Doch in den nächsten Tagen wird es einer Anstalt für die Pflege von Waisen übergeben. Es gibt Einrichtungen, die sich auf die Säuglingspflege spezialisiert haben.»

«Was ist mit seinen Großeltern? Den nächsten Verwandten?»

Tereses Gesicht zeigte plötzlich Wut. «Charlottes Eltern haben sie verstoßen, als sie von ihrer Schwangerschaft erfuhren. Wir haben sie vom Tod ihrer Tochter und der Geburt von Henriette in Kenntnis gesetzt. Ihre

Antwort kam postwendend. Sie wollen nichts mit dem *Bastard* zu tun haben und verzichten auf einen Besuch. Nicht einmal der Beerdigung möchten sie sich annehmen. Also wird Charlotte auf einem der Armenfriedhöfe zur Ruhe gebettet, in einem Grab ohne Namen.»

Seltsamerweise gefiel Auguste diese Vorstellung besser als die von einem prunkvollen Begräbnis in der Gruft der Familie Printz. «Das wäre in Lottes Sinne gewesen», sagte sie leise. «Sie hielt nicht viel von Repräsentation.»

Die Pflegerin nickte, als verstehe sie, was Auguste meinte. Dann seufzte sie und wischte sich entschlossen die letzte Tränenspur von der Wange. «Ich muss zurück zur Arbeit», sagte sie und erhob sich.

Auguste winkte ab, als sie eine Geldbörse zückte. «Ich lade Sie ein», sagte sie.

Terese lächelte dankbar. «Es tut mir sehr leid, dass ich Ihnen solch schlechte Nachrichten überbringen musste», sagte sie.

Auguste schüttelte abwehrend den Kopf. «Sie müssen sich nicht entschuldigen», sagte sie und sah sich wieder erstaunt aus der Ferne zu, wie sie hier saß und nüchtern mit Terese sprach, als wäre nichts geschehen. Als drehte sich die Welt einfach weiter. Würde sie das wirklich? «Ich bin froh, dass Sie es mir erzählt haben, sonst hätte ich nie die Wahrheit erfahren. Sie haben mir sehr geholfen. Mir und Lotte.»

Jetzt stiegen ihr doch die Tränen in die Augen, aber sie schluckte und würgte, bis das Weinen wieder aufhörte.

Wenn sie jetzt nachgab, würde sie hier im *Kaffee Schimmelpfennig* zusammenbrechen. Das wäre das Letzte, was ihr fehlte. Sie musste hinaus, in den feuchtkalten Tag dort vor der Fensterscheibe.

Eilig schüttelte sie Terese die Hand, die ihre stumm drückte und dann mit einem letzten Lächeln aus der Tür eilte. Das Glöckchen bimmelte, als die Cafétür hinter ihr zuschlug. Aus irgendeinem Grund schien es Auguste ein tröstliches Geräusch, hell und fröhlich, wie ein Gruß aus einer Welt, die längst untergegangen war. Sie ließ die Münzen für den Kaffee und den Likör auf dem Tischchen liegen und erhob sich ebenfalls. Ein Kellner eilte herbei, um ihr in den Mantel zu helfen.

Als sie sich noch einmal im vollen Raum umsah, in dem die Menschen schwatzten und lachten, fiel ihr Blick auf eine junge Frau mit dunklen Locken, die hier mit ihrem Kavalier, einem schneidigen Kadetten, eingekehrt war. Die Frau lachte ausgelassen und sah den jungen Mann schelmisch an. Der schien kaum zu wissen, womit er sein Glück verdient hatte, und lächelte selig. Auguste würgte ein Schmerz in der Kehle. Das Mädchen sah Lotte ein wenig ähnlich, nicht nur die Haarfarbe, sondern vor allem diese Unbekümmertheit, die aus dem Wissen erwuchs, dass sie bewundert wurde. Genau wie Lotte. Und doch hatte diese auch Angst gehabt, die sie nur wenigen Menschen gezeigt hatte. Und nun war sie tot. Sie würde niemals mehr lachen und sich eine vorwitzige Locke aus der Stirn streichen wie diese junge Frau dort am Tisch.

Halt dein Glück gut fest, dachte Auguste und bemerkte im selben Moment, dass sie es laut gesagt hatte. Das Mädchen drehte sich zu ihr um und sah sie erstaunt an. Sie hatte leuchtende blaue Augen, gar nicht wie Lottes, die die Farbe von Regen gehabt hatten.

Da floh Auguste. Sie stolperte zur Tür hinaus. Das Glöckchengebimmel tönte ihr wie Hohngelächter in den Ohren. Blind vor Tränen rannte sie die Straße entlang und horchte auf den Wind, der durch die kahlen Zweige der jungen Bäumchen pfiff. Ein paar vermummte Passanten eilten durch die Straße und sahen neugierig zu ihr herüber. Doch Auguste war es gleichgültig, ob man sie erkannte. Sie konnte an nichts anderes denken als an den Schmerz, den Verlust von Lotte. Sie hatte die Freundin lange vorher verloren, doch der heutige Tag besiegelte diesen Umstand endgültig.

In einem kleinen Park, wie sie hier an vielen Straßenecken zu finden waren, damit die Bewohner der Kolonie ein Plätzchen zum Ausruhen fanden, brach Auguste zusammen. Der Boden war gefroren, die Gräser steif und mit Raureif bedeckt. Sie fiel im Schutz einiger Büsche auf die Knie und krallte die Hände in die Wiese. Unter ihren Fingern fühlte sich das Gras an wie gefrorenes Haar. Sie schluchzte und biss sich in die Knöchel, um das Geräusch zu dämpfen. Endlich ließ der Weinkrampf nach. Augustes Blick wanderte nach oben zum Winterhimmel, an dem ein Habicht seine Kreise zog. Er hatte es bei der Kälte sicher schwer, eine Maus zu finden. Sie folgte ihm mit den Augen, wie er erfolglos weitersuchte und schließlich in Richtung Bahntrasse fortflog.

Auguste stand auf. Ihr Rock war feucht von den Schneeresten und der Stoff zerknittert. Ihr Gesicht fühlte sich klebrig an, die Tränen waren darauf gefroren. Es war Zeit, nach Hause zu gehen. Zeit, sich ins Unvermeidliche zu fügen, die Verzweiflung ihrer Mutter zu lindern, indem sie schnellstens einen vielversprechenden jungen Mann heiratete und sich ein für alle Mal die Flausen aus dem Kopf schlug. Solange Lotte am Leben gewesen war, hatte es eine kleine Flamme gegeben, die tief in ihrem Inneren nicht ausgehen wollte. Doch nun schien das Feuer endgültig zu verlöschen. Ihre Kindheit war zu Ende.

Auguste klopfte sich den Schmutz von den Kleidern und schlug den Weg nach Westen ein. Schritt für Schritt schleppte sie sich durch die Straßen in Richtung Karlsplatz. Hinter den Fenstern der vereinzelt stehenden Häuser glomm Licht. Die Bewohner von Lichterfelde bekämpften die Winterkälte mit glühenden Holzscheiten im Ofen und warmem Gewürzwein in ihren Salons und guten Stuben. Nachts legten sie sich Heizsteine ans Fußende ihrer Betten, damit es darin mollig warm blieb. Auguste hatte jedoch das Gefühl, dass die Eiseskälte in ihr für immer bleiben würde.

Während sie durch die langsam dunkler werdenden Straßen lief, spürte sie, dass sie etwas Wichtiges vergessen hatte. Es war wie eine Erinnerung an etwas, das weit zurücklag, doch es hing viel davon ab, sie wieder hervorzuholen. Ein nagendes Gefühl war das.

Endlich erwischte Auguste den Gedanken.

Es war kein Bild, das in ihr aufstieg, nur ein Name. Ein Name, der etwas in ihr leise, aber mit goldenem Ton zum Klingen brachte. *Henny*.

29.

März 1894

Kutsche um Kutsche stand an der Lichterfelde Dorfaue, prächtige Pferde scharrten mit den Hufen, während ihre Geschirre klirrten. Die Herren und Damen, die den Wagen entstiegen, waren exklusiv gekleidet, mit Frack, schwarzen Zylindern und raschelndem Tüll. Die Hüte der Frauen leuchteten als helle Scheiben in der Dämmerung, als trügen sie den Mond auf den aufwendigen Frisuren.

Als ein Diener den Schlag ihrer Droschke öffnete, stieg Auguste vor dem hell erleuchteten Restaurant aus und blickte staunend umher. Natürlich kannte sie den *Pavillon*, ein erlesenes Ausflugslokal für die verwöhnte Berliner Ausgehgesellschaft. Schon oft war sie hier vorbeigefahren und hatte einen neugierigen Blick hinübergeworfen. Nie aber hatte sie den Ort am Abend erlebt, wenn alle Lichter entzündet waren und Reich und Schön sich hier versammelte, um Champagner zu trinken und Austern zu essen, für die das Restaurant berühmt war.

Der Besitzer, Adolf Collmann, verstand es, seine Gäste zu überraschen und zu unterhalten. Am Wochenende kamen die Besucher in Scharen aus der Stadt, wo man schon alles gesehen hatte und sich nach der grünen Ruhe der Vororte sehnte. Wer wollte, konnte im hauseigenen Hotel länger bleiben und es sich in der Provinz gut gehen lassen. Doch die meisten kamen nur für einen weinseligen Abend hierher, um das neue Abendkleid auszuführen, ein wenig Klatsch aufzuschnappen und die Militärkapelle spielen zu hören, deren Musik einem in die Beine fuhr.

Verwundert fragte sich Auguste, weshalb Ludwig ausgerechnet dieses Lokal vorgeschlagen hatte, um sich mit ihr zu treffen. Sie hatte ihm ihre Bitte um ein Wiedersehen auf eine knappe Karte geschrieben und ebenso kurz, aber postwendend war seine Antwort gekommen: «*Sonntag acht Uhr im* Pavillon. *In Vorfreude, L.*» Sie hatte ihre Eltern angelogen und behauptet, sie gehe mit einer ehemaligen Schulfreundin in Berlin ins Theater. Ihr Vater, der mit seinen Gedanken wie so oft woanders zu sein schien, hatte nur genickt. Ihre Mutter hatte zu bedenken gegeben, dass sie nicht zu lange ausbleiben dürfe. «Du weißt, dass du morgen für einen Spaziergang mit Major Wenzel verabredet bist. Du sollst doch frisch und ausgeschlafen sein.»

Auguste hatte genickt und gelächelt, doch bei sich gedacht, dass ihr dieser unbekannte Major gestohlen bleiben konnte. Dann hatte sie ihr schönstes Kleid angezogen, ein grüner Seidenstoff mit engem Mieder, einer großen Schleife um die Taille und reichlich Spitze am Unterrock, und war in den wartenden Wagen gestiegen.

Als sie jetzt vor dem *Pavillon* stand, war sie froh, standesgemäß gekleidet zu sein. Sie fiel unter den übrigen Gästen nicht auf, und wenn sie doch der ein oder andere Blick streifte, so war er bewundernd, neidisch oder sehnsüchtig, je nachdem, wer ihn ihr zuwarf. Vor dem Eingang, wo livrierte Diener den Gästen die Türen aufhielten, wartete Ludwig.

Beim Blick in sein freundliches Gesicht verspürte Auguste echte Freude. Es war gut, ihn wiederzusehen. Sie wusste, dass er ihr wohlgesinnt war. Und das war wichtig, wenn sie ihn von ihrem Plan überzeugen wollte. Sie war auf seine Hilfe angewiesen.

«Auguste», sagte er fröhlich und reichte ihr mit einem galanten Bückling die Hand. Sie lächelte ihn an und hielt ihm ihren Arm hin. Eine ältere Dame, die mit ihrem Begleiter an ihr vorbeiging, sagte: «Welch ein bezauberndes Paar.» Auguste musste sich ein Lachen verkneifen. Wenn Sie wüssten, gute Frau, dachte sie. Dann wandte sie sich Ludwig zu. Er sah schneidig aus in seinem schwarzen Frack mit weißer Fliege und weißen Handschuhen. Tatsächlich, überlegte sie überrascht, wirkten sie wohl wie zwei glücklich Verlobte. Wie ironisch!

Ludwig führte sie nach drinnen. Er hatte ein Séparée reserviert, wo sie ein wenig abseits des Trubels saßen und in Ruhe reden konnten. Auguste fiel zum ersten

Mal auf, dass er sich in der feinen Gesellschaft ganz natürlich bewegte. Er war es von Kindheit an gewöhnt, in erlesenen Lokalen wie dem *Pavillon* zu verkehren. Kein Wunder, dass die Auflösung der Verlobung ihre Mutter betrübt hatte. Nun sollte der Major die Lücke füllen und Auguste standesgemäß in den Hafen der Ehe führen.

Auguste schauderte einen Moment lang bei dem Gedanken an ihre Zukunft und riss sich dann zusammen. Wenn alles gut ging, würde sie die Ehe mit diesem Fremden verhindern können. Doch es hing davon ab, was Ludwig sagte. Schon wollte sie mit ihrer Bitte herausplatzen, da hob er die Hand. «Einen Moment, Auguste. Wenn wir schon einmal hier sind, wollen wir doch auch den Abend genießen.»

Er winkte mit selbstverständlicher Geste einen Kellner heran und bestellte.

Sie staunte. «Wie elegant hier alles ist. Und wie sicher Sie sich hier bewegen. Ich allein wäre völlig verloren in diesem Etablissement.»

Er zuckte mit den Schultern. «Meine Eltern führten vor dem Tod meines Vaters ein recht aufwendiges Leben. Seit meine Mutter Witwe ist, geht sie nicht mehr aus. Doch ich habe das Vermögen meines Vaters geerbt und muss gestehen, dass ich auch seine Liebe zu gutem Wein teile. Daher komme ich ein bisschen herum. Natürlich lange nicht so viel, wie man meinen könnte. Die meiste Zeit sitze ich in der Bibliothek oder esse Erbsensuppe in einem Café.»

Seine Bescheidenheit rührte Auguste. Hier, inmitten dieser eleganten Boheme, wirkte er weniger linkisch, als sie ihn kannte. Während sie auf das Essen warteten, unterhielten sie sich über Ludwigs Studium, das kurz vor dem Abschluss stand. Er strebe das Richteramt an, erzählte er, doch der Weg dorthin sei lang. Nur die Besten würden gewählt. Und er wisse nicht, ob er dazugehöre. Auguste nickte und lächelte höflich. Sie brannte darauf, mit dem Grund ihres Treffens herauszuplatzen, wollte ihn aber nicht verärgern.

Zwei Kellner rollten einen Servierwagen heran und platzierten schwere Porzellanteller vor sie. Auf einer silbernen Platte türmten sich die Austern. Ein Kellner schenkte Champagner in Gläser mit dicken Stielen ein. Der Schaumwein perlte und sprudelte. Ludwig griff mit gutem Appetit zu, und auch Auguste, die nie zuvor Austern gegessen hatte, schmeckte es. Nachdem sie Ludwig beobachtet hatte, verstand sie schnell die Technik, löste das Fleisch geschickt aus der Schale und schlürfte diese dann aus. Dazu gab es frisches Brot mit köstlicher zerlaufener Butter.

Endlich lehnte sich Ludwig zufrieden in dem bequemen Stuhl zurück. Er lächelte entschuldigend. «Jetzt habe ich Sie mit meinen Geschichten der trockenen Jurisprudenz gelangweilt und mich gar nicht nach Ihrem Befinden erkundigt.»

Ärgerlich spürte Auguste, wie ihr die Tränen in die Augen stiegen. Nie fragte jemand, wie es ihr ging. Nun, da es geschah, schien es alle Schleusen der Traurigkeit zu öffnen, die seit Monaten in ihr wohnte.

Erschrocken sah Ludwig sie an. «Verzeihen Sie! Bin ich Ihnen zu nahe getreten? Ist es noch immer die Trauer um Ihren Bruder? Sie haben es noch nicht verwunden, das ist ja ganz natürlich.»

Zu Augustes peinlicher Berührtheit gesellte sich auch noch ein schlechtes Gewissen, weil sie nicht wegen Georg weinte, sondern um Lotte. Entschlossen schluckte sie kräftig und trank hastig einen Schluck Champagner. Dann sah sie Ludwig fest an. «Erinnern Sie sich an die Freundin, von der ich Ihnen einmal erzählte?»

«Natürlich. Lotte. Die Medizinerin.» Der Anflug seines Lächelns verschwand beim Blick in Augustes Gesicht. Er schüttelte leicht den Kopf. «Ist sie immer noch in der Klinik?»

«Nein. Ja. Das heißt, sie war dort, bis zu ihrem – Tod.»

Betroffenheit breitete sich in seinem jungenhaften Gesicht aus. «Was ist geschehen?»

Auguste berichtete ihm so knapp wie möglich von Lottes Schicksal. Als sie das Kindbettfieber erwähnte, trat Empörung in Ludwigs Miene. «Das kann doch nicht sein. Wir schreiben das Jahr 1894. Wir haben Elektrizität. Die ersten Menschen fliegen. Und immer noch weigern sich die feinen Herren Doktoren zu sehen, was vor ihrer Nase liegt. Hauptsache, sie müssen ihre Gewohnheiten im Klinikalltag nicht verändern.» Er atmete tief durch. Ruhiger fragte er: «Und das Kind? Hat es einen Vater? Einen, dessen Namen Sie kennen, meine ich?»

Auguste verneinte. «Lotte hat mir nicht anvertraut, wer der Vater des Kindes ist. Vielleicht war sie sich selbst nicht sicher.»

Ludwig zog die Augenbrauen hoch und überging den letzten Satz. Stattdessen fragte er: «Wo ist es jetzt?»

«In einem Waisenhaus mit einer Pflegestation für Neugeborene. Ich habe die Adresse.»

Ludwig sah sie an. Er schien zu überlegen. Dann hellte sich sein Blick auf. «Jetzt verstehe ich, warum Sie meinen Rat brauchen. Sie möchten das Kind sehen?»

Auguste nickte heftig. Ängstlich betrachtete sie seine Miene. Würde er sie für verrückt halten? Doch in seinem Gesicht las sie ausschließlich Bewunderung.

«Das halte ich für eine gute Idee», setzte er mit Nachdruck hinzu.

Ermutigt fragte Auguste: «Was meinen Sie – gibt es die Möglichkeit, das Kind regelmäßig zu besuchen? Es vielleicht sogar eines Tages –»

Sie wagte nicht weiterzusprechen. In den letzten Wochen, wenn sie schlaflos im Bett gelegen und die dunklen Silhouetten der Kastanienbäume vor den Fenstern ihres Turmzimmers beobachtet hatte, war in ihr ein Einfall gewachsen. Erst war es nur ein zarter Keimling, sie hatte kaum verstanden, was ihre Gedanken sich dort zusammensponnen. Doch dann hatte die Idee Form angenommen. Was wäre, wenn sie das Kind – Henny – in der Waisenanstalt besuchen würde? Es im Arm halten? Schließlich war es ein Stück von Lotte. Ein Stück von ihr selbst. Auf eine schwer begreifliche Weise spürte sie die Wahrheit hinter diesem Gedanken. Sie hatte sich daran geklammert und das Bild immer deutlicher vor sich gesehen.

Terese hatte ihr die Anschrift des Waisenheims genannt, das Haus lag in der Chausseestraße, ganz in der Nähe der Pension, in der sie die Pflegerin besucht hatte. Und nachdem sie beim Grübeln so weit gekommen war, hatte ihr Herz einen weiteren mutigen Satz nach vorne gemacht, während ihr Hirn erst langsam hinterhergeschlichen kam. Du warst Lottes beste Freundin, hatte das Herz geflüstert, du solltest dich um ihr Kind kümmern. Lass Henny nicht allein unter Fremden! Geh hin und fordere sie zurück.

Auguste hatte so große Furcht vor diesem ungeheuerlichen Einfall, dass sie bis zu jenem Moment, da sie vor Ludwig saß, nicht sicher gewesen war, ob sie ihn aussprechen konnte. Doch sie nahm allen Mut zusammen. «Meinen Sie, es besteht die Möglichkeit, Henny – so heißt das kleine Mädchen – an Kindes statt anzunehmen?»

Als die Worte ihren Mund verließen, hätte Auguste sie am liebsten sofort wieder eingefangen und tief in ihrem vorlauten Herzen verschlossen. Was für eine törichte Idee! Sie, ein bürgerliches Mädchen ohne Geld und ohne Ehemann, sollte ein Waisenkind großziehen? Ludwig würde gleich in Gelächter ausbrechen, so viel war sicher. Ihre Eltern würden sich von ihr abwenden oder sie ebenfalls in die Psychiatrie einsperren, um sie mit Elektroschocks von diesen Wahnvorstellungen zu heilen. Und doch spürte sie, wie unermesslich ihr Wunsch wuchs, den Plan wahrzumachen. Sie hatte das Kind nie gesehen, aber sie fühlte sich ihm so verbunden, als habe sie es immer schon gekannt.

Ludwig schwieg und sah sie lange an, als suche er in ihrer Miene nach der Ernsthaftigkeit ihrer Äußerung. Endlich sagte er langsam und wählte wohl jedes Wort mit Bedacht: «Was ich Ihnen jetzt sage, sollten Sie in Ruhe anhören und nichts vorschnell entscheiden.»

Auguste nickte furchtsam.

Er fuhr fort: «Wenn es wirklich das ist, was Sie wollen – und ich habe das Gefühl, dass es so ist – dann müssen Sie sich bewusst machen, welch ungeheurer Schritt das wäre. Sie würden Ihrer – unserer – Welt den Rücken kehren. Ihre Eltern – nun, ich kenne sie ein wenig. Genug, um zu wissen, dass sie einen solchen Lebensweg ihrer einzigen Tochter nicht gutheißen würden. Sie werden Sie verstoßen, Auguste. Ihnen Ihren guten Namen nehmen, Ihr Erbe verweigern, Sie von allem ausschließen, was Ihnen eigentlich zustünde.»

Auguste nickte wieder. So weit war sie in ihren Überlegungen auch schon gekommen. Doch erstaunlicherweise erschreckte sie die Vorstellung weniger, als sie es vor einigen Wochen noch für möglich gehalten hätte. Eine Idee hatte sich klammheimlich bei ihr eingeschlichen, nur eine vage Vorstellung davon, was sie tun wollte. Einen Plan konnte man es leider noch nicht nennen, dachte sie zaghaft.

Ludwig forschte erneut in ihrem Gesicht und sprach dann weiter. «Natürlich gibt es Möglichkeiten, wenn Sie das nicht abhält. Die Pflegeeinrichtungen für Waisen sind oft überfüllt. Ein Kind weniger würde niemanden stören. Oft übernehmen Privatpersonen sogenannte Waisenkostkinder. Ich weiß das deshalb so gut, weil am Gericht leider viele Fälle von Waisenkindern auftauchen, die als junge Menschen oder Erwachsene ein Verbrechen begangen haben. Doch in den meisten Fällen wundert es mich nicht. Diese Kinder wachsen oft an lieblosen Orten auf, bei Fremden mit harter Hand, und müssen ihre ganze Kindheit und Jugend schwer arbeiten. Das macht etwas mit den Menschen.»

Auguste schauderte. Sie wollte auf keinen Fall, dass es Henny so erging, nur weil sie das Pech gehabt hatte, als unerwünschter Bastard auf die Welt zu kommen. Hatten nicht alle Kinder eine Chance verdient?

«Es ist günstig, dass es um ein kleines Mädchen geht», fuhr Ludwig fort. «Für Mädchen wird oft eine häusliche Pflege bevorzugt. Es entspräche ihrem weiblichen Naturell mehr, wenn eine mütterliche Pflegerin sich ihrer annähme, als wenn sie in einer Anstalt aufwüchsen, so die einhellige Meinung.»

«Welchen Weg gäbe es denn, um an das Kind zu kommen?» Auguste fragte ganz offen, nachdem sie sich sicher war, dass Ludwig sie nicht verurteilen oder verhöhnen würde.

«Sie müssten einen ausführlichen Fragebogen ausfüllen, in dem Ihre Voraussetzungen erfasst werden. Eine gewisse finanzielle Unabhängigkeit wäre natürlich von Vorteil. Doch auch viele arme Familien nehmen Kostkinder auf, um ihr Einkommen durch das magere Kostgeld aufzubessern. Es lohnt sich jedoch kaum. Für einen Säugling erhält man nur ein paar Groschen.»

«Und wenn ich auch nichts erhielte, so wäre mir das gleichgültig», brauste Auguste auf.

Ludwig hob beschwichtigend die Hand. Eine Gesellschaft neben ihrem Séparée verstummte mitten im Gespräch, mehrere Augenpaare sahen zu ihnen herüber.

Auguste dämpfte schnell ihre Stimme. «Ich meine, mir geht es nicht um das Geld.»

«Aber es wird Ihnen bald darum gehen. Wenn man keines hat, wird das Geld schnell zum Mittelpunkt, um das sich alles im Leben dreht», antwortete Ludwig.

Auguste nickte unbehaglich. Doch sie wollte mehr wissen. «Wie ginge es denn weiter? Nach dem Fragebogen, meine ich.»

«Sie bräuchten ein polizeiliches Attest, das Ihre Unbescholtenheit ausweist. Dann prüft das Waisenamt des Stadtbezirks den Antrag und entscheidet Ihren Fall.» Plötzlich schien ihm etwas einzufallen. «Wie alt sind Sie genau, Auguste? Doch noch nicht volljährig, sehe ich das richtig?»

Sie nickte beklommen.

Ludwig seufzte. «Dann ist es sowieso erst einmal Essig mit Ihrem Plan. Offiziell müssten Sie einundzwanzig werden, bevor Sie ein Kostkind aufnehmen dürfen. Allerdings sehe ich immer wieder Fälle, in denen das auch jüngeren Personen gestattet wird. Es gibt einfach zu viele Waisenkinder in der Stadt, als dass die Behörden wählerisch sein könnten.»

«Ich weiß, dass es jetzt nicht geht. Aber vielleicht doch bald? Sehen Sie eine Möglichkeit, dass ich später für das Kind sorgen dürfte?»

Er wiegte den Kopf hin und her. «Prinzipiell schon. Doch wie wollen Sie es ernähren? Wie für sich selbst aufkommen? Sie bräuchten eine Wohnung, ein Zuhause für sich und das Kind.»

Ja, all das ging Auguste auch durch den Kopf, seitdem sie das erste Mal daran gedacht hatte. Es war wie eine Katze, die sich in den Schwanz biss. Wie sollte sie jemals diesen Teufelskreis durchbrechen? Wenn sie alle Brücken hinter sich abbräche, um das Kind aufnehmen zu können, würde sie ihr Erbe verlieren. Ohne das Geld jedoch konnte sie niemals ein Kind aufziehen. Sie seufzte tief. Ludwig sah ihr die Verzweiflung wohl an, denn er griff nach ihrer Hand und drückte sie tröstend. Nach kurzem Nachdenken sagte er: «Wenn es um Geld geht – daran sollte es nicht scheitern.»

«Wie meinen Sie das?», fragte Auguste zaghaft.

«Ich bin ziemlich reich. Wie Sie wahrscheinlich schon

von Ihren lieben Eltern wissen.» Er lachte. «Und hätten Sie mich geheiratet, wie ich es Ihnen damals versprochen habe, dann würde Ihnen das Geld ohnehin gehören, zwar nicht vor dem Gesetz, aber nach moralischen Gesichtspunkten. Ich würde mich sehr freuen, wenn ich die Unannehmlichkeiten unserer geplatzten Verlobung wiedergutmachen könnte.»

Es war Auguste peinlich, dass sie sein Angebot in Erwägung zog. Doch war sie in der Situation, einen solchen Rettungsanker auszuschlagen? Leider nicht. Auf ihren Wangen spürte sie die Wärme, die ihr in den Kopf gestiegen war. Oder war das der Champagner? Zweifelnd sah sie Ludwig an.

«Selbst wenn ich all meinen Stolz hinunterschlucken würde und Ihr großzügiges Angebot annähme – das würde nicht reichen. Ich könnte mich nicht ewig aushalten lassen. Ich möchte diesem kleinen Mädchen etwas bieten. Ein echtes Zuhause. Und ein Vorbild.»

Ludwig nickte zustimmend. «Ja, Sie sind eine kluge junge Frau, Auguste. Es wäre mir eine Freude, Ihnen zu Beginn ein wenig auszuhelfen. Aber Sie brauchen mehr als das. Sie brauchen einen wirklichen Plan, und ich fürchte, die Hilfe von noch mehr Menschen, bevor Sie Ihren Wunsch in die Tat umsetzen können.»

Er hatte recht, dachte Auguste. Sie allein konnte das alles nicht bewältigen, die vielen Hürden nicht nehmen. Langsam, wie die Teile eines Puzzles, fügten sich die Einfälle, die in ihrem Kopf herumjagten, zu einem Bild.

Eine Erinnerung regte sich tief in ihrem Gedächtnis. Ein Brief mit gestochen scharfer Handschrift auf einem Sekretär, den sie nicht hätte lesen dürfen. Eine jüdische Schriftstellerin, die sich für die Rechte der Frauen einsetzte. Doch nein, das Buch hatte nur das Schriftstück beschwert, das eigentlich das Wichtige in dieser Erinnerung bildete.

Auguste atmete tief ein. Die Fischbeinstäbchen stachen ihr in die Rippen, es war das vertrauteste Gefühl der Welt. Jedes tiefe Atemholen bedeutete Schmerz im Leben einer wohlerzogenen jungen Frau. Weshalb musste das so sein?, fragte sie sich. Ihr war schwindlig vom Alkohol und von ihren wilden, umherwirbelnden Gedanken. Sie musste sie fangen, sie zähmen und ordnen, bevor sie weitere Entschlüsse fasste. Wieder wandte sie sich an Ludwig: «Ich danke Ihnen. Sie sind ein wahrer Freund. Und ich werde wohl auf Ihre freundliche Offerte zurückkommen. Zurückkommen müssen. Doch jetzt sollte ich erst einmal nach Hause fahren.»

Er half ihr in den Mantel. Im Raum war es noch wärmer geworden, die Wangen der Damen ringsherum glühten. Wein und Champagner flossen in Strömen. Auf einem kleinen Podest in der vorderen Ecke des Salons hatte eine Militärkapelle Platz genommen und zu spielen begonnen. Die Gäste wippten mit den Füßen im Takt und strahlten und klatschten. Doch Auguste gefiel die Musik nicht, sie war hart und schnell, und die blechernen Töne der Trompeten schienen die Luft zu zerreißen. Die Melodie kam Auguste vor wie ein strenger Zuchtmeister, der seine Zuhörer zur Räson brachte. Sie schüttelte Ludwig die Hand und bedankte sich für den schönen Abend und den guten Rat.

Er schenkte ihr ein so strahlendes Lächeln, dass sie einen kurzen Moment lang irritiert war. Dann bemerkte sie, dass das Lächeln nicht ihr gegolten hatte, sondern einem der jungen Männer in Livree, die mit blitzenden Tabletts umherliefen. Ludwig schien sich ertappt zu fühlen und wurde rot. Doch Auguste musste lachen. Sie knuffte ihn fröhlich in die Seite, wie sie es so gern bei Georg getan hatte. Zum ersten Mal dachte sie an ihren kleinen Bruder ohne Verzweiflung, bemerkte sie erstaunt.

«Auf Wiedersehen, Ludwig», sagte sie und eilte aus dem Salon hinaus an die kühle Luft. Obwohl bis vor wenigen Tagen noch Schnee gelegen hatte, erschnupperte sie im Abendwind etwas wie die Verheißung des Frühlings. Dieser Duft nach sprießendem Grün und Erneuerung alles Lebenden erschien ihr auf einmal als gutes Omen für ihre Wünsche und Träume. Während sie in eine wartende Droschke stieg, warf sie noch einen Blick zurück auf den prachtvollen Vergnügungspalast, in dem sie soeben wie eine Prinzessin gespeist hatte. Das alles war für immer verloren, wenn sie ihren Plan in die Tat umsetzte, dachte sie. All die kostbaren Kleider, die großzügige Geldsumme in ihrer Börse würde man ihr nehmen und die Annehmlichkeiten eines wohlhabenden

Hauses wären unwiederbringlich vorbei. Und im selben Moment spürte sie, dass es ihr kein bisschen leid um all diese Dinge tat.

30.

Adelheid Krahmer betrachtete sich als eine Frau, die progressiven Ideen gegenüber aufgeschlossen war. Sie sah es ungern, wenn die Talente ihrer Schülerinnen verschüttet blieben, weil ein selbstherrlicher Vater oder eine geldgierige Mutter dafür sorgten, dass ihre Tochter eine vorteilhafte Verbindung einging und fortan in ihrer Rolle als Ehefrau und Mutter aufgehen sollte. Und sie bewunderte die französischen Dichterinnen, die voller Wortgewalt gegen die Herrschaft der Männer über die Frauen angingen.

Doch was die Schülerin, die ihr gegenüber saß und wild gestikulierend auf sie einsprach, vorhatte, verschlug ihr den Atem. Das Mädchen musste den Verstand verloren haben, ebenso wie ihre Freundin Charlotte Printz, deren trauriges Schicksal Adelheid Krahmer nachts wach liegen ließ. Hätte sie etwas tun können? Dem Mädchen helfen? Doch gegen die Entscheidungen der Eltern und Vormünder ihrer Schützlinge war sie machtlos.

Sie durfte nicht den Ruf der Schule gefährden. Schon öfter war sie mit dem Vorwurf konfrontiert worden, an ihrem Institut würde der Freigeist herrschen, sie sei eine Suffragette, die ihren Schülerinnen Flausen in den Kopf setzte. Bisher hatte sie sich erfolgreich gegen jeden Verdacht zur Wehr setzen und die Untadeligkeit der Krahmerei beweisen können. Doch sie musste behutsam vorgehen und durfte keinesfalls einen Skandal heraufbeschwören.

Als Ottilie Beier verschwunden war, hatte sie wider besseres Wissen versucht, für das Mädchen ein gutes Wort bei seinen Eltern einzulegen. Man hatte sie hinauskomplimentiert, ehe ihre Ansprache vorbei gewesen war. Als dann Charlotte Printz in die Nervenklinik der Charité eingeliefert worden war, hatte sie die Füße stillgehalten. Was nützte es, eine weitere angesehene Familie in Lichterfelde zu verprellen? Sie war ihren Schülerinnen gegenüber zur Vorsicht verpflichtet, damit diese weiterhin an ihrem Institut eine gute Bildung erhalten konnten. Das war mehr, als die meisten Frauen des Kaiserreichs zu hoffen wagten.

Doch heute war Auguste Baumgarten hier hereingeschneit und hatte ohne Umschweife begonnen, ihre verrückten Pläne vor ihr auszubreiten.

Adelheid Krahmer dachte mit Unbehagen an ihre letzte Begegnung zurück. Das war im Frühsommer gewesen, kurz bevor Auguste die Schule beendet hatte. Sie hatte damals viel zu offen mit dem Mädchen gesprochen und es danach bitter bereut. Wie leicht hätte etwas von ihren unbedachten Worten an die Öffentlichkeit dringen können! Wie schnell hätte sich der Klatsch, einem Lauffeuer gleich, in der ganzen Stadt verbreiten können, dass die Schulleiterin der Krahmerschen Mädchenschule sich abwertend über eine Entscheidung von Eltern ausgelassen habe. Dass sie ein Mädchen gegen die Obrigkeiten aufgestachelt habe und der Meinung sei, die Nervenklinik der Charité, eine der ersten Adressen im Deutschen Reich auf dem Gebiet der Neurologie, behandle junge Frauen falsch. Nicht auszudenken, was das für die Zukunft der Schule bedeutet hätte. Nein, sie durfte nicht offen Stellung beziehen, das war sie sich selbst und ihren Schülerinnen schuldig.

«Hören Sie mir überhaupt zu?», fragte Auguste gerade.

Adelheid Krahmer fuhr zusammen. Was fiel dem Mädchen ein, so mit ihr zu sprechen? «Selbstverständlich», antwortete sie streng. «Sie sagten soeben, dass Sie daran dächten, ein fremdes Kind als Mündel anzunehmen. Sind Sie von allen guten Geistern verlassen?»

«Henny ist nicht fremd», brauste Auguste wieder auf.

Die Schulleiterin blickte sie tadelnd und ein wenig zweifelnd an. Dieses Mädchen war, als es damals mit seiner hochmütigen Mutter zur Anmeldung gekommen war, schüchtern gewesen, fast ein wenig naiv. Sie hatte nichts gewusst von Leidenschaft oder Trauer. Nun saß hier eine junge Frau vor ihr, die nichts mehr mit diesem zarten Mädchen gemein hatte. Sie strahlte eine Willenskraft aus, die Adelheid Krahmer fast ein wenig Angst einflößte. Um ihretwillen, denn Auguste spielte mit dem Feuer und hatte jegliche Vorsicht in die Flammen geworfen.

«Wie bitte?», fragte sie nach, denn offenbar hatte sie schon wieder ein Argument des Mädchens überhört.

«Ich habe das Kind in der letzten Woche zweimal besucht. Sie hat Lottes Augen. Genau dieses tiefe Grau, die langen Wimpern darüber. Und sie riecht so gut. Es ist, als würde ich diesen Geruch schon sehr lange kennen. Haben Sie je an einem Babykopf gerochen?»

Adelheid Krahmer musste überlegen. Sie erinnerte sich nicht. In ihrem Umfeld gab es nur Backfische, keine Babys. Langsam schüttelte sie den Kopf.

Auguste sagte eifrig: «Nun, es ist ein himmlischer Geruch. Wie weiche Butter und Blütenblätter, die darauf schwimmen. Ich weiß, das klingt, als sei ich sentimental. Aber es ist wahr.»

Adelheid Krahmer riss sich zusammen und schüttelte die Bilder von kleinen Kindern und Butter, die in einer gusseisernen Pfanne langsam schmolz, mit einem nachdrücklichen Schütteln des Kopfes ab. «Hören Sie mir gut zu, Mädchen», sagte sie eindringlich. «Sie machen sich selbst unglücklich. Wollen Sie denn nicht den Weg einschlagen, der Ihnen vorgezeichnet ist? Wie ich bei einem letzten Gespräch mit Ihrer Mutter erfuhr, gibt es die Möglichkeit zu einer passenden Verbindung mit einem respektablen Herrn? Seien Sie klug, Auguste! Greifen Sie zu, wenn ich das so frei sagen darf. Zögern Sie nicht, ehe das Glück davonflattert.»

«Etwas Ähnliches hat neulich auch eine fremde Dame im Pferdeomnibus zu mir gesagt», antwortete Auguste nachdenklich.

«Sehen Sie? Hören Sie auf die Erfahrung von uns älteren Frauen.»

«Die Dame machte auf mich keinen besonders – gebildeten Eindruck», erwiderte Auguste, und Adelheid Krahmer fiel ein frecher Zug um ihren Mund auf, den sie vorher nie bemerkt hatte. «Ich denke nicht, dass ich mein Leben nach der Meinung dieser Person ausrichten sollte. Auf Ihre Meinung dagegen», jetzt sah sie plötzlich wieder sanft und kindlich aus, «lege ich großen Wert. Wissen Sie noch, was Sie mir sagten, als Sie mich damals an meinem ersten Tag hier in das Klassenzimmer führten? Dass Klugheit die größte Zierde einer Frau sei? Nun, ich habe es nicht vergessen. Damals war ich dumm, ein junges Ding, das von nichts etwas wusste. Nicht einmal, was Liebe ist.»

Die Schulleiterin starrte sie an. Auf den Wangen des Mädchens erschienen zwei rote Flecken, doch es hielt ihrem Blick stand. Das Feuer, das in dieser jungen Frau brannte, rührte Adelheid Krahmer unversehens. Es fiel ihr plötzlich schwer zu schlucken, etwas Hartes saß in ihrer Kehle. «Und nun wissen Sie es? Was Liebe ist?», fragte sie heiser.

Auguste nickte heftig. «Ja, allerdings. Sie ist grausam, aber sie ist auch alles, was wir haben.»

Das Mädchen hatte recht, dachte Adelheid Krahmer. Sie fühlte sich auf einmal mutlos. Wo war ihre Liebe geblieben? Sie hatte nur ihre Dichterinnen. Worte, nichts als Worte im Wind. Und ihren Kräutergarten, den sie hegte und pflegte. Wo war ihre Jugend hin, ihr Mut und ihr Herz? «Du hast das Herz einer Löwin», hatte ihr Vater immer gesagt. Doch heute fühlte sie sich kraftlos und müde. Die ständig wechselnden Gesichter der Schülerinnen, die wie in einem Reigen an ihr vorbeigezogen waren in all den Jahren. Die Gewissheit, dass alles Wissen dieser Welt nichts nützte, wenn man an den falschen Mann verheiratet wurde und fortan eine Sklavin im eigene Hause war. Die Bürokratie und ihre Tücken. All das lastete schwer auf ihren Schultern.

Sie spürte Augustes Blick und sah auf. Im Gesicht des Mädchens las sie Mitleid. So weit war es also gekommen? Sie stand auf, ging zur kleinen Teeküche und goss sich etwas von der dampfenden Flüssigkeit in eine hauchdünne Tasse, um Zeit zu gewinnen. Endlich zitterten ihre Hände nicht mehr. Sie drehte sich um.

«Wie stellen Sie sich das alles überhaupt vor? Haben Sie schon darüber nachgedacht, welche Möglichkeiten es gibt?»

Das Aufleuchten in Augustes schmalem Gesicht stach sie in die Brust. Nein, ihr Herz war wirklich nicht mehr das, was es einmal war. Schwach war sie geworden und alt. Eine alte Löwin. Doch vielleicht würde sie doch noch ein letztes Mal kämpfen können?

Das Mädchen sagte eifrig: «Ich habe ein wenig Geld. Von einem – Freund. Er gibt es mir gerne, und es würde mir für eine gewisse Zeit über das Gröbste hinweghelfen.»

Die Schulleiterin nickte. «Das ist schon einmal ein guter Anfang. Was verlangt dieser – Freund dafür von Ihnen?»

«Nichts!», rief Auguste empört. «Es ist ein guter Freund der Familie. Wir teilen ein Geheimnis miteinander und schätzen uns sehr. Er möchte etwas wiedergutmachen und verpflichtet mich zu nichts.»

Adelheid Krahmer nickte beschwichtigend. «Gut, gut. Und weiter?»

Das Mädchen rutschte hin und her und wirkte jetzt unruhig. «Nun, meine Eltern – sie werden es nicht gutheißen. Die Verlobung mit Major Wenzel, die ich in Aussicht habe, ist ihre große Hoffnung für mich. Es wird sie zerreißen, wenn ich sie enttäusche.»

«Und mit dieser Schuld könnten Sie leben?»

«Ich muss ja. Denn den Major heiraten, Henny im Stich lassen – das kann ich einfach nicht. Dann könnte ich mich gleich umbringen. Ich wäre lebendig begraben unter Schuld und Hass, für immer.»

Bewunderung für die Entschlossenheit des Mädchens wuchs in Adelheid Krahmer. «Hier in Preußen sind Sie mit einundzwanzig Jahren mündig. Vorher können Sie kein Kind annehmen, das wissen Sie doch?», wollte sie wissen.

Auguste nickte. «Welche Ironie, oder? «, sagte sie bitter. «Heiratsfähig bin ich längst, und wenn ich in einer Ehe ein Kind bekäme, wäre es für die Gesellschaft ganz normal, dass ich Mutter bin. Doch um Henny an Kindes statt anzunehmen, bin ich nicht alt genug.»

Ehe Adelheid Krahmer darauf antworten konnte, winkte das Mädchen ab. «Es ist schon gut. Oft, so sagte man mir, nähmen es die Behörden nicht so genau. Und ich brauche ohnehin noch ein wenig Zeit. Wie Sie sehen werden, habe ich einen Plan.»

«Der wäre?»

«Erinnern Sie sich an meinen letzten Besuch hier bei Ihnen? Wir sprachen über Lottes Krankheit, ihre Einweisung. Als Sie für einen Moment das Zimmer verließen, sah ich ein Buch, das mich interessierte. Und unter dem Buch lag ein Brief.»

«Welcher Brief?», fragte Adelheid Krahmer und runzelte die Stirn. Was war das wieder für eine Verrücktheit? Hatte das Mädchen in ihren Sachen geschnüffelt? Auguste schien ihre Gedanken zu erraten.

«Ich weiß, es war unrecht von mir, ihn zu lesen. Doch nur so kam ich jetzt auf meine Idee. Ich habe vorher niemals darüber nachgedacht zu arbeiten. Einen Beruf zu erlernen, meine ich. Doch es gibt einen ehrenwerten Beruf für Frauen meines Standes.»

«So? Welchen?»

Auguste lachte. «Ihren!»

«Meinen?» Adelheid Krahmer war überrascht. «Lehrerin, meinen Sie?»

«Ja. Ich möchte ein Lehrerinnenseminar besuchen und an einer Schule unterrichten. Ich zeichne gern und ich liebe Bücher. Ich könnte die Bildenden Künste unterrichten und Schülerinnen das Lesen und Schreiben beibringen. Es würde mir Freude machen, glaube ich.»

Sofort sah Adelheid Krahmer in ihrer Vorstellung Auguste vor einer Klasse stehen und musste zugeben, dass dieses Bild passte. Das Mädchen war einfühlsam, konnte aber auch bestimmt auftreten, wie sie in den letzten Minuten deutlich bewiesen hatte. Sie war außerdem begabt, hatte etwas im Kopf. Vorsichtig sagte sie: «Es wäre eine Möglichkeit.»

«Eine sehr gute, glaube ich», antwortete Auguste eifrig. «Auch wenn ich weiß, dass der Weg dorthin nicht leicht ist.»

«Tatsächlich müssten Sie noch einmal die Schulbank drücken», gab Adelheid Krahmer zu bedenken. «Ihre jetzige Schulbildung reicht dafür nicht. Zunächst müssten Sie einen zweijährigen Vorbereitungskurs besuchen. Anschließend folgt die dreijährige Ausbildung an einem Lehrerinnenseminar für Lehrerinnen an Höheren Schulen. Das sind meistens Schulen mit angeschlossenen Seminarkursen, wo Sie bereits unterrichten würden. Ich könnte Ihnen eine Empfehlung schreiben.»

«Sehen Sie?», lachte Auguste. Sie wirkte plötzlich gelöst und selbstsicher. «Ich wusste, dass Sie mir helfen würden.»

«Ein Hindernis gibt es noch», wandte Adelheid Krahmer ein. Sie wollte den Eifer des Mädchens bremsen, auch wenn sie sich plötzlich mit aller Macht wünschte, dass Auguste dieser Weg gelingen würde. «In Preußen herrscht das Lehrerinnenzölibat.»

Die Begeisterung in Augustes Augen erlosch. «Was bedeutet das?», fragte sie.

«Dass Sie als Lehrerin nicht verheiratet sein, keine Familie gründen dürfen. Sie sollen all Ihre Kraft in den Beruf stecken und nicht von häuslichen Sorgen vereinnahmt werden.»

Erleichterung breitete sich auf Augustes Gesicht aus. «Heiraten ist das Letzte, was ich mir wünsche. Ich möchte doch gerade Lehrerin werden, um der Ehe zu entgehen. Und natürlich, weil ich diesen Beruf sehr schätzen würde», beeilte sie sich zu versichern.

«Sie möchten aber Henny als Ihr Kind aufziehen. Dieser Umstand könnte in den Augen des Schulamts einer Ehe gleichkommen, oder doch einer familiären Verpflichtung.»

Augustes Gesicht wurde lang.

Schnell lenkte Adelheid Krahmer ein. «Um ehrlich zu sein, glaube ich aber nicht, dass man Ihnen Steine in den Weg legen wird. Der Lehrermangel in Berlin hat in den letzten Jahren massive Ausmaße angenommen. Ich kenne mehrere Fälle von verheirateten Lehrerinnen. Um den Schein zu wahren, wird das meistens diskret behandelt. Von den Schülerinnen lassen sich diese Kolleginnen trotzdem mit *Fräulein* ansprechen. Doch das dürfte ja Ihre kleinste Sorge sein.»

«Und würden Sie mir helfen? Einen Schulplatz zu bekommen und einen Platz in einem Seminar?»

Das Herz einer Löwin, sagte sich Adelheid Krahmer lautlos vor. Sie atmete tief ein. «Wenn es wirklich Ihr Wunsch ist, dann helfe ich Ihnen. Aber, Auguste – mit Ihren Eltern müssen Sie selbst sprechen. Und ich fürchte, leicht wird das nicht.»

Auguste wurde etwas blass um die Nase, nickte aber tapfer. «Ich weiß. Ich werde es Ihnen bald sagen. Und auch dem Major, bevor er sich Hoffnungen macht. Was des einen Glück ist, ist des anderen Unglück, habe ich recht?»

Wenn du wüsstest, dachte die Schulleiterin. Das Mädchen hatte viel Leid erfahren in der letzten Zeit. Und doch wusste sie noch immer so wenig von den Abgründen des Lebens.

Doch sie sagte nichts. Mit einer abschließenden Geste winkte sie Auguste aus dem Zimmer. «Ich schreibe Ihnen, sobald ich eine Adresse habe, an die Sie sich wenden können», sagte sie.

Auguste lächelte, erhob sich und wollte ihr offenbar danken, doch Adelheid Krahmer hob die Hand. «Sie sind mir keinen Dank schuldig. Das ist selbstverständlich.» Sie schickte sich an, die Tür zu schließen, da fiel ihr noch etwas ein. «Viel Glück, mein Mädchen», sagte sie und warf dann die Tür so schnell ins Schloss, dass die Scheiben darin klirrten. Als sie sich umwandte, blickte ihr aus dem Spiegel an der Wand gegenüber ihr Gesicht entgegen. Wie alt es geworden war!

Wann war das passiert?, fragte sie sich staunend. Sie trat näher und stutzte. Ja, wirklich, in einem Augenwinkel glitzerte eine verräterische Träne. Adelheid Krahmer schnaubte und wischte sie rasch mit dem Ärmel fort. «Reiß dich zusammen, du rührselige alte Schachtel», sagte sie zu sich selbst. Aus dem Fenster sah sie gerade noch den Spitzensaum von Augustes Kleid aus dem Schultor huschen. Dann wandte sie sich mit einem Seufzen ihrem Sekretär zu. Es gab viel zu tun.

31.

Die Krokusse, die ihre weißen Knospen aus der noch kalten Erde blitzen ließen, strahlten Auguste an wie kleine Boten des Frühlings. Sie schienen ihr Mut zuzuflüstern, als sei an diesem hellen Tag alles möglich.

Wenn sie doch nur recht hätten, dachte Auguste. Alles hing davon ab, stark zu sein, unbeugsam wie ein Soldat. Welch seltsamer Gedanke! Fast belustigt sah sie an sich herunter. Zarte Seide, weiche Wolle. Keine preußische Uniform, keine Pickelhaube. Und doch fühlte sie sich, als zöge sie in den Kampf.

Ihre Mutter neben ihr schritt schnell aus. Sie konnte nichts langsam oder mit Bedacht tun, war immer flink, verrichtete alles in Eile, schien stets geschäftig wie ein Uhrwerk. Seit Georgs Tod war diese Eigenheit noch stärker geworden, als dürfte sie keine Sekunde stehen bleiben und innehalten, weil sie dann umfiele wie eine leere Hülle.

Auguste war schon außer Atem, als sie am Friedhofstor in der Lichterfelder Dorotheenstraße ankamen. Der

Kranz aus Tannenzweigen in ihren Armen wurde ihr schwer. Die Mutter trug einen Korb mit Frühlingsblumen unter dem Arm. Einen winzigen Moment blieb sie stehen und Auguste sah, wie sie tief einatmete, als wollte sie in kaltes Wasser springen. Doch schon ging ein Ruck durch ihren Körper, und sie stieß das reich verzierte Tor aus Eisen auf und schritt hinein in den grünen Friedhofsgarten.

Georgs Grab lag ein wenig abseits an der rötlichen Mauer. Es gab Auguste jedes Mal einen Stich, wenn sie daran dachte, dass er im Tod wie im Leben niemals im Mittelpunkt hatte stehen dürfen, sondern immer am Rand gewartet hatte, dass ihn jemand bemerkte. Andererseits hatte er den Trubel nicht geliebt und fühlte sich hoffentlich sicher unter dem Haselnussstrauch. Neben seinem Grab war noch viel Platz. Auguste wusste, auf wen diese Grabstellen warteten. Sie fröstelte in der kühlen Märzluft und vertrieb den Gedanken aus ihrem Kopf. Draußen, hinter diesen steinernen Mauern, wartete das Leben auf sie. Sie wollte dem Tod noch lange davonlaufen.

«Leg den Kranz nieder, Auguste», befahl ihre Mutter. Auguste gehorchte und sog den frischen Tannenduft ein, während ihre Mutter sich auf ein Marmorbänkchen niederließ und begann, die Blumen im Korb geschickt zu einem Strauß zu binden. Ranunkeln, Freesien, Weidenkätzchen und Anemonen schmiegten sich aneinander und leuchteten in der blassen Sonne.

Jede Woche kamen sie hierher, um Georgs Grab zu pflegen. Die Mutter schien Kraft aus der Betriebsamkeit um die Grabstelle zu schöpfen. Auguste fühlte sich hier ihrem Bruder zwar nicht näher, aber der Frieden, den dieser Ort ausstrahlte, gefiel ihr. Georgs Seele war fortgeflogen, das spürte sie, und wartete nicht Woche für Woche auf ihren Besuch. Sie wohnte in den Erinnerungen, die Auguste in sich trug. Manchmal konnte sie sich kaum sein Gesicht ins Gedächtnis rufen. Dann wieder reichte ein Geruch oder ein plötzlich aufgeschnapptes Wort, um ihn ihr ganz nah zu bringen. So war das mit den Erinnerungen, dachte Auguste, während sie eine braune Tannennadel aus dem Kranz zog und fortschnippte, sie ließen sich nicht zähmen. Man durfte nicht auf sie warten, sondern musste ihnen einfach die Tür öffnen, wenn sie unangemeldet vorbeischneiten.

Auch mit Lotte ging es ihr so. Wie Blitze trafen sie Bilder von ihr, unvorhersehbar. Ihre hellen Augen, das Leuchten darin, wenn sie eine Geschichte erzählte. Der Klang ihres Lachens. Die ihr ganz eigene Art, sich eine Locke aus dem Gesicht zu streichen und dabei so streng zu gucken, als sei sie böse auf ihre ungebärdigen Haare. Niemals aber vermochte Auguste diese Bilder zu einem Ganzen zusammenzusetzen, sie blieben Scherben, Splitter in ihrem Gedächtnis. Sie hatte ja nicht einmal einen Ort, an dem sie ihrer gedenken konnte, kein Grab wie Georg, das gepflegt werden konnte.

Und sie erinnerte sich nicht mehr an Lottes Duft. Das

tat ihr weh, denn er war wunderbar gewesen, so viel wusste sie noch. Doch ein anderer Geruch hatte sich dazwischengeschoben. Der des kleinen Mädchens, das sie nur wenige Male gesehen hatte, aber das doch seitdem ihre Gedanken beherrschte.

An der Pforte des Waisenhauses in Berlin war sie zunächst abgewiesen worden, weil sie keine Verwandte war. Es war ein christlich geführtes Haus. Ordensschwestern kümmerten sich dort um die ganz Kleinen, bis sie alt genug waren, in eins der großen Heime überzusiedeln, wo schon die jüngeren Kinder arbeiten mussten. Um alles in der Welt wollte Auguste verhindern, dass Henny für immer an einem solchen Ort landete.

Als sie sich gerade hatte abwenden und niedergeschlagen den Rückweg antreten wollte, war ein Mann aus dem Haus gekommen. Sie erkannte am schwarzen Talar mit den weiten Ärmeln den Pastor.

Er sprach sie an. «Sie sehen so enttäuscht aus. Wollten Sie etwas Bestimmtes?»

Auguste hatte kaum gewusst, weshalb, aber weil er so freundlich fragte, sprudelte mit einem Mal die ganze Geschichte aus ihr heraus. Dass ihre beste Freundin Lotte verstorben war und ein Kind hinterlassen hatte, das zu sehen ihr größter Wunsch sei. Der Pastor, ein älterer Mann, der auf dieser Welt wahrscheinlich schon viel Kummer gesehen hatte, hatte ihr aufmerksam zugehört. Dann fasste er sie beim Arm und führte sie ins Haus, direkt zu der Schwester, die sie zuvor abgewiesen hatte.

Mit verkniffener Miene hatte diese sich dem Wunsch des Pastors gefügt und sie zu Hennys Bettchen geführt. In diesem Moment hatte sich Augustes Welt von einem Augenblick zum nächsten verwandelt, und es gab kein Zurück. Ihr Entschluss stand in dem Augenblick fest, als sich Hennys kleine Faust um ihren Daumen schloss, als sei er der Rettungsanker für ein kleines Schiff in Seenot.

«Warum lächelst du?», fragte ihre Mutter stirnrunzelnd, als sei Frohsinn an diesem Ort unerwünscht. Auguste erschrak. Ließ ihre Miene alles ungefiltert nach draußen, was sie empfand? Sie musste mehr auf der Hut sein. Und im gleichen Moment wusste sie, dass sie nicht länger schweigen konnte. Sie holte tief Luft. «Ich habe an jemanden gedacht, der mir sehr viel bedeutet.»

Käthe Baumgarten betrachtete ihre Tochter staunend. Dann breitete sich auch auf ihrem Gesicht ein Lächeln aus. «Dann war der Spaziergang mit dem Major neulich also doch angenehm?»

Auguste staunte. Wie wenig ihre Mutter doch über sie wusste. Der Spaziergang war ganz im Gegenteil furchtbar gewesen. Sie war zwanzig Minuten lang neben einem steifbeinigen Mann hergelaufen, der Heldengeschichten aus irgendeinem Krieg zum Besten gab und dabei Priem kaute. Ab und zu spie er eine übelriechende braune Flüssigkeit in hohem Bogen in den Rinnstein. Auguste schauderte es bei der bloßen Erinnerung daran. Endlich hatte sie ihn unter dem Vorwand, eine Handarbeit warte auf sie, abgeschüttelt. Nicht jedoch hatte sie den Kuss auf ihre Wange verhindern können, eine Unverfrorenheit, die der Herr sich zum Abschied herausgenommen hatte, als wäre sie schon sein Eigentum.

Als sie das eifrige Gesicht ihrer Mutter betrachtete, tat sie ihr fast ein wenig leid. Zwar fand sie es unvorstellbar, dass ihre Mutter sie, ihre einzige Tochter, an einen solchen Menschen verschachern konnte. Sie war so darauf bedacht, das Richtige zu tun, Auguste zu verheiraten, dabei ahnte sie nicht, dass ihre Tochter seit Wochen Ränke gegen dieses Vorhaben schmiedete. Es war Zeit.

«Nein, Mutter. Ich habe nicht an den Major gedacht. Er ist sicher ein ehrenwerter Mann. Aber lieben kann ich ihn niemals.»

«Papperlapapp! Wer hat denn von Liebe gesprochen? Eine Ehe hat nichts mit Liebe zu tun, sondern mit Anstand und Würde, mit Familienehre und Kindern. Ein Mann mit Erfahrung kann da nur von Vorteil sein.»

Auguste schüttelte den Kopf. Ihr Herz klopfte zum Zerspringen, dennoch sagte sie: «Ich werde diesen Mann nicht heiraten, Mutter. Und wenn ihr euch auf den Kopf stellt, Vater und du.»

Ihre Mutter starrte sie an. Der halb fertige Blumenstrauß entglitt ihr, und die Stiele und Blüten fielen in einem leuchtenden Durcheinander zur Erde. Langsam stand sie auf und griff sich an die Brust. «Was sagst du da, Kind?»

«Du hast richtig gehört. Ich habe lange genug gemacht, was ihr mir befohlen habt. Aber jetzt muss ich das tun, was richtig ist. Ich folge meinem Herzen, Mutter. Und es schlägt nicht für den Major.»

«Für wen denn dann?»

Für Lotte und Henny, wollte Auguste am liebsten schreien. Doch sie riss sich zusammen. Niemandem nützte ein Drama. Sie würde nicht die ganze Wahrheit sagen, sondern sie ihren Eltern Stück für Stück beibringen. So hatte sie es sich überlegt und mit Adelheid Krahmer besprochen, die ihr auch den Rat gegeben hatte, das Kind nicht schon am Anfang zu erwähnen, sondern erst später davon zu berichten.

«Da ist niemand. Ich fühle mich einfach nicht bereit für die Ehe. Mutter, ich bin noch so jung. Wünschst du dir nicht für mich eine Zukunft?»

«Ja, natürlich! Als Ehefrau des Majors, als Mutter seiner Kinder. In einem schönen Haus in unserer Nähe.»

«Aber dafür ist doch noch Zeit.»

«Was für ein Unfug! Die Zeit läuft mit jedem Tag ab, den wir zögern. Wie lange willst du noch untätig bei uns im Salon herumsitzen, deine Klavierübungen klimpern und aquarellieren?»

Auf ein solches Argument hatte Auguste gehofft. «Du hast ganz recht, Mutter. Dieser Müßiggang gefällt auch mir nicht. Ich möchte etwas tun, wirklich etwas bewirken in der Welt.»

Ungläubig betrachtete Käthe Baumgarten ihre Tochter. Langsam, als habe sie Angst vor der Antwort, fragte sie: «Was soll das sein, Auguste?»

Wie mit Anlauf schleuderte Auguste die Worte heraus. «Ich möchte Lehrerin werden.»

«Lehrerin?», echote ihre Mutter. Sie sank wieder auf die Bank. Inmitten der Blumen sah sie aus wie eine in die Jahre gekommene Göttin Flora. «Aber Kind, das ist doch kein Beruf für eine junge Frau wie dich! Das werden doch nur alte Jungfern, hysterische Weiber, die keinen Mann abbekommen haben und nicht Nonne werden wollen. Oder Waisen, die keine Mitgift und keinen Unterhalt von ihrem Vater zu erwarten haben und sich ihr Brot verdienen müssen.»

«Das ist es also, was du von Fräulein Krahmer hältst? Von den anderen Lehrerinnen an meiner alten Schule?»

Jetzt schien ihre Mutter in die Ecke gedrängt, und Auguste nutzte den schwachen Moment. «Es ist ein ehrenwerter Beruf. Und manche Lehrerinnen heiraten sogar später. Fräulein Krahmer sagt –» Sie biss sich auf die Zunge. Das war ein Fehler gewesen.

Und schon rief Frau Baumgarten empört: «Du und diese Schulleiterin – ihr steckt unter einer Decke? Ihr habt das hinter unserem Rücken ausgeheckt?»

Schnell versuchte Auguste, ihre Mutter zu beschwichtigen. «Nein, nein. Ich habe mir nur ihren Rat geholt. Sie sagte mir, ich sollte mit euch sprechen und dass ihr sicher nur mein Bestes wollt.»

«Nun, damit hat sie ganz recht. Und das Beste für dich, mein Kind, ist eine baldige Heirat. Dein zukünftiger Ehemann wird dir schon die Flausen aus dem Kopf treiben, wenn dein Vater und ich es schon nicht vermochten.»

Verzweifelt versuchte Auguste, ihre Mutter umzustimmen. Doch diese schüttelte mit steinerner Miene den Kopf. «Warte nur, wenn dein Vater das zu hören bekommt! Du impertinentes Kind!»

Auguste unternahm einen letzten Versuch. «Es wäre mein ganzes Glück. Ich bin deine einzige Tochter. Dein einziges Kind, denn dein anderes liegt hier unten», sie deutete auf die Grabstelle am Boden. «Wenn ihr mich an den Major verheiratet, liege ich auch bald hier. Das überlebe ich nicht. Und sieh doch dich selbst an. Was hat es dir genützt, Vater zu heiraten, Kinder zu bekommen, in einem schönen Haus zu wohnen? Du bist Ehefrau und Mutter und die unglücklichste Frau, die ich kenne.» Jetzt weinte Auguste.

Auch über das Gesicht ihrer Mutter liefen Tränen. Sie hatte bei den letzten Worten ihrer Tochter leise aufgeschrien, doch nicht weiter protestiert. Es war, dachte Auguste, während sie immer stärker weinte, das erste echte Gespräch mit ihrer Mutter. Etwas, wonach sie sich gesehnt hatte, seit sie denken konnte. Warum hatte sie erst jetzt, da alles zu spät war, den Mut dazu?

Sie trat auf ihre Mutter zu und wollte ihre Hand greifen. Doch die wehrte ab. Angst stand in ihren Augen. Wovor?, fragte sich Auguste, doch sie wagte nicht zu fragen.

Schweigend und weinend standen sie voreinander

wie zwei Fremde. Endlich flüsterte ihre Mutter: «Wenn es wirklich das ist, was du willst, dann kannst du nicht mehr unter unserem Dach leben. Du hast recht, du bist mein einziges Kind, und ich werde von Vater die Erlaubnis erwirken. Doch das ist das Letzte, was ich für dich tun kann, Auguste. Unsere Tochter kannst du dann nicht mehr sein.»

Stumm nickte Auguste. Wieder griff sie nach der Hand der Mutter. Diesmal ließ diese es geschehen. Auguste zog Käthes Finger an die Lippen und küsste sie. Dann drehte sie sich um und lief aus dem Tor hinaus in den Sonnenschein. Sie ließ die dunklen Nadelbäume und die Grabsteine hinter sich zurück und rannte die Dorotheenstraße entlang, blind vor Tränen.

Jemand kam ihr entgegen und hielt nicht rechtzeitig an, sodass sie zusammenstießen. «Verzeihung», murmelte Auguste und wollte weiterhasten. Da fasste sie die andere Person am Ärmel.

«Fräulein Baumgarten? Sind Sie nicht eine Freundin von Ottilie?»

Verdutzt sah Auguste hoch. Vor ihr stand Olga, das Mädchen der Beiers. Rasch murmelte sie einen Gruß und versuchte erneut, an der Frau vorbeizukommen, um ihre Tränen zu verbergen. Doch diese trat ihr wieder in den Weg.

«Moment mal. Sie sehen gar nicht gut aus. Wo drückt denn der Schuh?»

Zum ersten Mal sah Auguste Olga in die Augen. Sie

schien ebenfalls geweint zu haben, die Lider waren gerötet. Sie bemerkte Augustes Blick. Düster sagte sie: «Ja, ja. Mir ging es auch schon besser. Die gnädige Frau hat mich auf die Straße gesetzt.»

«Gekündigt?», fragte Auguste überrascht und vergaß für einen Moment ihren eigenen Kummer. «Warum das denn?»

«Ich hab angeblich etwas gestohlen. Nur konnten sie mir nicht einmal sagen, was es gewesen sein soll. Das war nur ein Vorwand, um mich loszuwerden. Sie werden in meiner Kammer die Briefe von Ottilie gefunden haben, mit der ich mir heimlich schreibe. Irgendjemand muss ja dem armen Ding Mut machen.»

«Ottilie? Wie geht es ihr?»

«Wie soll es ihr schon gehen? Nicht gut. Doch sie hält sich tapfer. Ihre Eltern aber weigern sich, auf ihre Briefe zu antworten. Da habe eben ich es getan. Das habe ich nun von meiner Gutherzigkeit.»

Wäre die Situation nicht so ernst gewesen, hätte Auguste laut gelacht. Es sah zu lustig aus, wie Olga versuchte, Missmut in ihre hübschen Züge zu legen. Sie sah aus wie eine Märtyrerin mit ihren blonden Locken und dem herzförmigen Gesicht. Ein patenter Engel mit dem Herz auf dem rechten Fleck, dachte Auguste. Und dann fiel die Idee einfach vom Himmel. Plötzlich war sie sehr aufmerksam.

«Sie haben also zurzeit keine Anstellung?»

Olga schüttelte den Kopf, dass ihr Haar nur so flog.

«Nein. Ich stehe auf der Straße. Wegen dieser Hexe Magdalena Beier. Nun, ich sollte ihr eigentlich dankbar dafür sein, dass sie mich von ihrer giftigen Anwesenheit befreit hat.»

«Und suchen Sie eine neue Stellung?»

Olga lachte spöttisch. «Natürlich. Nicht jeder ist mit einem goldenen Löffel im Mund geboren, Kindchen. Unsereins muss sich sein Brot verdienen. Doch ohne Empfehlung wird das nicht leicht werden.»

Auguste lächelte, erst zaghaft, dann über das ganze Gesicht. Olga sah ihr verwundert zu. «Ich habe meinen goldenen Löffel soeben zurückgegeben, fürchte ich», sagte Auguste. «Dennoch habe ich ein Angebot für Sie. Und ich bin sicher, wenn Sie darauf eingehen, werden wir beide am Ende mit Händen voll Gold dastehen. Nur nicht ganz so, wie Sie sich das vielleicht vorstellen.»

Dann begann sie zu erzählen. Und auch über Olgas Gesicht breitete sich langsam ein Schimmer aus, der allen Missmut daraus vertrieb und mit der Frühlingssonne um die Wette leuchtete.

32.

Dezember 1899

Die Stiefel hatte Olga wieder zu fest geschnürt, fand Henny, während sie über das Kopfsteinpflaster sprang. Sie konnte einfach nicht langsam laufen, musste dauernd hüpfen und rennen, als wäre sie ein Frosch und kein kleines Mädchen. Jedenfalls sagte Olga das immer, nannte sie zärtlich *Fröschlein* und drohte ihr spielerisch mit dem Zeigefinger, damit sie gesitteter, wie sie sagte, durch die Straßen ging.

Das Wort durfte sie jedoch nicht in Gegenwart von Mama aussprechen, denn auf die hatte es keine gute Wirkung. «Renn und spring, so viel du magst, Henny», erwiderte sie dann mit einem Stirnrunzeln in Richtung der Kinderfrau. Und zu Olga sagte sie mit diesem ernsten Ausdruck, den Henny so gut kannte, dass es an der Zeit sei, die unterschiedliche Behandlung von kleinen Mädchen und Jungen abzuschaffen. «Herrgott, Olga, wir leben bald im 20. Jahrhundert», sagte sie. «Lass das Mädchen wild und fröhlich sein.»

Henny wusste nicht, was das bedeuten sollte. Was jenes geheimnisvolle Jahrhundert sein sollte, das angeblich bald zu Ende ging, und wie sie darin leben konnten, das verstand sie nicht.

Olga schien es auch nicht zu verstehen, denn sie schüttelte den Kopf. In der ihr typischen Art antwortete sie schmollend: «Sie von allen Leuten wissen ja wohl am besten, wozu Wildheit bei einem jungen Mädchen führen kann. Dem Jahrhundert ist das gleichgültig, gnädige Frau.»

Olga mochte zwar Mamas Angestellte sein, doch sie nahm kein Blatt vor den Mund. Und Mama schien es nicht zu stören. «Nenn mich bitte nicht so», sagte sie nur lächelnd. «Du weißt, dass ich keine gnädige Frau bin, sondern nur eine verstoßene höhere Tochter. Mein Name ist Auguste, wie oft soll ich das noch sagen.»

Verstoßen. Das bedeutete, dass Henny keine Großeltern hatte. Zwar lebten Mamas Eltern nicht weit entfernt in Lichterfelde am Karlsplatz, doch das Haus hatte sie erst einmal aus der Ferne gesehen. Mama hatte sie dorthin mitgenommen und im Schutz einer Linde auf die hübsche Villa gezeigt, die Henny in Staunen versetzt hatte. Sie hatte ihr erklärt, dass dort die Baumgartens lebten. Und dass sie vielleicht, eines Tages, einmal eingeladen würden, damit Henny sie kennenlernen konnte. Doch seitdem war davon keine Rede mehr gewesen. Manchmal, wenn die Post gebracht wurde, erhaschte Henny einen Blick auf Mamas Gesicht, über das ein

Schatten lief. Der Brief, auf den sie zu warten schien, kam nicht.

Auch Henny sollte Mama eigentlich Auguste nennen, beim Vornamen. Denn sie war nicht ihre richtige Mutter. Natürlich wusste Henny das, man hatte ihr erzählt, dass sie die erste Zeit ihres Lebens in einem Waisenhaus verbracht hatte. Als Olga begann, als Kinderfrau für Mama zu arbeiten, hatte diese sie von dort zu sich geholt. Doch sie erinnerte sich kaum noch daran, nur wenige Bilder hatte sie im Gedächtnis behalten. Auguste war die einzige Mutter, die sie kannte. Wenn sie in ihren Armen lag und ihren Duft einsog, nach frischer Seife und Tinte, dann wusste sie, dass sie zu ihr gehörte. Und das war alles, was zählte.

Wie jeden Nachmittag waren sie unterwegs, um Mama von der Schule abzuholen. Sie unterrichtete in einem großen Gebäude, größer als alle Häuser, die Henny kannte. Selbst das Waisenhaus war nicht so groß gewesen. Ihre eigene kleine Wohnung in der Steglitzer Düppelstraße an der Bahn bestand nur aus einer Stube, einem Schlafraum für Mama und sie selbst, einer Küche und einer kleinen Kammer, in der Olga schlief. Es war dort wie in einem Nest, fand Henny. Für die Fenster hatte Mama, die geschickt mit Nadel und Faden war, bunt karierte Vorhänge genäht. Auf dem alten Canapé lag eine gequiltete Decke in leuchtenden Farben. Oft saß Henny darauf, strich mit den kleinen Fingern über den Stoff und betrachtete andächtig die Bilder, die eine richtige Geschichte erzählten. Ein Junge war darauf zu sehen. Er hatte schwarze Haut – das hatte Henny noch nie bei einem Menschen gesehen – und trug einen Turban auf dem Kopf. Der Knabe lachte breit über das ganze Gesicht. An den Füßen steckten riesige Pantoffeln (Auguste hatte sie mit Glasperlen bestickt, sodass sie kostbar aussahen). Damit schien er durch die Luft zu rennen, halb flog er, während unter ihm die Kontinente in allen Farben der Erde dahinzogen.

Jeden Abend bat und bettelte Henny, dass Mama ihr die Geschichte vom *Kleinen Muck*, denn so hieß er, erzählen solle, und meistens ließ sie sich erweichen. Henny spürte, dass Mama das Märchen mindestens ebenso gerne erzählte, wie sie es hörte. Nur Olga schüttelte den Kopf und sagte spöttisch, dass kein denkender Mensch die Zauberpantoffeln wählen würde, wenn er stattdessen den Stab bekäme, der Reichtum brächte.

«Du bist genau wie –», hatte Mama einmal lachend angefangen, sich dann aber unterbrochen. Henny hätte gerne gewusst, wem Olga ähnlich war, doch der Blick in Mamas Gesicht hatte sie daran gehindert, nachzufragen. So lieb Mama war, es gab Momente, in denen ihre Miene so hart wurde wie Stein. Dann war es besser, sie in Ruhe zu lassen.

Hinter der halbhohen Mauer, die den Schulgarten umgab, wuchsen ein paar Tannen. Schnee bedeckte die Wipfel wie ein zuckriger Überzug. Endlich kam Mama heraus. Sie trug ein schlichtes schwarzes Kleid, wie alle

Lehrerinnen und Schülerinnen. Selbst die Schulleiterin, Fräulein Krahmer, vor deren durchdringendem Blick sich Henny stets ein wenig fürchtete, trug diesen dunklen Stoff. Doch kein Korsett, die Mädchen und die Lehrerinnen der Krahmerei hatten es einhellig abgelegt. Mama hatte gesagt, dass die Schülerinnen nun sogar Turnübungen im Schulgarten machen konnten, da sie viel beweglicher waren als zuvor mit den Fischbeinstäbchen in den Rippen.

Henny hüpfte an Olgas Hand auf und ab und wollte in den Schulgarten stürmen, doch Olga hielt sie fest und mahnte, sie solle nicht so ein Springinsfeld sein. Endlich trat Mama aus dem Schultor und Henny flog in ihre Arme.

«Fräulein Baumgarten?» Eine Stimme ließ Mama herumfahren. Es war eins der jungen Mädchen, die Mama den ganzen Tag von Henny fernhielten. Doch dieses hier hatte ein so freundliches Gesicht, dass Henny es ihm für den Augenblick verzieh. Sie starrte die junge Dame an, über deren weißen Kragen sich schwarze Locken ringelten. Sie hatte helle, leuchtende Augen und lächelte Henny an, wie sie da auf dem Arm von Mama hockte.

Dann wandte sich die Schülerin an Mama. «Verzeihen Sie, ich habe nur eine Frage. Hier», sie zog eine dicke Zeitschrift hinter dem Rücken hervor und schlug sie an einer markierten Stelle auf, «sehen Sie? Das ist ein Bild von einer Skulptur von Auguste Rodin. Sie heißt *Der Kuss*, und ich finde sie wunderschön.»

Mama beugte sich über das Bild, und auch Henny erhaschte einen Blick darauf. Sie erschrak. Die Menschen aus Stein, die sich dort küssten, waren nackt! Sie erwartete, dass Mama die Schülerin sogleich tadeln würde, doch stattdessen sah sie ungläubig, wie Mama lächelte.

«Tatsächlich, Luise», antwortete sie dem Mädchen, «eine sehr schöne Arbeit. Rodin zeigt uns den Weg in die Moderne. Er sieht über die Jahrhundertwende hinaus, ohne Angst. Wir alle sollten uns an ihm ein Beispiel nehmen.» Sie wandte sich zu Olga und warf ihr einen bedeutungsvollen Blick zu. «Siehst du, Liebes? Das meine ich. Wir stehen endlich an der Schwelle zu einer freieren Gesellschaft. Henny wird in einer Welt aufwachsen, in der alles möglich ist.»

Olga lächelte ihr berühmtes Sphinxlächeln, wie Mama es nannte, und winkte ab. «Wenn Sie sich da man nicht irren, gnädige Frau. Ob mit oder ohne Korsett, eine junge Frau ist einem Mann noch lange nicht ebenbürtig. Ein kluger Kopf oder auch nur Vernunft werden uns weiterhin abgesprochen. Auch unsere tapfere Henny wird gegen Wände rennen, wenn Sie ihr weiterhin Flausen in den Kopf setzen.»

Mama legte den Finger auf die Lippen und blickte streng. Dann drehte sie sich wieder zu Luise. «Danke, dass Sie uns das Bild gezeigt haben», sagte sie.

Die junge Frau strahlte, ihre Wangen waren leicht gerötet vor Freude über das Lob. «Können wir Rodin im Unterricht behandeln?», fragte sie schüchtern.

Mama nickte. «Wir werden uns bald seinen Skulpturen zuwenden, und eine Ihrer Wahl dürfen Sie dann abzeichnen. Und wer weiß, vielleicht fährt die eine oder andere von Ihnen einmal nach Paris, um sie dort im Original zu bestaunen?»

Luise verabschiedete sich, und Mama, Olga und Henny liefen die Berliner Straße hinunter. An der nächsten Ecke blieben sie stehen.

«Wartet», sagte Mama. «Wir biegen heute einmal hier ab.» Nach wenigen Schritten hielt sie vor einer hohen Mauer an.

«Was gibt es hier zu sehen, Mama?», fragte Henny neugierig.

«Das Haus scheint leer zu stehen.» Mama reckte den Hals. «Hier wohnte einmal ein berühmter Mann», erzählte sie.

Henny sah, dass auch Olga interessiert zuhörte. «Er war ein Erfinder und ein Flieger.»

«Ein Flieger?», staunte Henny. «Wie konnte er denn fliegen?»

«Er baute sich große Flügel, wie die Störche welche haben, und sprang damit von einem Berg hinab. So konnte er durch die Lüfte gleiten wie ein Vogel.»

«Können wir ihm einmal zusehen?», fragte Henny eifrig. Doch Mama schüttelte den Kopf und blickte auf einmal betrübt. «Er lebt leider nicht mehr. Bei einem seiner Flüge vor einigen Jahren stürzte er ab. Doch seine Entdeckungen werden der Menschheit noch wichtige

Dienste leisten. Er war ein mutiger Mann, der uns gezeigt hat, dass wir keine Angst haben dürfen, wenn wir etwas erreichen wollen. Und er trank gern Limonade.»

Henny liebte ebenfalls Limonade und bettelte sofort danach, ins *Café Hundertmark* zu gehen und einen Krug zu bestellen. Oder eine heiße Schokolade? Auch ein Karussell gab es dort, auf dem sich elegant aufgezäumte Pferdchen im Kreise drehten, als käme die Fahrt nie zu einem Ende. Sogar im Winter wartete es auf seine kleinen Fahrgäste.

Mama stimmte zu, und sogar Olga war zufrieden. Sie nahmen Henny in die Mitte und machten *Engelchen flieg* mit ihr, die ganze Straße hinunter und auch noch die nächste, bis zur Straßenbahn.

Es hatte wieder zu schneien begonnen, die weißen Flocken tanzten wie nasse Küsse durch die kühle Luft und legten sich auf Hennys Wangen, während sie von Olga und Mama in die Höhe geschleudert wurde. «Engelchen fliiieg», schrie sie aus voller Kehle, wieder und wieder, bis ihr Kopf ganz leicht war. Hoch flog sie zum weißen Winterhimmel, als trüge sie die Zauberpantoffeln des kleinen Jungen, der in einem Atemzug die ganze Welt umrundete. Oder aber die Flügel dieses Erfinders, dessen Geschichte in Mamas Augen Tränen gezaubert hatte, auch wenn sie geglaubt hatte, sie vor Henny verbergen zu können.

Epilog

Winter 1899

Die Frau stand am Fenster der Villa und sah hinaus in den Schnee. Erste Falten in ihrem Gesicht zeugten davon, dass sie alterte. Jeden Morgen betrachtete sie sorgenvoll die weiche Haut, die rund um ihren Mund und am Hals immer mehr erschlaffte. Hinter sich hörte sie die alte Standuhr ticken. Mit jedem Vorrücken des Zeigers verging die Zeit, sie tropfte wie zäher Sirup von einem Löffel.

Zwei Kinder hatte sie geboren, doch keins war ihr geblieben. Der Sohn war vor Jahren an dieser tückischen Krankheit gestorben, gegen die es weiterhin kein Heilmittel gab. Sie hatte aufgehört, darüber wütend zu sein. Die Wut hatte sie am Anfang von innen zerfressen wegen des Kindes, das man ihr genommen hatte. Doch die Lücke, die Georg gerissen hatte, war angefüllt mit liebevollen Erinnerungen an ihn. An dieser Stelle ihres Herzens herrschte Frieden.

Die Tochter aber – Käthe schauderte wegen des

Schmerzes, der beim Gedanken an Auguste in ihre Brust schnitt. Sie war am Leben und doch für immer verloren. Der Vater hatte ihr nicht verziehen, dass sie alle Brücken hinter sich abgebrochen hatte, um ein eigenes Leben zu führen, jenseits seiner Vorstellungen für die einzige Tochter.

«Diese Schande», hatte Heinrich immer wieder gestöhnt und mit der Faust wütend auf den Tisch geschlagen, wenn Käthe anhob, um Verständnis für das Mädchen zu bitten. So hatte sie den Mund schnell wieder geschlossen. In einer Ehe konnte eine Frau nur bitten, den Gatten vielleicht auch geschickt umgarnen und auf Umwegen zum Ziel kommen. Jedoch fordern, das konnte sie nicht. So hatte sie geschwiegen bis zum Ende. Im letzten Sommer war er gestorben, wütend und unversöhnlich. Umgefallen wie ein Baum, den eine Axt fällte mit einem einzigen Streich.

Nun war das Haus am Karlsplatz leer. Die Köchin hatte gekündigt. Nur Minna war ihr geblieben und schlich wie eine verschreckte Maus durch die stillen Flure und Zimmer.

Und so stand Käthe am Fenster, jeden Tag, jede Woche, die verging, und sah hinaus. Es war, als würde sie auf etwas warten. Sie spähte die Karlstraße hinunter, als hoffe sie, dass zwei Gestalten, eine große und eine kleine, Fußstapfen im Schnee hinterlassend, die Straße entlangkämen. Die Gartenpforte öffneten und an der Tür der Villa läuteten. Doch niemand kam.

Einmal, vor etwa einem Jahr, hatte sie die Tochter an der Steglitzer Bahn gesehen. Käthe hatte in einem der neuen Kaufhäuser in der Schlossstraße eingekauft, die nach dem Schloss, dem Steglitzer Gutshaus, benannt war. Auf dem Rückweg Richtung Straßenbahn sah sie Auguste. Schmal war sie, gekleidet wie eine einfache Frau, mit einem wollenen Tuch um die Schultern. Das helle Haar aber glänzte wie früher. An der Hand hielt sie ein kleines Mädchen mit dunklen Locken, die wild vom Kopf abstanden.

Einen Moment lang hatte Käthe der Atem gestockt, und sie hatte hinüberlaufen und die Tochter in die Arme reißen wollen. Doch dann beugte sich Auguste zu dem fremden Kind hinunter und strich ihm mit zärtlicher, so vertrauter Geste eine Locke aus dem Gesicht, dass es Käthe schmerzhaft in der Kehle würgte. Nie hatte sie selbst Auguste so angesehen wie diese das Kind, das nicht einmal ihr eigenes war. Immer hatte zwischen Mutter und Tochter diese Mauer gestanden, eine Mauer aus Anstand und Erziehung, aus Sitte und Vernunft. Eine Mutter hatte dafür zu sorgen, dass die Tochter zu einem respektablen Geschöpf heranwuchs, musste sie mit liebevoller Strenge zurechtstutzen wie einen Zierbusch, der seinem Haus Freude und Ehre bereitete. Das hatte sie getan. Und doch war diese Tochter, die nun da drüben der Kleinen ins Gesicht lachte und sie spielerisch am Haar zog, undankbar ausgebrochen und führte ein ehrloses Leben.

Da hatte sie wieder jenes heiße Gefühl überspült, das sie so fürchtete. Eine Wirrnis aus Wut und Trauer, Enttäuschung und Scham. Und noch eine Empfindung mischte sich darunter, grell und unwillkommen. Schuld. Doch diese letzte wollte sie nicht wahrhaben. Sie hatte gewusst, dass es falsch wäre, nachzugeben. Die Hand, die sie schon nach der Tochter ausgestreckt hatte, ballte sie zur Faust und wandte sich hastig um. Hetzte die Straße in die entgegengesetzte Richtung davon, mit der Panik im Nacken, dass Auguste sie bemerken und ihre Schwäche erkennen würde.

Erst als sie am Karlsplatz ankam, wurde sie wieder ruhiger. Es durfte nicht sein. Auguste hatte sich entschieden, und sie musste die Tochter für ihr ungebührliches Verhalten bestrafen. Denn so handelten Eltern nun einmal. Etwas anderes hatte Käthe nicht gelernt.

Und doch spähte sie jeden Tag aus dem Fenster und hoffte weiter. Eines Tages, dachte sie, würde jemand kommen. Ärgerlich wischte sie eine einsame Träne vom Nasenrücken, die sich unerlaubterweise aus ihrem Augenwinkel gestohlen hatte. Die Glocke würde läuten. Fußgetrappel von kleinen Stiefeln würde auf den Holzdielen zu hören sein. Minna müsste rasch heiße Schokolade kochen. Und das Lachen würde wieder Einzug halten in die Villa am Karlsplatz, die wie im Winterschlaf unter frisch gefallenem Schnee schlummerte und von glücklicheren Zeiten träumte.

Nachwort

Auguste ist eine Geschichte aus Lichterfelde. Wir folgen den Figuren des Romans durch die Straßen dieses Stadtteils und suchen manchmal vergeblich nach den Straßennamen, da diese in vielen Fällen verändert wurden. Dennoch sind zahlreiche Orte des Romans wie Lokale, Plätze und Haltestellen tatsächlich verbürgt, ebenso wie die erste elektrische Straßenbahn und die Kadettenanstalt wirklich existiert haben.

Im Roman tauchen mehrere historische Persönlichkeiten auf, die die Leser*innen wahrscheinlich kennen. Ich habe es mir herausgenommen, in ihren Leben zu stöbern und mir das herauszusuchen, was der Handlung meines Romans zuträglich ist. Dabei bin ich den Fakten weitgehend gefolgt. Es bleibt jedoch ein fiktiver Roman mit all den Freiheiten, die das Genre mir bietet.

Zwei dieser Persönlichkeiten waren bedeutende Lichterfelder. Otto Lilienthal, der weltberühmte Erfinder und Flugmaschinenkonstrukteur (und Bruder von

Gustav Lilienthal, dem begabten Architekten vieler der schönsten Villen der Lichterfelder Kolonie), hat tatsächlich mit seiner Frau Agnes in der Boothstraße gelebt und dort im Garten die ersten Flugversuche unternommen. 1896 stürzte er im brandenburgischen Havelland ab und starb an den Folgen des Sturzes. Ob er mit zwei fremden Schülerinnen Limonade im Garten getrunken hat, wissen wir nicht.

Adelheid Krahmer war Schulleiterin der Krahmerschen Höheren Töchterschule in Lichterfelde und eine engagierte Direktorin, die ihrer Zeit in Bezug auf die Mädchenbildung voraus war. Natürlich ist die ganze Geschichte um Auguste und Lotte erfunden, ich weiß nicht, ob Adelheid Krahmer sich tatsächlich je für einen ihrer Schützlinge so vehement einsetzen musste. Sie führte ihre fortschrittliche Mädchenschule bis ins 20. Jahrhundert hinein. Ab 1911 hieß das Institut *Lyzeum und Oberlyzeum der Gemeinde Berlin-Lichterfelde*. Auf dem Grundstück in der damaligen Berliner Straße (Ostpreußendamm) steht heute das Willi-Graf-Gymnasium. Nach dem Zweiten Weltkrieg musste das Lyzeum in die Drakestraße umziehen, weil das Gebäude zerstört war. Zu diesem Zeitpunkt hieß sie (wieder) Goethe-Schule, heute Goethe-Gymnasium. Ich habe dort 2001 mein Abitur abgelegt.

Anne Stern
Berlin-Lichterfelde, im Frühjahr 2022

WEITERE TITEL

Meine Freundin Lotte

Die Hebamme von Berlin

Fräulein Gold: Schatten und Licht

Fräulein Gold: Scheunenkinder

Fräulein Gold: Der Himmel über der Stadt

Fräulein Gold: Die Stunde der Frauen

Die Lichterfelde-Reihe

Die Frauen vom Karlsplatz: Auguste

Die Frauen vom Karlsplatz: Henny

Die Frauen vom Karlsplatz: Vera

Die Frauen vom Karlsplatz: Maria